U0140541

中国社会科学院中国边疆史地研究中心　**厉声　主编**

当代中国边疆·民族地区典型百村调查：**内蒙古卷（第一辑）**

分卷主编：**于　永　毕奥南**

河头落日（摄于2008年5月3日）

移动通信（摄于2008年5月3日）

向日葵（摄于2007年8月3日）

大棚蔬菜（摄于2007年6月6日）

农业科技示范园（摄于2008年5月3日）

五家尧小学（摄于2008年5月3日）

夏日农家（摄于2007年8月3日）

商业集资楼（摄于2008年5月3日）

老屋（摄于2008年5月3日）

40多年的老屋

村日用商店（摄于2007年9月4日）

传统农具（摄于2007年9月5日）

已属少见的骡子耕地（摄于2008年5月3日）

"农哈哈"播种机（摄于2008年5月2日）

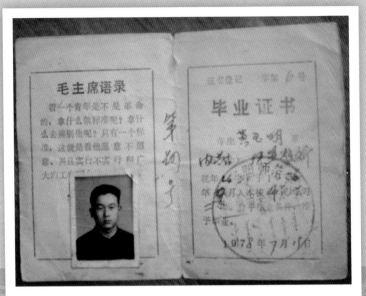

当年毕业证（摄于2007年9月3日）

民办教师任用证（摄于2007年9月3日）

中国社会科学院中国边疆史地研究中心 厉 声 主编

当代中国边疆·民族地区典型百村调查·内蒙古卷（第一辑）

黄河古道新农村

——内蒙古准格尔旗十二连城乡五家尧村调查报告

黄 河 王羽强 郭 喜 ◎著

社会科学文献出版社

SOCIAL SCIENCES ACADEMIC PRESS (CHINA)

总　序

　　深入实际、开展国情调研，是中国社会科学院肩负的重要科研任务，也是中国社会科学院履行好党中央、国务院赋予的"思想库"、"智囊团"职能的重要方式。中国边疆省区占国土面积的60％以上，边疆区情及当地的民族社会调研（边疆调研）是中国国情调研的重要组成部分。正如一位边疆工作者所说：不了解少数民族，就不了解中华民族；不了解边疆，就不了解中国。1983年中国社会科学院中国边疆史地研究中心建立后，特别是1990年以来，一直将边疆调研作为学科研究的重点之一。

　　2004年，中国社会科学院中国边疆史地研究中心承担国家哲学与社会科学基金特别项目"新疆历史与现状综合研究"（简称"新疆项目"）。2006年，中国社会科学院中国边疆史地研究中心牵头，立项开展"当代中国边疆·民族地区典型百村调查"（简称"百村调查"），作为此特别项目的子课题。"百村调查"以新疆为重点，在全国新疆、西藏、内蒙古、宁夏、广西五个民族自治区和云南、吉林、黑龙江三省基层地区同时开展，共调查100个边疆基层村落。调查工作在"新疆项目"领导小组和专家委员会指导下，由"百村调查"专家委员会暨编委会组织实施。在中国社会科学院中国边疆史地研究中心主持拟定的调查大纲框架下，发挥每个省区的优势，体现各自的特色。

本项目的实施得到了边疆地区各级地方党政部门的支持。首先，调查工作注意与地方党政部门的相关工作衔接、听取意见，在实施调查之前，主动向各级党政部门汇报情况，听取指示和意见。其次，调查组主动让各级党政部门了解调研的全过程，在调研过程中出现问题时及时向相关党政部门请示。再次，调研阶段成果和最终成果的副本同时提供地方党政部门参考。

"百村调查"的调研主题是：改革开放30年来中国边疆基层村落的民族社会和经济发展的历史与现状。具体内容包括：乡村概况、基层组织、经济发展、社会生活、民族、宗教、文教卫生、民俗风情等。项目调研的时间是：2007～2008年（资料下限至2007年底或适当延长）。

"百村调查"的调研对象为：100个具有典型意义与特色的中国边疆基层村落。课题以基层乡、村两级为调查基点，大致每个省区选择2个地州，每个地州选择1～2个县，每个县选择2个乡，每个乡选择2个村。新疆共调查22个村，其他地区均为13个村（辽宁、吉林、黑龙江以东北边疆为单元，共调查13个村）。调查点的选择要求：

（1）本地区社会稳定与经济发展中具有典型意义的基层乡和村。

（2）存在边疆现实政治、社会或经济发展的热点、难点问题。

（3）与20世纪50年代全国边疆民族调查能有一定的衔接。

"百村调查"采取学术调查与现实政治相结合的方法，以社会人类学入村入户调研方法为主，同时关注现实政治、社会与经济发展中的热点、难点问题：一般共性调查与专题专访调查相结合，在一般综合性调查的基础上，选择好专访或专题调研的"切入点"——总结经验与完善不足相结合，在总结各项工作经验的同时，善于发现问题和提出解决问题的对策与建议。调研注重入户访谈和小范围座谈的专访调查。在一般性问卷和统计资料收集的基础上，注重对基层干部、群众典型、教师、宗教人士等特定人员的专题访谈，倾听和收集他们对基层社会稳定与经济发展的看法、意见和建议，形成能说明问题的专访或专题调研报告。

"百村调查"的成果形式分为调查综合报告与专题报告两大类。

（1）调查综合报告：依据大纲规定，撰写有关乡村经济社会等发展状况的综合报告，课题结项后分期公开出版。专题报告及调查资料可以公开发表的，在篇幅允许的情况下，作为附录附在综合报告末尾。

（2）专题报告：内容较敏感、不适宜公开出版的专题报告，集成《专题报告集》，内部刊印。

"百村调查"主编　厉声　谨识

2009年8月25日

目 录
CONTENTS

图目录
FIGURE CONTENTS

表目录
TABLE CONTENTS

序 言
FOREWORD

　　"当代中国边疆·民族地区典型百村调查"是 2004 年度国家社会科学基金特别项目"新疆历史与现状综合研究项目"的子课题。内蒙古自治区既是中国少数民族聚居地区，又是中国边疆地区，于是顺理成章成为这个子课题的有机组成部分。按照课题的整体设计，内蒙古自治区需要调查 13 个典型村。由于多年合作关系，项目主持单位中国社会科学院中国边疆史地研究中心决定依托内蒙古师范大学历史文化学院，委托院长于永教授和中国社会科学院中国边疆史地研究中心的毕奥南研究员共同主持内蒙古自治区的子项目。

　　接受任务后，根据内蒙古地域辽阔、农村牧区基层社会类型多样的具体情况，在选择典型村时，我们考虑了以下几个标准：第一，选择的典型村应该覆盖内蒙古的东西南北。因为内蒙古东西部经济文化以及地理因素存在诸多差别，南北风貌也不尽一致，所以典型村的选择如果集中在一个地区，很难反映内蒙古作为边疆民族地区的全貌。我们认为应该在内蒙古的各个盟（市）范围内，尽量做到每个盟（市）选择一个村（嘎查）。第二，需要兼顾内蒙古不同地区的不同经济社会类型。广袤的内蒙古自治区有农

1

区、牧区、半农半牧区；有城乡结合地区，还有边境地区；有蒙古族聚居区，有汉族聚居区，还有其他少数民族聚居区，还有蒙汉杂居地区。因此，典型村的选择必须兼顾这些类型差异。

根据上述考虑，我们在内蒙古最东部的呼伦贝尔市（原呼伦贝尔盟）选择了额尔古纳市恩和村。这个村既是中国俄罗斯族聚居区，又是中国东北部与俄罗斯临界的边境村。从该村社会发展可以观察中国边境地区俄罗斯族经济文化变迁轨迹。

在兴安盟选择了科尔沁右翼中旗高力板镇的国光嘎查。这是清末蒙地放垦后形成的村落，经济形态上经历了由牧到半农半牧的演变，在民族成分上是蒙汉杂居地区。由于地理区位上处于两省区（内蒙古自治区与吉林省）三地（吉林省通榆县、兴安盟突特旗、本旗所在地巴彦呼舒镇）之间，经济发展思路值得关注。

通辽市（原哲里木盟）是全国蒙古族人口聚居比例最大地区。我们在该地区选择了三个村，分别是扎鲁特旗东南部道老杜苏木保根他拉嘎查和扎鲁特旗西北部鲁北镇的宝楞嘎查，以及科尔沁左翼中旗白音塔拉农场二爷府村。这三个村都是蒙古族聚居的农业村落。扎鲁特旗的两个嘎查是清末蒙地放垦以后，在牧业地区逐渐形成的农业村落。新中国成立以后国家在内蒙古自治区建立了很多农场，对于科尔沁左翼中旗白音塔拉农场二爷府村的调查能够让我们对内蒙古地区农场的变迁及其经营现状有一个认识。

赤峰市喀喇沁旗地处燕山山脉深处，是清代前期（康熙）开始农耕化的地区，历经几百年，当地的蒙古族已经汉化，现在是以农业为主业、牧业为副业、汉族人口占多数的蒙汉杂居地区。喀喇旗王爷府镇富裕沟村是内蒙古的山村，对该村的调查能够开启一个窗口，了解内蒙古南部地区农村社会的基本情况。

锡林郭勒盟地处中国正北方大草原，正蓝旗赛音胡达嘎苏木和苏尼特左旗赛罕高毕苏木是典型的牧区，这两个地区保留着传统蒙古族的生产生活方式，受农耕文化的影响比较小。正蓝旗是察哈尔蒙古族聚居区，赛音胡达嘎苏木地处浑善达克沙地，传统牧业经济由于受生态环境恶化影响，已经难以发展。苏尼特左旗地处内蒙古的北部，是紧邻蒙古国的边境旗，因为环境恶化严重，正在执行"围封转移"政策。对这两个牧区嘎查的调查，可以让人们了解到草原生态形势严峻，以及牧业经济发展的困境。进而引发的思考是，在发展经济的同时，蒙古族传统文化怎样迎接社会转型的挑战？

呼和浩特市清水河县的窑沟乡老牛湾村，是内蒙古南部地区与山西偏关临界的一个山村，地处黄土高原丘陵区，临黄河和长城，与山西省仅一河之隔，在清代前期即有山西移民进入，是山西移民在内蒙古组成的汉族村落，也是有名的贫困地区。调查者以扶贫挂职方式深入当地生活，与当地干部密切合作，回顾历史发展历程，探索新的发展思路，尝试揭示这个村的前生今世。

呼和浩特市土默特左旗小浑津村是城乡结合部的蒙古族村落，这里蒙古族居民的语言和生产方式已经汉化，但是还保留着浓厚的蒙古族习俗。面临社会转型，生产方式改变，这个蒙古族村落如何保留自己的习俗，调查者希望通过努力，来揭示民族文化变迁的轨迹。

鄂尔多斯市（原伊克昭盟）准格尔旗十二连城乡五家

尧村濒临黄河，现是内蒙古自治区的新农村建设示范点。村落社区面临全面转型。既有生产、生活方式的变革，也有社区治理格局的转变。调查者准备对这种转型进行截面式描绘，展示该村改革开放以来取得的成绩及存在的问题。

巴彦淖尔市（原巴彦淖尔盟）杭锦后旗双庙镇继丰村地处河套平原与乌兰布和沙漠交会处，是内蒙古地区近代典型移民村。这里自然环境恶劣，但居民顽强地适应了生存环境，并通过长期奋斗使环境沙化得到遏制。改革开放30年来，这里的社会经济得到长足发展，调查者拟通过实地走访，入户恳谈，真实勾勒这个村的发展历程。

包头市达尔罕茂明安联合旗明安镇白音杭盖嘎查地处大青山北，是蒙古族为主的纯牧业区，因为生态环境恶化，根据国家政策已经全部禁牧。但是，如何安置当地牧民，涉及诸多问题，这在内蒙古地区推行城镇化及生态移民的实践中具有典型意义。

在初步择定调查点后，为了保证调查工作顺利实施，为了能够得到真实的调查材料，课题组采取了以下措施：

第一，选择熟悉典型村的专家学者担任主持人。内蒙古地区 13 个典型村的负责人可以分成两种类型：一种是在该村生活数年或者十多年，与村民熟悉，对该村的情况比较了解的人员；另一种是在调查村有特别熟悉的人员，能够起到引荐的作用。鄂尔多斯市五家尧村、巴彦淖尔市的继丰村、赤峰市的富裕沟村、通辽市的三个村、锡林郭勒盟的两个嘎查、呼和浩特市清水河县老牛湾村 9 个典型村的负责人都属于第一种类型。其他典型村负责人属于第二种类型。

通过选择熟悉并且与典型村有密切关系的专家学者担

任主持人，能够有效地消除调查者与被调查者之间的隔膜，消除被调查对象的顾虑，得到调查对象的配合，从而获取真实的信息。所选择的熟悉典型村的专家学者，大都是出生在典型村，高中毕业后因考入大学才离开了所在的村庄。他们在本村生活近20年，对本村的历史、环境、经济、政治、生产生活方式、风俗习惯、文化心理等，都有深切的感性认识，能够准确地表述本村情况。

第二，对参加调查人员进行业务培训。首先认真研读中国社会科学院中国边疆史地研究中心下发的有关本次调查的文件，参考其他省区调查成果。根据调查文件，结合内蒙古地区的实际情况，在多次商讨的基础上，拟定了内蒙古地区调查的大纲、调查问卷、访谈大纲、调查表，请有经验的调查人员介绍了调查中应注意的问题。

第三，选择清水河老牛湾村进行试点调查。老牛湾村距离呼和浩特市比较近，其他各村的主持人，首先到该村参与调查，得到一定的锻炼，取得一些调查经验，再开始本村的调查。

第四，对13个村的调查基本上采取线型推进的方式，没有采取平推的方式，目的是先开展调查的村能够给后开展调查的村积累调查的经验。

参与内蒙古地区典型村调查的学者多出身于历史学专业，在调查过程中，主要使用了历史学的方法，直接收集典型村的档案资料，通过访谈获得第一手的口述资料，通过调查问卷获得一家一户的数据性资料，通过观察获得感性资料。在通过不同方式最大限度地获取资料后，试图全面客观地描述典型村的现状及历史变化，目的是让读者对典型村的状况能有一个全面的认识。

　　第一次在内蒙古地区做这样一个比较大规模的调查，从我们的角度来说是一个尝试，受主客观条件的制约，调查成果肯定还有很多问题，我们期盼着同行的指正。

于　永　毕奥南

2009 年 12 月 1 日

第一章　概况

第一节　自然

一　地理位置

　　五家尧村①（简称"五家尧"，见图 1-1）是内蒙古自治区鄂尔多斯市准格尔旗（简称"准旗"）十二连城乡的一个行政村（见图 1-2）。

图 1-1　五家尧村在中国地图上的位置

---

① "尧"用作村名时也作"窑"。

1

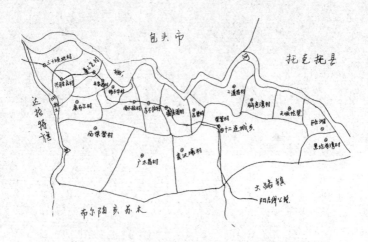

图 1-2 十二连城乡行政区划简图

资料来源：十二连城乡王建国副乡长手绘。

　　鄂尔多斯市地处黄河与万里长城的环抱之中，形象点说是"三面黄河一面城"。其东、西、北三面临河，在河"几"字形湾内，南接长城，东、南、西与晋、陕、宁接壤，北与呼和浩特市、包头市隔河相望构成"金三角"。准格尔旗位于鄂尔多斯市东部，黄土高原北缘，属陕、晋、蒙三省（区）交界的三角地区。据《准格尔旗志》①（简称"旗志"）载，准格尔旗地跨东经 110°05′~110°27′、北纬39°10′~40°20′。截至 2007 年，准格尔旗总面积 7692 平方公里，总人口 27.8 万，辖 1 个自治区级经济开发区、1 个新区、9 个苏木乡镇②、159 个嘎查村、20 个社区居委会。十二连城乡地处准格尔旗最北部，黄河南岸，库布其沙漠

---

① 《准格尔旗志》编撰委员会：《准格尔旗志》，内蒙古人民出版社，1993。
② 包括薛家湾镇、沙圪堵镇、龙口镇、那日松镇、准格尔召镇、大路镇、十二连城乡、暖水乡和布尔陶亥苏木。

北部边缘，东、北分别与托克托县和土默特右旗隔河相望，
南接大路新区与布尔陶亥苏木，西邻达拉特旗吉格斯太乡，
总面积 700 平方公里。根据乡政府提供的信息，全乡现有耕
地 15 万亩，其中保灌面积 8.8 万亩、林草保存面积 56 万
亩、宜林宜草面积 23 万亩，黄河过境长度 64 公里，下辖 19
个行政村，152 个生产合作社。全乡总人口 24265，其中农业
人口 23455。该地区地势平阔，土质肥沃，水源充足，林草富
集，可开发利用的水、地、林、沙、草资源甚广，又拥有十
二连城遗址等人文资源，历来是准格尔旗重要的粮食生产基
地和农村人口密集区域，素有准格尔旗"北大门"之称。

五家尧村北靠黄河，东邻杨子华尧村，南接康布尔村，
西邻董三尧村，乡政府将其与杨子华尧村、董三尧村、兴胜
店村、康布尔村和三十顷地村统称为"西部六村"。根据村委
会提供的信息，五家尧村总面积 15 平方公里，耕地面积 1.2
万亩，其中水浇地 2000 亩，共有机电井 120 眼，是十二连城
乡重要的粮食产地。且阳吉线贯通该村，交通便捷。

二　地形地貌

五家尧地处准格尔旗北部边缘，海拔较低，地形平坦，
处于黄河南岸的冲积平原区。据旗志载，该区是在中生代
晚期凹陷基础上于第四季初进一步发育的东西向断陷盆地，
也是由黄河及其他支流沉淀物填充而成的原层细沙及粒土
状冲积平原。

三　水文气候

（一）水文

流经五家尧的河流主要有浒斯太河（简称"浒太河"）

和黄河。准格尔旗境内有"三川一河",即纳林川、十里长川、犊牛川和浩斯太河,其中浩斯太河是旗境内唯一一条常年有水的河流。浩斯太河源于布尔陶亥苏木,经七卜尧村[①]出旗境,北流入黄河,上游为丘陵,中经明沙,下游为平坦开阔地。五家尧正处于该河的下游东部。黄河位于五家尧以北,相距甚近,但难以灌溉利用。自1951年五家尧南边的康布尔村开通5公里长的大渠后,西部六村才逐渐开始了自流灌溉,村里灌溉用浩斯太河水而不用黄河水。

根据旗志记载,五家尧属于黄河平原孔隙水开采区的潜水水量中等开采亚区,水量中等,机井在水位降深18～20米,水质化学类型为 $HCO_3 - Ca$、$HCO_3 - Ca.Mg$ 型,矿化度小于1克/升,属淡水。灌溉系数大于18,适宜人畜饮用和农田灌溉。因此,该区域地下水资源非常丰富,农业灌溉方式既可采用地表水也可利用地下水,目前灌溉主要采用地下水。村民回忆,1969年旗水利局给五家尧打了第一眼井。

(二) 气候

根据旗志记载,五家尧属于典型的中温带大陆性气候,总的气候特点是冬季漫长而寒冷,夏季炎热而短促,春秋气温变化剧烈。据村民讲,五家尧夏季多偏南或偏东风,晚秋至初春多西北风。

四 资源物产

(一) 植物资源

粮食作物:玉米、小麦、糜子、黍子、高粱、谷子、

---

① 也称七卜儿尧村。

大麦（草麦）、莜麦、蚕豆、豌豆、扁豆、绿豆、豇豆、小豆、黄豆、黑豆、三扁豆、三豌豆、马铃薯等。

经济作物：西瓜、葵花（向日葵）、麻子、胡麻、蓖麻、甜菜、黄芥、烟叶等。

林木：加拿大杨、白杨、桑树、槐树、沙枣、红柳、苹果、杏、海棠、海红果、葡萄、123①、沙果、李子、桃树、松树等。

菜蔬：圆白菜、白菜、芹菜、韭菜、黄瓜、茄子、菠菜、芥菜、白萝卜、水萝卜、黄萝卜、辣椒、蔓菁、洋蔓菁、芫荽、芋头、莴笋、番茄、青椒、豆角、大葱、葱头、大蒜、蒜苔、倭瓜、番瓜、葫芦、香瓜、华莱士等。

野生植物：苦菜、田苣、地皮菜、芦苇、蒲、苔、苜蓿、沙葱、马莲、沙蓬、棉蓬、笛芨、沙蒿等。

栽培花卉：海娜、牵牛花、美人蕉、令剑、仙人球、仙人掌、吊莲、蒜头莲、粉罐罐、千层层等。

药材：麻黄、蒺藜、甘草、苍耳、蒲公英、车前子、枸杞、黄芪、大黄、党参、菟丝子、苦豆根、牵牛子、艾草、沙棘等。

五家尧有专门种植黄芪的专业户，不过本地产的黄芪质量一般。五家尧有少量农户种植枸杞，多种于沙地或土质不好的土地，是部分村民的一项重要收入。五家尧有少量农户种植沙棘，多种于沙地、盐碱地。

（二）动物资源

豢养动物：马、牛、驴、骡、骆驼、山羊、绵羊、奶

---

① 一种果树。

山羊、猪、鹿、狗、兔、猫、鸡、鸭、鹅、鸽子、蜜蜂、鱼等。

野生动物：黄鼠狼、鼠、蝙蝠、喜鹊、乌鸦、猫头鹰、鹰、鹞子、啄木鸟、鹌鹑、沙鸡、鸹鸹舅、麻雀、布谷鸟、一点红、燕子、老牛丢（鸟）、水牛（鸟）、跳鼠、蟋蟀、蜻蜓、蚯蚓、蜘蛛、蚂蚱、蝴蝶、蚂蚁、蚂蟥、青蛙、蟾蜍等。

（三）矿产

低洼处有硝。

五　自然灾害

（一）霜冻

作为自然灾害的霜冻一般指的是初霜（秋天第一场霜冻），出现时间是农历九月底到十月初，最晚在十月中旬。2006 年农历九月，五家尧村遭受了一场霜冻，当时所有庄稼还没有收割，河头地庄稼种得晚，霜冻的时候庄稼还没有长成，造成粮食大面积减产，损失很大。沙滩地种得早，庄稼已经成熟，损失不是很大。

（二）冰雹

冰雹是五家尧村危害最大的灾害。冰雹不仅毁坏庄稼，严重时还会打死打伤牲畜。1987 年农历五月二十，小麦正值关键的穗齐阶段，一场冰雹从七卜儿尧村打到五家尧村，把 90% 以上的小麦全部打死。灾情出现后，旗政府紧急调集糜子和荞麦等种子发放给村民，村民们只好把麦子锄掉，然后种糜子，所幸秋天糜子收成还不错，从而降低了损失。

（三）河汛

黄河大水多发生于雨量集中的七月至九月，伏天发生称"伏汛"，秋天发生称"秋汛"。汛期因水量高涨，河沿出现小水塌岸，大水出岸漫滩，导致沿岸城镇、村庄被淹，造成重大损失。据旗志载，1964 年 7 月 30 日，黄河准格尔旗段洪峰流量 4000 立方米/秒，持续 7 天。8 月 8 日最高峰达 4520 立方米/秒，8 月 9 日，水位下降，汛情解除。这场秋汛使四座毛庵全村被淹，村民被迫迁徙，是新中国成立以来五家尧村遭受的最大一次水灾。

第二节　社会

一　五家尧村区划沿革

据村民回忆，民国三十六年（1947 年）南面①遭灾，本地才开始有人搬来，以后逐渐多了起来，中华人民共和国成立前后，搬来的更多。据老年村民推算，本村住户最长的也就 4 代，可以说五家尧是一个近代移民村。早些年，老一辈人都是奔着这块"种地的好地方"而来。对他们而言，这里可以解决最基本的吃饭问题。有位老人回忆，自己的父亲来这里做工，挣下了粮食，但因没有牲畜，粮食运不回去，只好把她和妹妹放在锅里，用扁担担着来了此地。在过去的大背景下，能解决"吃"的问题，是一件很

---

① 村民习惯将旗境库布其沙漠以南的丘陵地带称为南面，这个指称弹性较大，有时甚至包括山西和陕西等与准格尔旗接壤之地。

不简单的事。所以，农村土地改革之后，大家都觉得在本地种地打粮是一种很不错的生活，甚至念过私塾的人也不再上学，专心务农。

五家尧建制是从中华人民共和国成立后开始的。新中国成立后，准格尔旗有 14 个区，黄河以北的将军尧子、程套海子等地为第一、第十四区。据以前的队长王台基讲，新中国成立时，五家尧村归黄河北岸的党三尧子。1952 年，全旗开展农村互助合作组运动，五家尧和四座毛庵合称二自然村。

1954 年，全旗农村开始由常年互助组发展成初级农业生产合作社，五家尧村也随之改为五四胜利社。1955 年，根据内蒙古自治区人民政府蒙民建字第 27 号命令，准格尔旗黄河北岸第一、第十四区正式移交萨拉齐县管辖，全旗重划为 12 个区、62 个乡镇，五家尧从此正式划归蓿亥树湾乡。

1956 年，准格尔旗为迎接全国农业合作化高潮，以行政命令手段，使农业生产合作社猛增，五家尧也开始扩大社。

1958 年，准格尔旗全旗实现人民公社化，撤销区乡建制，改建为"一大二公"、"工农商学兵"五位一体的人民公社 8 个，下辖 31 个管理区。五家尧当时属董三尧管理区，该管理区西至达拉特旗，东到苏家湾，南达康布尔，北靠黄河，全名叫五三胜利社。当时五家尧、四座毛庵、老九尧统称五家尧大队。

1961 年，人民公社解体下放，准格尔旗 8 个人民公社重新划定为 25 个，管理区改划为 254 个生产大队，共辖生产小队 1686 个。此时，四座毛庵分为东毛庵和西毛庵两个小队，老九尧分为东老九尧和西老九尧两个小队，五家尧为一个小队，即由以前的 3 个小队变为 5 个小队，统称五家尧生产大队，归蓿亥树湾人民公社管辖。

1966 年，全国掀起"文化大革命"浪潮，旗属各单位先后成立革命委员会领导小组或革命领导小组，五家尧归蓿亥树湾革命委员会管辖，改称五家尧革命委员会。辖五家尧、东四座毛庵、西四座毛庵、东老九尧和西老九尧 5 个小队。

1981 年，准旗革命委员会改称旗人民政府。1983 年，全旗的生产大队改称村民委员会，生产小队改称农业生产合作社。蓿亥树湾乡人民公社改称蓿亥图乡人民政府，五家尧大队改成五家尧村民委员会，所辖的 5 个小队——五家尧子①、东四座毛庵、西四座毛庵、东老九尧和西老九尧均改称农业生产合作社。

2005 年 7 月，准格尔旗进行合乡并镇，蓿亥图乡被划入十二连城乡，五家尧也随之进入十二连城乡治下。

二　村落布局

五家尧所辖 5 个合作社分别是五家尧子、东四座毛庵、西四座毛庵、东老九尧、西老九尧，其中东四座毛庵和西四座毛庵也合称东西毛庵或四座毛庵，东老九尧和西老九尧也合称东西老九尧或老九尧。大致是四座毛庵最北，五家尧子中间，老九尧最南。四座毛庵北边有一条防洪坝，村民将坝北与黄河之间的地称为河头地，坝南的称为沙滩地（见图 1 - 3、图 1 - 4）。

---

①　该年之后，"五家尧"既是可指称整个行政村，也可指称其下辖的自然村，后文在指称自然村时，均使用"五家尧子"，以示区别。

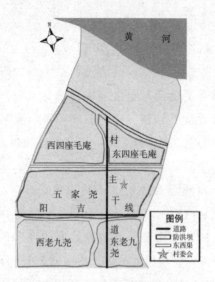

图 1 - 3　五家尧村村落布局（1）

资料来源：课题组绘制于 2007 年。

河头地		
防洪坝		
旧大渠	村	旧大渠
西四座毛庵		东四座毛庵
东西渠		东西渠
五家尧子	主	五家尧子
阳吉线	干	阳吉线
西老九尧	道	东老九尧

图 1 - 4　五家尧村村落布局（2）

资料来源：课题组绘制于 2007 年。

三　姓氏人口

（一）姓氏分布

截至调查时，五家尧全村共 266 户，在籍人口 981 人，其中女 478 人，男 503 人；蒙古族 72 人，回族 2 人，汉族 907 人。东、西毛庵与五家尧子三社（简称"三社"）共 206 户，683 人，其中女 328 人，占总人口的 48%；男 355 人，占总人口的 52%。在这 206 户中，离婚者 3 家，丧偶再婚者 11 家，单身者 7 家。三社各姓氏分布如表 1-1～表 1-3 所示。

表 1-1　五家尧子各姓氏分布（共 74 户）

单位：户，%

姓　氏	户　数	百分比	姓　氏	户　数	百分比
薛	2	2.7	张	10	13.5
田	1	1.4	王	4	5.4
高	3	4.1	赵	1	1.4
陈	3	4.1	池	11	14.9
祁	5	6.8	杜	1	1.4
刘	13	17.6	何	1	1.4
边	1	1.4	贾	2	2.7
黄	6	8.1	胡	3	4.1
周	6	8.1	苏	1	1.4

资料来源：根据课题组"住户基本情况调查表"整理。

表 1-2　西四座毛庵各姓氏分布（共 56 户）

单位：户，%

姓　氏	刘	郝	杨	王	翟	高	孙	马	张	白	牛	周	吕	宋
户　数	19	2	6	8	2	2	7	1	1	2	1	3	1	1
百分比	33.9	3.6	10.7	14.3	3.6	3.6	12.5	1.8	1.8	3.6	1.8	5.4	1.8	1.8

资料来源：根据课题组"住户基本情况调查表"整理。

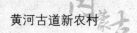
表1-3　东四座毛庵各姓氏分布（共76户）

单位：人，%

姓　氏	武	蒋	邹	田	高	杨	万	梁	周	秦	张	刘	郭	王
户　数	7	5	5	3	6	11	13	4	8	1	6	5	1	1
百分比	9.2	6.6	6.6	3.9	7.9	14.5	17.1	5.3	10.5	1.3	7.9	6.6	1.3	1.3

资料来源：根据课题组"住户基本情况调查表"整理。

　　虽然五家尧子的刘姓有13户，占比最大，但并非同宗大族，因为这13户刘姓属三个不同的家族，相互之间也不沾亲，其他如张姓、池姓也是如此。类似地，东、西四座毛庵的刘姓、杨姓等也是如此，仅有万姓是一个家族。社际间虽然有同姓，但很少有同一血缘的，所以社际村民虽然大家彼此熟悉，但如果没有借贷、变工之类的现实需要，不是志趣相投的哥们儿朋友，平时是很少有深入接触的。在东四座毛庵74户人家里，有18个不同的姓氏，其他两个社各有14个不同姓氏，这从一个侧面表明村落家族和宗族凝聚力的薄弱。

　　根据调查材料统计，三社206户农户常年外出打工及移居外地的有44户，占21.4%；给公司打工的有53户，占25.7%；土地未承包，还在种地的有48户，占23.3%；以其他职业为主，兼顾种地的有24户，占11.7%；赋闲在家，不用或不能种地的有37户，占18%。按照村民的说法是，给公司打工的占1/3，种地的占1/3，自己打工的占1/3。

（二）人口年龄

　　三社682人中，年龄最小的1岁，最大的85岁，人口年龄组合统计如表1-4所示。

表 1 - 4　2007 年五家尧人口年龄组合

单位：人，%

年龄段（岁）	10 岁以下	10 ~ 19	20 ~ 29	30 ~ 39	40 ~ 49	50 ~ 59	60 ~ 69	70 ~ 79	80 岁以上
人数合计	57	118	123	128	101	81	40	30	5
占总人口比重	8.3	17.3	18.0	18.7	14.8	11.9	5.9	4.4	0.7
男性人数	24	62	67	62	51	43	22	20	4
占同龄组比例	42.1	52.5	54.5	48.4	50.5	53.1	55.0	66.7	80.0
女性人数	33	56	56	66	50	38	18	10	1
占同龄组比例	57.9	47.5	45.5	51.6	49.5	46.9	45.0	33.3	20.0

资料来源：根据课题组"住户基本情况调查表"整理。

　　从表 1 - 4 内人口年龄构成来看，三社总人口中 10 ~ 39 岁的所占比重较大，占三社总人口的 54%，可以说三社是以青壮年为主的村落社区。10 岁以下的占总人口 8.3%，但 10 ~ 19 岁的占到 17.3%，虽然这两个年龄段均受计划生育政策影响，但后者比前者多了近一倍，村民认为这与近几年儿童抚养成本的增加有很大关系。近十多年，许多夫妇有了一个孩子后认为，"务以①一个娃娃太费钱了，政策让生也不生"。生育观念受经济水平的影响可见一斑。

　　从表 1 - 4 内性别构成来看，只有 30 ~ 39 岁这一年龄段，女性所占比重才大于男性比重，从这个年龄段往后，男性所占比重呈增大趋势。村民认为，本地普遍是这个现象，但具体原因不太确定，一说是农村地区重男轻女，也多从外地抱养男孩，致使男性多于女性，村里的 7 户单身均为男性也是这个原因。一说是早些年没有计划生育，女性生孩子较多导致体质下降，因此寿命要低于男性。

----

　　①　方言，意为"抚养"。

(三) 人口流动

土地改革之后，村里还有陆续迁入的人口。除嫁娶之外，大致包括关系户、招女婿和赤脚医生。改革开放之前，出嫁女性的地收归集体，然后分给嫁到本地的女性，可以说嫁娶是人口流动的主要渠道。据村民讲，关系户只要能和生产队长搭上话，队长能同意，基本上就可以了。因是农业社大集体，土地是大家的，落一个人的户，给分二亩地，分摊到每个村民也就少几分地，何况地是国家的，因此村民也很少反对。三社这样的关系户共有10家，这些关系户有的全家仅有1人在册，有的只有户口，没有土地。甚至向村民问及某在册村民时，村民也不知道。这10户中有两户是来得较早，承包了村里的土地，现在子女也均成家，彻底成为了本村村民。招女婿来的共有4户。赤脚医生共有2户，在农业社时期，既负责给村民出诊，偶尔也参加农业劳动。后来随着户籍制度管理的逐步严格，村里虽然还有整户迁来的现象，但数量极少，仅3户。

20世纪90年代初，村里有青年考上大学，户口随之迁出。也有村民动用关系，将子女转为市民户口，从本地迁出。20世纪90年代后期，随着商品经济的发展，村民开始到附近的城镇打工。刚开始主要是做瓦匠、木匠、油匠，但是数量很少。从2000年开始，尤其是近两年，村里外出打工的人日趋增多。调查之时，三社共有44家农户在外打工或移居外地，但户口都在本地。绝大多数是夫妇二人连带子女一起出去，很多都是为了孩子能有一个好的上学条件。近年来，村民外出打工从事的职业也多了起来，有开出租车的，有做矿工的，有当厨师的，还有到煤矿拉煤，在商店、药店做服务员的，打工的区域主要集中在薛家湾、沙圪堵、东胜、达拉特旗、呼和浩特市等周边城市。

（四）调查农户

在五家尧子，东、西四座毛庵三社，课题组详细调查了163家农户，家主均为男性，其基本情况如表1-5、表1-6所示。

表1-5 家主姓氏1（共163户）

单位：人，%

姓 氏	秦	白	边	陈	池	杜	高	郭	郝	胡	黄	贾	蒋	梁
人 数	1	2	1	3	13	1	8	1	1	2	3	2	3	4
百分比	0.6	1.2	0.6	1.8	8.0	0.6	4.9	0.6	0.6	1.2	1.8	1.2	1.8	2.5

资料来源：根据课题组"住户基本情况调查表"整理。

表1-5 家主姓氏2（共163户）

单位：人，%

姓 氏	刘	马	牛	祁	孙	田	万	王	邬	武	薛	杨	翟	张	周
人 数	33	1	1	5	5	2	8	13	3	4	1	11	2	18	11
百分比	20.2	0.6	0.6	3.1	3.1	1.2	4.9	8.0	1.8	2.5	0.6	6.7	1.2	11.0	6.7

资料来源：根据课题组"住户基本情况调查表"整理。

表1-6 家主籍贯（共163户）

单位：人，%

籍 贯	本村	本乡	本旗	达旗	伊旗	包头土右旗	呼市清水河	山西	陕西	河北
人 数	91	3	27	3	1	1	4	11	19	3
百分比	55.8	1.8	16.6	1.8	0.6	0.6	2.5	6.7	11.7	1.8

资料来源：根据课题组"住户基本情况调查表"整理。

163家农户的婚姻状况如表1-7、表1-8所示。

表1-7　婚姻状况统计（共163户）

单位：人，%

婚姻状况	未 婚	已 婚	离 婚	独 身	丧 偶
人 数	1	153	1	3	5
百分比	0.6	93.6	0.6	1.8	3.1

资料来源：根据课题组"住户基本情况调查表"整理。

163家农户的家主和配偶年龄统计如表1-8所示。

表1-8　家主和配偶年龄统计（共163户）

单位：岁，人

年龄段	20~29	30~39	40~49	50~59	69~69	70~79	80~89
家主人数	9	32	45	38	17	17	5
配偶人数	14	36	46	36	11	10	0

资料来源：根据课题组"住户基本情况调查表"整理。

163家农户家主和配偶文化程度统计如表1-9所示。

表1-9　家主和配偶文化程度统计（共163户）

单位：人

文化程度	文盲	私塾	小学	初中	高中	中专	大专
家主人数	20	2	47	71	17	3	3
配偶人数	52	0	62	37	2	0	0

资料来源：根据课题组"住户基本情况调查表"整理。

可以看出，女性配偶的文化程度要低于男性家主，除小学文化程度上女性配偶人数略多于男性家主外，其他各层次文化程度，均是男性家主多于女性配偶，而且女性配偶的文盲人数接近男性家主人数的两倍。在访谈过程中，问及女性配偶辍学或失学的原因，都说是家里不培养，虽然其中不乏当时成绩相当优秀者。村民刘二兰自入学起，一直是班里前三名学生。但父母认为女孩识几个字就可以了，培养再多也终究要嫁人，因此虽然班主任曾多次努力挽留，甚至多次劝说她的父母继续培养，但最后还是不得不辍学。

四 交通通信

道路交通对于一个地方的经济发展来说至关重要，五家尧近几年的发展除了得益于国家政策外，道路交通的提升也是一个不可或缺的有利因素，很符合时下一个颇为流行的说法："若要富，先修路。"

早在新中国成立前，准格尔旗到萨拉齐之间就有准萨路，该路途经笸芨壕、圪条不拉、蓿亥树（中间就经过五家尧），渡黄河至党三尧子达萨拉齐。在水路运输上，改革开放前，紧邻五家尧西北的七卜尧村有高龙渡口。黄河上有中小型木船和拖轮摆渡，供两岸居民物资来往。

在 20 世纪 80 年代末，五家尧的路就是普通的乡间小道。本地土壤以"潮土"为主[1]，这种土虽然水分条件好，养分含量高，适合种植，但用其垫起来的路却有诸多不便，其中两者最甚。一者雨天泥泞，二者年久之后便成了风沙土，村民称之为"沙窝"。也因此，以前村里经常需要村民出工垫路。当时的陆路交通，短途就是畜力车和自行车，相对村民的购买能力而言，轻骑、摩托车之类虽然便捷，但只能望车兴叹。个别农户已有四轮车，在百里之内的路程也称得上重要交通工具。长途只有东西两方，往东去薛家湾镇和沙圪堵镇，往西去达旗树林召镇。当时的准旗政

---

[1] 李宽厚：《内蒙古准格尔旗农业资源及合理开发利用研究》，内蒙古人民出版社，1998，第4页。

府驻地还在沙圪堵镇，人们去沙圪堵镇要多于去薛家湾镇。树林召镇因为物价低廉，村民常去购物，附近的长途班车也以跑这三地的为多。另外，还有两趟班车，虽然发车点离五家尧较远，但也对五家尧人的出行颇为重要。一趟从巨合滩直达东胜，另一趟从以前的蓿亥图乡中心直达呼和浩特。1990 年，五家尧村开始有人与外村村民合股买班车。虽然开班车需尽量起早抢旅客，且得经受长途颠簸，但相对于种地来说，还是收入不少，因此竞争颇为激烈。当时整个蓿亥图乡西部地区共有 16 趟车，五家尧那位合股买班车的先锋惨淡经营一年多后还是回到了土地上。对于跑班车的来说，当时最头疼的就是每年学校开学时节。中学离本村近 60 里地，每逢开学，学生们所带包裹也颇多，家长大多愿意他们坐班车。但学生只坐这 60 里地的路程，如果一辆车全拉上学生，60 里地之外便不容易拉上长途旅客，一趟下来，车主难赚几个钱。有的车主手段过激，在这段高峰期内，如果短途要购票，就得付和长途同样的钱，否则便不拉。村民对此很是气愤，但也无可奈何。学生坐在里边颇为受罪①，车主为了多赚些钱，一个 19 座华西车，能硬多塞进去近一倍的人，最后只司机旁边有点空隙，其余地方水泄不通。一个拥挤的小车，走在净是沙窝的道路上，颠簸、气闷可想而知。

1996 年，村里垫起了红泥（黏土）路，虽然还是乡间土路，但此种路避免了以前那种路的第二个缺点。但因红泥遇水便成泥浆，因此长途客车一遇大雨便禁止通行，村民出行也就最怕下雨和雪后消融。

---

① 方言，意为"难受"。

1998年，红泥路改进为沙石路。比较前两种路而言，沙石路的主要材料是石子、白灰和土。既不会因时间长了成沙窝，也不怕下雨后泥泞，颠簸之苦也减轻很多。道路条件好了，长途班车竞争也更加激烈。车主之间甚至因拉客而争执打斗，为了赢利也各出奇招。当时有一趟去树林召的班车，去树林召时不收路费。在不明白内情的人看来，这简直有点不可思议。当村民坐上班车，拿钱买票时，售票员就说："快算了，回来再说吧"因为基本上西部这几个村村民之间即使不认识，也大都脸熟，谁也不好意思因为一次坐车欠下人情。虽然售票员嘴上说不要钱，但这钱却不能给。所以这"回来再说吧！"就意味着去时坐了这趟，回来时还得坐这趟，此举令村民很是反感。

2001年，阳吉线开通。该条公路起点为呼大线106公里处的阳市圪咀，途经东孔兑、大路、乌兰不浪、宋二滩、柴登、蓿亥图、三十顷地，终点至达旗吉格斯太，全程78公里，设计标准为山岭重丘区二级公路，五家尧村正位于阳吉线70公里处。在村民眼里，修了油路（柏油路）之后方便多了。以前人们短途出行主要靠自行车，现在则是摩托车。根据调查，163家农户里，有摩托车的有125家，占调查总数的76.7%，摩托车购买时间如下：

这些摩托车价格最低者仅450元，最高者可达1万元，前者之所以便宜，因为是二手车。如果以2001年为分界线，2001年之前购买的有61户，占摩托车拥有户的48.8%；2001年之后购买的有64户，占摩托车拥有户的51.2%。在这125家农户中，至少有17户已经买了两辆摩托车。在这17户中，只有2户是2001年购买的第二辆摩托车，其余15户的第二辆摩托车均购于2001年之后。此外，至少有15家富裕农户还买了小轿车和面包车，且购买时间均为 2001 年之后，价格最高者 43 万，最低者仅 7000 元，也有二手车（见表 1–10）。

表 1–10　摩托车购买时间（共 125 户）

购买 时间（年）	1988	1991	1994	1995	1996	1997	1998	1999	2000	2001	2002	2003	2004	2005	2006	2007
人　数（人）	1	1	2	5	7	16	9	3	17	8	13	3	9	20	7	4
百分比（%）	0.8	0.8	1.6	4.0	5.6	12.8	7.2	2.4	13.6	6.4	10.4	2.4	7.2	16.0	5.6	3.2

资料来源：根据课题组"住户基本情况调查表"整理。

与此同时，长途班车也有了很大变化。以前人们走长途，得早上五六点钟就去路边等班车。夏天还好点，冬天就得在路边捡上柴火，点起火堆取暖。即使这样，到了节假日还不一定能坐上，好多学生开学前两天就走，免得到了开学之日坐不上车误课。油路修好之后，人们出远门比以前自由多了，早上走、中午走还是晚上走，都可以自由选择。学校还与车主联系，周末和开学时间专门接送学生，既放心了家长，也方便了学生，相当于开通了公交车。直达包头和临河等地的长途班车也途经五家尧，人们的出行更为方便。

2006 年，杨子华尧村北边建起一座浮桥，该路直达萨拉齐，如果从此路直接去呼和浩特市，约两个半小时。同年，由准旗建设社会主义新农村领导小组办公室投资 520 万，五家尧村开始修村内水泥路。该条水泥路 2007 年 5 月开始使用，全长 7.5 公里，五家尧的 5 个小队也实现了道路全通，村与村之间的联系也方便起来，村民去集贸市场也更加方便。随着本地物资流通的发达，阳吉线两边成为村子的交流中心，因两边店铺所挂牌子均以村支书张军的鑫

宇公司为名，村民也将该路段戏称为"鑫宇大街"（见图
1 - 5）。

图 1 - 5 鑫宇大街（摄于 2007 年 9 月 3 日）

与道路交通伴随发展的是通信。1998 年开始，外出打工的
富裕村民便开始使用模拟网的大哥大。2000 年开始，村主
任池勇花了 3600 元装了一部无线电话，机器 2000 元，入网
1200 元，但是经常坏。2002 年起，五家尧开始安装固定电
话，每台 300 元，当时共有 170 多家农户安装了电话。2006
年固定电话减少了一部分，2007 年又有所回升，截至调查
期间，五家尧共有 80 多家农户在使用固定电话。村主任家
东边的就是机房。该机房是蓿亥图以西最主要的机房，覆
盖兴胜店、董三尧、五家尧、杨子华尧几个行政村。2002
年，蓿亥图安起了移动架子，村民用手机的也多了起来。
2007 年调查之时，163 家农户中拥有手机的有 136 家，占到
83.4%，其中拥有两部以上的至少有 55 户，占到 33.7%。
作为一种基本的通信工具，有 5 户的手机是子女买给父母以

方便联系的。但上了年纪的村民文化程度不高，对于手机这种高科技产品很难掌握操作，常有不会锁键盘，而无意将电话拨出之事，自然会引来儿女们无奈的埋怨。

2006年12月开始，本村接入宽带互联网，每年收费960元。截至调查时，全村共有7家接入互联网，主要用来收集农业科技方面的信息。同时，通过互联网，本村的西瓜也可以进行网上交易，销往北京、河北、山西、二连、山东等地。

第二章　乡村治理

　　2006 年，五家尧行政村成为鄂尔多斯市和准格尔旗两级的新农村示范点，2007 年又争取成为内蒙古自治区新农村科技示范点（见图 2－1），村里的 1 万多亩土地都承包给了三家公司经营，大部分农民由原来的耕种者变成了务工人员。能成为自治区首批 23 个新农村建设示范点之一，"村支两委"功不可没，其领导之下的乡村治理结构更有着一定的现实意义。

图 2－1　科技示范村（摄于 2008 年 5 月 5 日）

第一节　党政领导

一　基本情况

在实际工作中，村党支部是核心，村委会协助工作，村民有事时首先想到的是村委会，具体而言是"村长"。法理上的村支书，村民私下都习惯称"村长"，在村民的观念里，党支部与村委会几乎没有区别（为了便于叙述，文中引用村民的语言，将"村支两委"合称"村委会"），当然按规定两者各自都有分工（见表2-1）。

表2-1　2007年五家尧村村委会构成

职　位	姓名	性别	政治面貌	文化程度	职责分工
支部书记	张　军	男	党员	初中	核心领导，负责全盘工作
支部副书记	郭云荣	男	党员	高中	分管精神文明建设、党建、民事纠纷、廉政建设工作
村主任	池　勇	男	党员	大专	分管农业开发与新农村建设、引进项目实施
妇联主任	王文秀	女	党员	初中	妇女工作、兼职出纳
会计	许五十三	男	党员	初中	统计报表（计生、财务）
治保小组	五个社的社长*				治安保障

*治保组长：池勇；成员：周根良、刘生、王青义、韩勇、麻五十二。严格说，治保小组不能算作村委会的组成部分。

资料来源：根据村委会提供材料整理。

此外，五家尧下辖五个合作社，各社均有一名社长，虽非村委会正式干部，却也担负着协调、领导之责。按理说，村党支部应该还设有团支部和民兵连，但在调查中了解到，五家尧团支部的建设基本停顿，因为土地联产承包后，村民忙于自家生产，感觉参与不参与团组织都无所谓。民兵连只是个形式，在组织机构里有个名称，没有实际作用，由会计兼任。

村委会干部补助每月260元，妇联主任每月80元，五个社的社长补贴为每年400元。2007年以前根据各社人口，均摊到各社村民身上，每年村民共承担200元，乡财政补贴200元，共400元。2007年以后新一届的村委会由旗财政发放补贴，社长每年可获得1500元补贴，村委会各成员每月可以拿到800元补贴。

五家尧村党支部现有新老党员29名。其中外出流动党员3名，后备干部3人，党员科技示范户5人，入党积极分子3名。在这29名党员中，男27人，女2人，汉族29人，蒙古族1人。其他指标统计如表2-2~表2-5所示。

表2-2 五家尧村党员文化程度统计

单位：人，%

指　标	小　学	初　中	高　中	大　专
人　数	10	13	5	1
百分比	34.5	44.8	17.2	3.4

资料来源：根据村委会提供材料整理。

表2-3 五家尧村党员年龄统计

年　龄（岁）	20~29	30~39	40~49	50~59	60~69	70~79	80~89
人　数（人）	1	3	7	8	1	8	1
百分比（%）	3.4	10.3	24.1	27.6	3.4	27.6	3.4

资料来源：根据村委会提供材料整理。

表 2 - 4　五家尧村党员党龄统计

党　龄（年）	新发展	10年以下	10~19	20~29	30~39	40~49	50~59
人　数（人）	6	8	0	3	4	3	5
百分比（%）	20.7	27.6	0	10.3	13.8	10.3	17.2

资料来源：根据村委会提供材料整理。

表 2 - 5　五家尧村党员职业统计

单位：人，%

职　业	个体户	教师	兽医	农民
人　数	1	2	1	25
百分比	3.4	6.9	3.4	86.2

资料来源：根据村委会提供材料整理。

在文化程度上，五家尧目前的党员以初中文化居多；在年龄结构上，以老年居多；在党龄上，以10年以下的居多。值得注意的是，1984~1997年，13年之内没有发展过新党员，而近十年发展的党员却较多。在职业上，以农民居多。

根据村委会提供的材料，2007年前半年，村党支部共组织召开10次会议，基本内容如表2-6所示。

表 2 - 6　2007 年前半年五家尧村党支部会议记录整理

时间	主要内容	主持记录	参加人列席	上级领导	内容侧重
1月1日	迎新年、全体党员座谈会；总结2006年一年来工作情况，宣布新一届村委的分工，五家尧新农村建设的目标、任务	张军许五十三	23名党员和5社社长		发展社区
1月8日	西部六村的发展规划研讨	奇旗长池勇	西部六村委的支书及村长；各社社长及群众代表	准旗副旗长及开发办张主任等	配合政府

时间	主要内容	主持 记录	参加人 列席	上级 领导	内容 侧重
1月 15日	科技培训会：贾局长讲政府的规划要求及发展思路	秦乡长 池勇	五家尧两委干部，五社社长及种养殖大户	准旗农牧业局贾局长，市农牧业调研员等	配合 兼发展
1月 18日	1. 新党员发展；2. 70岁以下贫困党员花名确定；3. 根据上级政策，发放70岁以上老党员生活补助	张军 郭云荣	全体党员		党组 建设
3月 2日	1. 安排布置2007年工作；2. 计划生育工作；3. 重点讨论：清账、整修沙石路；整合东、西四座毛庵土地；占用住宅及坟地问题	张军 许五十三	五家尧两委干部，五社社长*		发展 社区
3月 20日	1. 学习暖棚西瓜种植，动员党员社将所学传授给每个群众；2. 研究和讨论规模化经营土地具体办法**	张军 许五十三	五家尧两委干部，五社社长及群众代表	旗农牧业局武局长；调研员	发展 社区
5月 10日	讨论五家尧新农村建设具体方案与步骤***；学习种养殖技术及法律知识****	张军 许五十三	五家尧"两委"干部，五社社长及群众代表	秦乡长，旗养殖技术调研员	发展 社区
6月 30日	总结2007年成绩与不足，研究讨论村容、村貌整洁问题，为迎接全市"两会"在我村召开；学习党课知识；拟定7月1日党的生日座谈会	张军 许五十三	五家尧"两委"干部		配合 政府
7月 1日	庆祝党成立（学习党章、发展新党员，歌咏、朗诵、绘画等比赛）；村党支部上半年工作报告；村计划生育工作报告	张军 许五十三	全体党员①，五社社长及群众代表		配合 政府
7月 20日	乡党委政府组织放映队巡回演出	张军 许五十三	全体党员，周边群众若干	秦乡长等	配合 政府

* 妇联主任缺席。

** 调查时村委会计称只有意向性的口头政策，没有具体的文字材料。

*** 危房、土房、零散房先拆后建楼。

**** 包括村规民约。

资料来源：根据村委会提供材料整理。

---

① 党员缺席1人。

从主持人看，有 2 次为上级行政部门领导，其余 8 次均由村支书主持，会计记录。从内容侧重上看，主要讨论发展社区的有 4 次；主要讨论配合政府的有 4 次；既讨论配合政府，又讨论发展社区的有 1 次；另外有 1 次是专门讨论党组织建设。从参加和列席人员上看，村委会干部都参加的有 10 次，占会议总数的 100%；村委会干部与 5 社社长均参加的有 7 次，占会议总数的 70%；村委会干部、5 社社长及群众代表参加的有 5 次，占会议总数的 50%。不难看出，就现实情形而言，作为自治区级新农村试点村，五家尧的发展已纳入到内蒙古自治区发展的整体规划之中。因此，发展社区就是配合政府工作，配合政府工作就要在自治区的整体规划框架下发展社区。甚至可以说，这 10 次会议的 90% 都是在讨论如何配合政府，从而进一步发展社区。从法理角度讲，《村委会组织法》规定村委会作为村民自治组织是通过村民选举产生的，是村民通过授权代理人来管理村庄公共事务。就五家尧现实而言，村委会从属于党支部，其最重要的工作是配合上级政府工作①，虽非国家行政机关，但政治化倾向已很明显。

五家尧最初作为旗级新农村建设示范村是现任村支书四处奔波的成果。在村民眼里，"村长"很有能力，想干一番大事业，村集体的发展很多要靠村支书来"管"。在村落事务管理中，村委会拥有很多主动权。能对村委会起制约作用的是村民大会，但村民大会的召开并无固定时间，一般都取决于"村长"觉得是否有必要，或者是否有需要征

---

① 在访谈人员看来，村党支部的会议记录大多数更像政府报告。

求全体①意见的重大决策。

根据一位老党员的说法，支部大会一般看情况召开，到时全体出席，内容主要是传达上面的文件和精神。这位老人认为，过去作为党员很有威信，现在则相对有点弱化。他觉得几任村支书还数现任的张军好，办实事。这与形势有关，以前这里是不给投资的，这两年政策很好。现在支部发展新党员，不太走程序，由此他认为应加强党章的学习。

在普查过程中，我们选取 21 位有一定文化基础的村民做了深度访谈，就"全体村民大会年召开次数"这一问题，得到的回答如表 2-7 所示。

表 2-7　"全体村民大会年召开次数"调查结果

单位：人，%

指标　　　　次数	一季一次	半年一次	一年一次	从未开过	三四年一次	每月1次	未回答
人数	3	9	1	0	1	2	5
占回答总人数百分比	15	45	5	0	5	10	20

资料来源：根据课题组"调查问卷"整理。

访谈人员后来与多位村民核实，2007 年前半年五家尧全体村民大会仅开了 2 次，主要内容是讨论新农村建设中占用住宅和整合土地问题，与村党支部的 10 次会议相比，次数很是有限。

二　主要工作②

五家尧新农村建设以科学发展观为统领，遵循统筹城

---

① 参加会议的村民以家庭为单位，一般是户主作代表。
② 根据 2007 年 3 月 8 日《五家尧村工作报告》整理，著者仅就格式做了部分调整。

乡发展的原则和"生产发展、生活宽裕、乡风文明、村容整洁、管理民主"的 20 字方针，紧紧把握发展、提高、建设、培育四个关键环节，按照自然规律、经济规律和社会发展规律办事。强化科学发展观的统领作用，经济发展的支撑作用，农民群众的主体作用，体制机制的保障作用，始终把发展生产作为着力点，把增加农民收入作为着眼点，把解决农民实际问题作为切入点，把农民得到实惠作为落脚点。努力改善五家尧村的生态环境，有效保护和合理利用村内资源，兼顾经济效益、社会效益、生态效益，实现全面、协调、可持续发展。具体表现如下：

1. 发展生产

（1）通过土地整合和国家农业综合开发使五家尧村 1.2 万亩中、低产田达到"田成方、林成网，渠相通、路相连、旱能浇、涝能排"的高效农田。完全具备了机械化作业能力，村内组建了农机服务队，完全可以满足村内机械化作业要求，极大地降低了农民劳动强度，解放了劳动力。

（2）引进有实力的企业入驻：现在村内已经有三家公司对五家尧村内 1.2 万亩土地以土地流转的形式以每亩 260 元的价格进行返包，返包期为两年，用以甜高粱推广种植、番茄栽培推广种植、650 栋蔬菜大棚种植基地建设。从根本上改变了农民原有的一家一户种植方式，逐步向农业产业化、规模化、科学化发展，最终形成现代化农业。

2. 从提高农民收入，拓宽农民挣钱渠道，帮助再就业，再创业入手，增加农民收入，改善农民生活

五家尧村通过土地流转，仅人均土地流转收入就达到

2600 多元。村内专门成立了农村再就业服务部，劳动力信息培训中心，帮助村内村民学习大棚种植技能、电焊、机电维修、驾驶、建筑、装饰等热门技术，帮助村内 1/3 的年轻人外出就业，收入显著。对于年龄在 40～60 岁的农民，村内大都安排在大棚种植、甜高粱基地种植、番茄种植上，每人每月收入 1000～1200 元，村内劳动力甚至出现了短缺现象。五家尧村 2007 年农民收入调查报告表明，截至 2007 年 4 月 30 日，农民的人均纯收入已经可以与 2006 年全年人均纯收入持平，有一大部分人现金超过了去年全年的收入。使农民在新农村建设中得到了最大的实惠。

3. 改善村内居住环境

五家尧村从整治"脏乱差"入手，从村内实际情况出发，对村内 38 户严重影响村内建设的老房、危房进行拆迁，重新规划，对村内 18 户老房进行维修，村内新栽了 7.5 公里新修公路绿化带，15 公里的防沙绿化带以及种植园区绿化带、渔蟹场 2.5 公里绿化带。新栽的绿化带，无论从数量上，还是从档次上都较以往都有了明显的提高，从而极大地改善了村内的生活环境与居住环境。根据农村"脏乱差"的实际情况，寻找根源。

（1）村内新修公共厕所 10 处，冲洗厕所 2 处。

（2）对村的羊舍、猪舍进行全面改建，统一规划，统一管理，鼓励农民进入养殖园区进行规模化养殖，2007 年，村内共建配套大棚种植，沼气池建设全标准化猪舍 40 栋，可以容纳 800 头猪的饲养空间。2007 年，村内新建养殖园区，可容纳 10000 只羊的养殖规模，从而改变了农民养殖方式，从根本上解决了农村"脏乱差"的问题。最终使五家尧村充分达到村容整洁，环境幽雅，绿树、红瓦、碧水蓝天的田园风光，使人与自然充分和谐。

4. 从思想教育、提高素质、市场劳动入手，提高农民的整体素质

（1）五家尧村通过对村内的集贸市场开发为村内30多户农民提供了经营场所，同时吸引了许多外地商家贸易往来，村民们为了适应市场改变了原来不文明的言谈举止，认识到信誉至上，热情服务的经营作风的重要性，同时通过与外地商家及有文化、有素质的人广泛接触，使当地农民的修养达到飞速的提升。

（2）通过开展新农村建设宣传、普法教育、素质教育活动使农民充分认识到新农村建设，自己是载体，激发农民争当有文化、懂技术、会经营、守纪律的社会主义新农民的决心。

（3）通过十星级新农民评比活动，从勤劳致富、遵纪守法、尊老爱幼、科学技能等方面严格要求自己，争做十星级新农民。

5. 新一届领导班子发挥作用

五家尧村村委会以张军为支部书记的新一届领导班子，以科学的发展统领全局的理念，围绕新农村建设，始终把农民的利益放到决策的首位，对村内村务公开、财务公开、账务公开，充分发挥党员同志的带头作用，通过召开会议、民主表决的方式，对村内发展等事宜进行公开、公正、透明讨论，使每一个村民都成为新农村建设的参与者、决策者，从而充分实现管理民主。

三 2006～2007 年村委重点建设项目[①]

（一）2006 年的重点建设

2006 年，五家尧村正式被鄂尔多斯市确定为新农村建设试点村，当年完成的重点建设如下：

（1）首先通过国家农业开发，对村内的 1.2 万亩中、低产田进行改造，新打机井 100 眼，新修节水灌溉渠道 8 公里，其中 5500 亩精品区已完成总工程量 90% 以上，剩余工程在 2007 年春耕前全部完工。土地基本达到"林、田、路、沟、渠、桥、涵、井、电、闸"全面配套，基本达到"田成方、林成网，渠相通、路相连，旱能灌、涝能排"的高效农田。

（2）动工新修 7.5 公里村内水泥路，从而使村内主要干线全面形成水泥路面，同时也为邻村出行提供了方便。

（3）新建十二连城乡西六村联合办公大楼，其主要职能为信息、培训、协会办公区、市场调度、农牧业良种推广等，占地面积 1 万平方米[②]。

（4）新建集贸市场一处，2007 年正式投入运营。

（5）建成一处占地面积 2 万平方米的西瓜交易市场。

（6）建成了第一座集资的商业楼，该楼占地面积 2000 平方米，建筑面积 4000 平方米[③]。

（7）村内的鑫宇艺术团，唱遍了准格尔旗大小乡镇[④]。

---

① 根据村委会提供的材料整理，著者仅就格式做了部分调整。
② 2008 年开始投入使用。
③ 2007 年开始投入使用。
④ 有村民认为艺术团应该是张军个人的。

（8）鄂尔多斯远洋新农业开发公司入驻五家尧村，积极配合村内基础设施建设。公司主要从事现代化农业开发、现代化机械配套服务、农牧渔市场开发、现代化种养殖业开发、大型黄河渔蟹推广养殖、五家尧村 500 栋塑料大棚开发。公司以土地流转的形式以每亩 260 元的价格承包了五家尧社 1500 亩土地，进行规模化种植，配套养殖业、加工业①。

（二）2007 年的前半年工作开展

（1）五家尧村五个社土地全部以土地流转的形式，以每亩 260 元的价格整体转包给远洋新农业开发公司、鑫源公司及巴盟番茄推广种植加工企业②。

（2）筹建一处农业机械化管理中心，其主要职能是推动农村机械化作业过程，对国内现有机械进行改进、调试、维护、推广。因地制宜，组建一支集推广、科研改装、维护、零配件于一体的大型农机服务队伍，以五家尧村为中心向周边地辐射、推广，从根本上改变农村现有种植方式，加快农村机械化作业进程③。

（3）建一处脱水蔬菜生产线，对当地的蔬菜进行深加工，提高当地蔬菜档次，降低农民种植风险，同时与科研部门联手，以五家尧村为试点，以远洋新农业开发公司为基地，推广无公害蔬菜种植。同时开发有机蔬菜推广种植，采用标准化种植管理技术，生产符合国家食品标准及国际

---

① 村委提供的材料也有多处不一致之处，有的称远洋公司为入驻五家尧村，有的称村委、张军与村民三方合股成立远洋公司，至今这个问题搞不清楚。

② 具体数字可与经济发展一章中，种植业相关内容进行对比。

③ 著者以为，实际影响尚待检验。

食品标准的蔬菜，从而提高五家尧村及周边地区的蔬菜档次，提升市场竞争力，扩大当地蔬菜的知名度。

（4）计划开发一处西部地区最大的蔬菜、农作物交易市场。该市场建成可以有效调节当地蔬菜市场供应，还可以促进当地蔬菜及农作物与外地市场的流通，同时可以培养一批经营队伍从事蔬菜农作物经营业，从而形成西部地区蔬菜、农作物集散，达到没有买不到的蔬菜，没有卖不出的农副产品的规模化市场水平①。

（5）新建一处设施完善、功能齐全的敬老院②。

（6）新建一处标准化医院③。

四 村发展存在的困难与问题④

（1）村内经济基础薄弱，没有集体产业，村内经费严重短缺，是制约五家尧整体发展的瓶颈⑤。

（2）缺乏科学技术，农民种植养殖科技含量低，需政府给予科技扶持。

（3）村内电力严重不足，夏季尤其明显，旱年会严重影响当地的生产。

（4）五家尧村需要一批有影响力、上规模、确实能够带动当地发展的龙头企业入驻，以点带面，带动当地及周边地区的经济发展，使五家尧村的生产经营向产业化发展，从而提高新农村建设档次，加快新农村建设步伐，增强五

---

① 著者以为，实际效果如何难以断言。
② 属准格尔旗民政局筹资兴建。
③ 村民都说未建。
④ 根据 2007 年 3 月 8 日《五家尧村工作报告》整理。
⑤ 村民传言上面给拨款少则几百万，多则可能上千万，甚至上亿，但纯属猜想，并未有村民亲眼目睹。

家尧村影响力，提高农民建设新农村的信心。

五　社会治安

改革开放后十几年里，村里外来流动人口增多，偷盗事件时有发生，村民牲畜等财产时有损失。此外，集市与交流会的频繁举办虽丰富了村民的生活，繁荣了地方经济，但也带来了一些负面影响。村民认为，一旦有交流会，偷窃、赌博的人也就多了。尤其盗窃问题让村民头疼，有偷粮食的，有偷财物的，还有偷牲畜的。这些人中有的是本地村民，有的是流窜的盗窃团伙，甚至还有村民勾结外地人的。2006 年腊月初三晚上 11 时左右，村民 Z 家遭到明目张胆的盗窃。当时，Z 的孙子看完电视一开灯，看到羊已被赶出圈外往公路边跑。Z 家老人拿了把菜刀冲了出去，偷羊人一见就跑了。第二天，Z 得知当天晚上本村另一家村民被偷了 5 只鸡。这件事后，Z 家就养了一条狗。

五家尧作为社会主义新农村建设的试点，有诸多工程项目，许多外地人来此打工。打工者主要来自甘肃、重庆、河南、内蒙古凉城等地。访谈人员了解到，给打工者出租的房屋租金高有每月 400 元，低有每月 100 元，差别在房屋的面积。有的打工者还与房东一起吃饭，一天三顿，伙食标准按每天 12 元计。据村民讲，外地打工的有一部分人闹事较多，尤其是偷窃，本地人也不敢招惹。后来还是旗里下了通知，不准雇用有闹事偷窃行为的人，才把问题解决了。另据村主任介绍，2006 年，五家尧村委治安保障组配合乡公安人员成功破获一起盗窃变压器案，受到了乡政府的表彰。调查时村民对于本村的治安情况还是比较满意的，虽然这几件事情村民皆知，但村民还是认为本村治安较好。

对"下列现象您村表现比较突出的"这一问题，对 21 名村民深度访谈得到的回答如表 2－8 所示。

表 2－8　"下列现象您村表现比较突出的"调查结果

单位：人

问题 指标	迷信	赌博	婚丧大操大办	早婚	打架斗殴	偷盗	其他
人数*	0	7	10	2	0	1	2

＊共 21 位村民，但此问题非单选，因此回答总人数大于 21。
资料来源：根据课题组"调查问卷"整理。

可见偷盗、打架斗殴等治安问题并不明显。在 163 户的调查中，养狗的有 47 户，未到 1/3，这也在一定程度上说明本地的治安较好。

对"治安秩序主要靠什么维持"这一问题，对 21 名村民深度访谈得到的回答如表 2－9 所示。

表 2－9　"治安秩序主要靠什么维持"调查结果

单位：人，%

指标 \ 问题	村规民约	道德规范	治保组织	干群齐抓共管	其他	缺项
人数	3	10	3	1	2	2
占总回答人数百分比	14.3	47.6	14.3	4.8	9.5	9.5

资料来源：根据课题组"调查问卷"整理。

六　社会保障

（一）五保与低保

虽然大部分村民的生活水平较高，但遇到以下情形，生活就极为艰辛。一是丧失劳动能力的鳏寡老人；二是患有重大疾病或长期慢性病者；三是孩子较多且都在一直上学者。村里在评定享受社会保障名额时，也就主要参考上面这些条件。随着近几年准格尔旗经济的迅速腾飞，旗财政开始加大了对农村社会保障的投入，村民也因此享受到了社会保障的好政策。

2006 年，五家尧村五保户共有 8 人，享受准格尔旗农村五保户保障金每年 1200 元/人，煤炭补贴金每年 200 元/人；此外还有经五家尧村委会评议确定，乡镇人民政府审查认定，旗低保办审核批准的低保户 16 户，共有 40 人，其中单身的有 3 户，1 户 2 人的有 4 户，1 户 3 人的有 7 户，1 户 4 人的有 2 户。低保分 A、B、C 三类。A 类每人 900 元/年，村里只有 1 户；B 类每人 600 元/年，五家尧共有 8 户；C 类每人 360 元/年，五家尧共有 7 户。

（二）扶贫救助

五家尧村的扶贫救助，由旗乡两级的机关企业单位对口帮扶，包村机关是旗林业局，包村企业是准格尔旗生力民爆有限责任公司。包村机关和包村企业主要是组织慰问和对村建设工作给予扶持。此外还有县级领导、各科局级领导的个人对贫困村民点对点的帮扶，每年旗乡两级组织的慰问，包户领导对相应农户进行个人资金和物质上的帮扶。据村民讲，2006 年底，乡村政府组织深入农村送温暖活动，对村民家中有重病、身体不健全、儿女上学的，每户赠送 1 袋大米，现金 200 元。2006 年春节时，村支书还给 60 岁以上的老人和老党员每人 100 元和 1 袋大米[①]。

（三）粮食及煤炭补贴

免除农业税后，五家尧村民开始享受农业税补贴，不过仅限于有地人口，即二轮承包时承包上土地的。具体而言，东、西四座毛庵每人 101 元，其余三社每人 88 元。在村主任看来，取消农业税有很大影响，过去对于农户来说，农业税是很大的负担，村委工作的重要内容就是催缴农业税，因此干群关系很差。尤其是 1992 ~ 2004 年，当时村民对干部很反感，因为农产品市场价格偏低，村民收入减少，还要催收农业税，好多村民拒绝配合，甚至横眉冷对。现在农业税免除了，村民对国家的好政策大加赞赏，干群关系也有很大改善。除粮食补贴外，旗财政还给每位村民每年 80 元的煤炭补贴。

七 农技培训

据村主任介绍，村里每年春天组织一次农业技术培训，每次 100 人，主要培训种养殖技术，讲授人是市、旗农业方面的专家，费用及其组织由村里负责。村主任表示，今后村里还准备进行驾驶员培训。当然也有村民自己出去培训的。根据课题组的调查，在三社中，五家尧子的池勇和西四座毛庵的刘生云分别作为五家尧和鑫源公司的代表，到美国维蒙特公司驻东胜分公司进行培训，费用由乡政府负担。养殖户高培生和村主任池勇都

---

① 根据旗里的政策，60 岁以上老人每年发放 100 元公交乘车补贴，对 60 岁以上的老党员每年发放 300 元的补贴。

曾自费出去学习培训过。

就"是否愿意参加农业技术培训"这一问题，对21名村民深度访谈得到的回答如表2－10所示。

表2－10 "是否愿意参加农业技术培训"调查结果

单位：人，%

指标＼问题	愿意	不愿意	看是否需要花钱	看是何种技术	缺项
人数	10	0	1	4	6
占总回答人数百分比	47.6	0	4.8	19.0	28.6

资料来源：根据课题组"调查问卷"整理。

就"您现在最需要的技术是"这一问题，对21名村民深度访谈得到的回答如表2－11所示。

表2－11 "您现在最需要的技术是"调查结果

单位：人，%

指标＼问题	农作物种植	经济作物种植	营销技巧	社交技巧	其他	缺项
人数	4	7	4	4	1	1
占总回答人数百分比	19.0	33.3	19.0	19.0	4.8	4.8

资料来源：根据课题组"调查问卷"整理。

第二节 乡民互动

村委会在村庄治理中拥有许多资源和主动权，但并不是拥有绝对主动权，可以无视村民大会。五家尧作为一个新兴村庄，村民虽然缺乏"自组织"传统，但遇到牵涉自己切身利益的事情或突破其心理承受底线的侵犯时，也会组织起来寻求解决之道。据一些村民介绍，前任支书从改革开放前就在任①，脑筋活络，也有靠山，但常有以权谋私之事。××年村委会换届选举，该支书谋得了连任，部分村民对此很是不满。最后由两名领头精英带队，四处上访，进行了重新选举，将现任支书推上了台。此事之前，五家尧与邻村有过土地纠纷，乡里领导不明真相便作出处理决定，村民因此组织起来成立了上访团，最终通过法律手段"告赢"了乡政府。有鉴于此，村委会虽然拥有主动权，但却不敢触及村民的切身利益和心理容忍底线。而且在新农村建设中，党政组织需要与村民协会、乡村精英等进行切磋互动。

一　"社区公共舆论"

村落的"社区公共舆论"是村民对村落公共事务所进行的讨论、议论后最终形成的"公共意见"，其发生和传播更可能源于村民之间的"闲言碎语"。就包含内容而言，五家尧社区公共舆论主要是关于村落集体利益和社会道德两部分。

新农村建设之前，村民间私下里就在讨论村子未来的发展问题，最后的大致共识是"单干土地太零碎，不能用大机器②"。即村民意识到分户单干的劣势：不能形成规模经营，影响农业生产效率。自新农村建设以来，土地整合便提上了日程。虽然村民认同土地整合能提高效率，但担心一旦新农村建设失败，土地重新分配会给自己带来麻烦，更会使自己整合前的好地变为差地，利益受损。而且土地

---

① 实际是生产队长（与现在的村主任类似），村民以为是村支书，因为其同时也全权负责党务工作，虽然村支书另有其人。按另一部分村民的说法，"本来是某人的书记，某某抢权了"。
② 大型联合收割机之类。

整合牵涉到宅基地、坟地和庭院周围零碎地,虽然五家尧子2006年已大体完成了此项工作,但村主任感觉"真是太麻烦了"。可以说,村民关注新农村建设,更多关注的是自身短期利益的具体得失。这样,社会舆论的指向就局限于经济利益得失,而且很多时候是更具体的"能不能给钱",而很少有人能关心集体长远发展,更遑论为了集体利益而牺牲个人利益。

村支书在村务工作中更多地依靠"亲朋",在村民印象中,他们是村支书的"自己人"。但即使是"自己人",也对新农村建设的长远利益预期较低。村民传言,村支书之父认为儿子醉心于新农村建设简直是"疯了"。在村民(尤其是老年村民)的观念里,现在有吃有穿,就是很太平的日子,维持现状应该是最好的选择。新农村规划里要将土地集体承包给公司,农民再给公司打工。好些老年村民都觉得这又回到了过去,相当于给"地主揽长工",心理上难以接受。因此,这一部分社区公共舆论就是"小富即安"。因视野的局限,一般村民难以看到新农村建设所带来的长远利益。2004年,村支书建议其弟开饭馆,其弟夫妇开始很是犹豫。后来村支书作出承诺"赔了算我的,挣了算你的",这样夫妇二人才敢经营。

如费孝通先生所言,"乡土社会"是一个熟人社会,一些琐事,只要能勾起村民的好奇心,经过众人的口舌,就会很快得到传播和扩散。值得庆幸的是,除了对于利益得失的计较外,一些始于闲言碎语的"新闻消息",在经过集体议论之后,最终会形成道德评价标准。因此,诸如老年人赡养、失窃被盗和家庭暴力之类的问题,社会舆论会给予当事人强大的舆论压力。以老人赡养为例,本村几乎没有父母老年后没人赡养的现象。村民的看法是"如果子女们不愿意赡养，就别人的闲言碎语和社会舆论也会管"。可见，此类社区公共舆论有助于乡民社会的和谐稳定。

就社区公共舆论表达的途径而言，五家尧有正式的村民大会和非正式的群众议论。正式的村民大会由"村长"发起，而非正式的群众议论则时常有之。2004年五家尧建起集贸市场之后，沿阳吉线两侧陆续建起了30家店铺。这些店铺不但是商品流通的地方，更是村民闲聊、打扑克和打听消息的地方。

图2-2　店铺周围打扑克（摄于2007年9月4日）

不经意间，店铺成了信息传播的地方，为社区公共舆论的表达提供了集中的非正式平台，一些个人看法也就能很快变为公共舆论。

如"您认为目前制约村发展的因素"这一问题，对21

名村民深度访谈得到的回答如表 2 – 12 所示。

表 2 – 12　"您认为目前制约村发展的因素"调查结果

单位：人，%

指标 　　　　问题	技术	资金	劳动力	市场	受教育程度	政策
人数*	8	11	1	6	4	2
占回答总人数百分比	40	55	5	30	20	10

* 共 21 位村民，但此问题非单选，因此回答总人数大于 21。

资料来源：根据课题组"调查问卷"整理。

　　在村民看来，制约村发展的主要因素是资金、技术和市场。就发展蔬菜大棚，一位较为富裕的村民认为存在的问题有：大棚培育技术不成熟；没有掌握市场行情；运输不是很方便，离城市有点远。这种意见的形成既源于个人的认识，更源于与其他村民进行的讨论。

　　对于新农村建设中的种种事项，村民也有各自的看法。

　　虽然从 2006 年五家尧已经开始了新农村建设，但全面展开是在 2007 年，许多村民都认为 2007 年是关键的一年，这一年要是能成功或者不失败，以后的改革就能较为顺利地进行下去。改革牵涉到各方面利益，访谈中得到许多负面信息也就在情理之中，但还是有好多人看好这里的发展。在调查中，有一户农家租房给了山西新县来本地打工的夫妻。两人本是"鑫宇艺术团"的演员，后来感觉来本地打工要比在剧团里好，便租房在这里打工，租金每月100 多元。丈夫懂蘑菇种植技术，他估计本地种蘑菇应该不错，能保证每月产 3 万斤，但现在是没有人敢跟自己合作，无法保证销路。村民对于新农村建设的评价集中于村支书张军和其领导下的具体工作上。对于张军个人，一对老年夫妇觉得以前干部是只顾自己赚钱，现在张军是只管弄事业，不管赚钱，言谈中二位老人对其颇为赞赏。曾是民办教师的刘荣华认为村支书张军是想干大事的人。虽然张军文化比较浅薄，但超前意识很强，真想为新农村建设出一把力，想青史留名。他认为，在这样的支书的带领下，五家尧应该一天比一天好。可以说对于新农村建设和村委会的工作，村民还是肯定、赞成的占主流，而对于建设中的具体工作，则褒贬不一。

（一）征房盖楼

据村民介绍，村里有 8 家民房被征用。这些房主现在居住的房子是村委会代租的，每月租金 100 元。征用房时，协议是以房顶房，到时给上下两层 80 平方米的楼房一套。但一些村民觉得费用较高，自己难以负担。主要是村里给盖起房子后，装修是农户自己负责，现在材料也贵，装修也豪华，农民（尤其是年龄较大的老人）感觉较难承受。按西四座毛庵 L 的分析，应该是农民有了住楼的经济实力，才能享受到楼房的方便。楼房的方便是靠钱来维持的，若经济水平跟不上，这种方便也就不大可能实现。他认为，中央对农民的政策是先致富后框架，现在的做法正好相反。按退休教师 H 的分析，农村的小摩擦较多，住到一起后，更增加了这种可能。再者，以前农户的院落可搞小规模种养殖，住楼后不太方便，甚至不可能，归结为一句：住楼房好看也方便，但需要钱。

（二）开渠打坝

据村民介绍，村里为了新农村规划，把旧渠拆了，但新渠还没有开成，耽误了河水灌溉，所以今年都没有用河水浇地。

今年春天开河时大坝断了，农历七月黄河水涨，3000多亩土地有全部被水淹的风险。如果这边土地被淹的话，本村的土地就没了，河对岸土右旗的地相应就多了，因此村民很着急。当时情况已经很紧急，于是东、西四座毛庵的村民弄了些柴草，想打坝。有人当时就给村主任打电话，让其下来组织打坝，但没有结果。十几天后，水涨得更厉害，一伙村民去找村支书，村支书说地包给了公司，就不用管这些事。但村民觉得公司只管自己眼前的利益，而地是村民的命根子，这回被淹以后就没了。当时众人就开始争吵起来，后来终于组织人打了坝，但还是淹了一部分土地，被淹土地有公司的，也有个人的。

（三）猪圈沼气池连体项目

村里30多家农户都建设了猪圈沼气池连体项目。村民投资一部分钱，政府补助1500元的砖和水泥。建猪圈需砖6450块，沼气池需砖550块，共7000块砖，水泥23袋。按标准，沼气池深2米，出料口直径1.5米，建成后为体积8立方米的柱形池子。但实际池深只有1.8米左右，建设质量也不达标，按标准使用年限为10~15年，现在村民估计建成后使用5年左右。

沼气的废料可以当肥料，火力与煤气差不多，一般夏天用来做饭、烧水，比较方便。但冬天不能用，且必须得有粪，所以一般得养猪。有些上了沼气但没喂猪的村民只能买40元一车的牛粪，没买粪的沼气也就一直没用。

（四）店铺受益

访谈中得知，自新农村建设开始之后，五家尧的店铺主人都觉得生意一天比一天好。而且外来打工人员没有本地村民赊欠的现象，所以好多店铺都由此受益。在访谈的30家店铺中，有26家店主明确告诉访谈人员，新农村建设开始后，生意更好了。

（五）土地承包

一位上年岁的老人认为，今年把地包给红高粱①公司，收入比以前高了。现在这种公司包地对老年人比较好。如果地让儿女们包上，收成好还能给，收成不好就给不上。儿女们年轻，花销大，有时也不一定能接济上自己。但他认为，年轻人如果个人比较懒，以前给自己种地时，不太愿意下工夫。现在打工一来有制度约束，二来为了现钱，反倒比自己种地积极。如果有营生，好苦②，还是自己种地比较合算。

一位前任的村干部则认为，红高粱公司效率低，包了3000多亩地，把土地都给荒了。该村干部还曾与现任村主任算过一笔账，据其称计算结果是村民包出地打工一年会少收入1万元。该村民编了一段话来讽刺红高粱公司："凉胡子③公司，甜挖捞④公司，红滩⑤公司，站在

---

① 也称甜高粱公司。
② 方言，能干。
③ 方言，形容头脑不清醒。
④ 本地称种地不上肥为"甜挖捞"。
⑤ 河头地如果作物长不好，看上去就是一片红滩。

高圪旦旦①上看公司。"把"甜高粱公司"几个关键内容都囊括了。

一位老年村妇抱怨打工的工资不能及时兑现，不能保证每天有活。而且有关系的能找到好营生，而没关系的就只能干粑②营生。她也认为上岁数的人把地包出去省事，外出打工把地包给公司比包给个人强。但现在的问题主要是甜高粱公司把地全给荒了还不让放羊。

一位年轻妇女年初为预防孩子的上学费用不足，留了15亩沙滩地自己耕种。农活不忙时在蔬菜大棚里打工，但已经干了三四个月，工资一直没有结算。据她称，打工时间一般是早上6点到中午11点，下午3点到晚上7点，每天工资40元。

一位中年村民感觉自己用钱处太多，生活比较艰难，两个孩子都在上高中，一年在孩子身上的投入就得18000元。现在自己种地收入还算可以，要把地包出去，现在可能生活不下去了。

一位老党员认为包地把人害苦③了，他还说碰到另一位老人，也说是给害苦了。他甚至认为甜高粱公司有可能明年会偷跑，虽然内蒙古日报、伊盟日报都给说好的。这位老党员还听说一位村民从春天开始打工，挣下1万多元，但要不下工资。

另外一位村民承揽了100栋大棚的建设工程，按理一栋手工费750元，共7.5万元。调查时工程已结束，但劳务费只支付了1万元，余款6.5万元还未付清。这位村民雇别人

---

① 方言，指高处。
② 粑，音 pa，形容劣等的东西或做事情不怎么好。
③ 方言，指陷入困境。

做营生已开支 2.7 万多元，只好自己先垫付了一半。

村民虽然不反对公司承包土地，但对公司拖欠工资和管理不善所致的田地荒芜意见很大。正如一位前任村干部的分析：现在是上岁数的老人，户在人不在的外出打工者和有手艺的都愿意把自己的地包出去。而想种地的一是离不开地，即有子女上学和有老人需要供养；二是种地有实力投入，且投入后确实能有效益的。因此公司化较为合理，承包或股份制都比较合适。以前没有公司承包时，私下承包土地的价格是每亩 100 元，现在是每亩 260 元，已经很高了。就现在土地整合过程中出现的许多问题，他认为虽然整合是好事，但整合后好赖地都打乱了，这会在以后的分地过程中引起矛盾。公司包地也是好事，但现在的主要问题是承诺的地钱都兑现不了。而且手续上也存在问题，当时村支书说的是鑫源公司承包 10 年，后来到社员手上签字就没有了期限，而且签字的合同上盖的是村委会的章。村委会与鑫源公司之间的法律程序是否完备不得而知。

而一位在鑫源公司工作的村民告诉访谈人员，他自己种地一年可以收入 3 万多元，现在在甜高粱负责大型喷灌的操作，这种机械确实很好，效率非常高。他说全国甜高粱公司有四家立项，正在建设。在福建，玉米转乙醇，乙醇转柴油的项目已经成功，但国家不让继续下去，因为怕粮食作物因此而受影响，所以限制此种技术，五家尧的这一家还没有得到批准。甜高粱的利用主要有三种方式，秸秆可以提炼糖，高粱可以制乙醇，废渣可以配合成饲料进行养殖。该村民认为，甜高粱公司的合理程序应该是先立项、后建厂、再培训，然后有文化的人学技术，没文化的人反包地①。现在的高粱种子每公斤 50 元，但今年效果不是很好，公司的一个副总甚至怀疑买的是假种子。而且公司的管理很不严格，管理人员也没有领导能力。再就是村支书太忙，也有些大意，没有对投资公司进行详细考核。

完全赞成土地承包的，以改革中的受益者居多。

一位年轻村民负责喷灌管道的安装，他感觉在新农村建设中自己最大的优势是本村本地，情况熟悉，引进工程自己可以承包，而这主要源于他自己在社会关系方面有很多资源。

一位现任的村干部兼职公司里的长班②，公司每年给 1 万元的劳务费，村里给 1000 元的补贴。他很赞成新农村建设，据他称，现在村民人均收入可以上万。

前面提到的刘荣华也是村支书张军的小学老师，两人私交很好。他对课题组的调查很感兴趣，也很是配合，给课题组送来了自己写的一份近 2000 字的《新农村建设构想》。可贵的是，他自己撰写关于新农村建设的建议，是以一个农民的热情，而不是政府专门的工作人员，也不是科研调查人员，可见其参与的热情之高。

二 三家协会

从 2006 年开始，在村委会的带领下，五家尧成立了西瓜种植协会、农机协会和水利协会。根据村委会提供的材

---

① 土地被公司承包后，由公司雇用村民耕种，相当于村民再从公司承包土地，村民将这种关系称为"反包地"。
② 大部分村民得每天找活干，类似于临时雇工，而少部分村民或因掌握某种技术，或从事管理工作而被公司长期雇用，被称为"长班"。

料，西瓜种植协会为村民种植西瓜提供市场信息，统一组织西部六村的西瓜销售，帮助村民增产增收；农机协会主要帮助村民引进、购买农用机械；水利协会主要是调配十二连城乡西部沿浒斯太河流域 7 个行政村的农业灌溉用水。不难看出，这些组织更多属于区域组织，而非村级社区独有的村民组织。此类组织在乡政府倡议之下，由乡村精英发起成立，在村民看来或多或少都带有类似于行政组织的官方色彩。在村民眼里，西瓜种植协会最大的影响莫过于"西瓜大赛"，此类活动虽能在区域范围内产生轰动效应，但难以实现与村民的长期互动。调查中我们了解到，普通村民对西瓜种植协会的运作所知甚少，知道的仅是赛瓜及由此引起的趣闻。对于五家尧这种几乎家家种西瓜的农业村庄，西瓜种植协会仅是部分乡村精英们的俱乐部，尚未吸收广大村民，农机协会也是如此，唯一不同的是水利协会。

水利协会的前身是浒斯太河水委会。1955 年，准格尔旗水利局支持打坝，开始护理浒太河流域。在旗里领导下，西部五村成立了水委会，当时归五三胜利社管理，其后发展见表 2 - 13。

表 2 - 13 浒斯太河水委会发展历史

时 期	负责人	委 员	备 注
1955 ~ 1976	主任郭方树（当时属乡政府办的综合厂的工人）	康布尔、兴胜店、董三尧、五家尧、杨子华尧各大队村长	后来归林场管理，各委员补最高劳动工，一年420~430 工分，浇水不收费。改革开放后开始按集体收费，每亩 0.5 元，摊到人头。浇完后缴费，至今仍有欠费的
1977 ~ 1995	主任郭斌（郭方树之子，时任林场场长）	王福锁（曾任兴胜店村支书）；韩玉山（曾任五家尧村支书）	

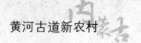

续表

时　　期	负责人	委员	备　　注
1996～2007 年7 月	主任张双马（时任兴胜店村支书）；副主任郭云荣（时任五家尧村长）	付二柱（时任董三尧村支书）、高二福（时任康布尔村长）	每亩 0.5 元，摊到人头。先预收一半，等秋天卖了粮再给，以小社为单位，由社长统一收。五家尧每社基本是 1560 元
2007 年7 月至今	会长张二旦（三十顷地村支书）；副会长高二福（康布尔村长）	韩勇、贾亮（杨子华尧村长）	水委会改称水利协会，负责人改称会长。之前三十顷地属达旗管，现在归准旗管。收费等诸事宜不变

　　资料来源：根据课题组"调查日志"整理。

　　水委会由负责人领导，管理渠路和分水，浇水时间由水委会会议研究决定。浇水时轮到哪个社浇水，哪个社自己组织人看水，防止上游的偷水，看水人员补贴也由各社负责。

　　水委会所收水费的主要支出有三项，工作人员工资、打坝费用和长期护河费用。当时看水、呿水共需 15 人，每人每小时补贴 2 元，水委会成员工资每人每年 1200 元；长期护河是因为浠太河若不护理，河岸经常塌陷，会引起两岸土地纠纷，所以要用柴草扎码头防止塌河。打坝和护河支出费用过多，超过水委会经费预算时，差额部分由乡政府补贴。

　　一位前任的副主任称，水委会是一个由政府引导，本地群众自我管理浇水事务的自我管理组织。可以说，水利协会已经积累了一定的村民组织经验，也在浇水这一公共事务上发挥了积极的作用，只不过它是一个跨村域的公共事务管理组织。

三 乡村精英

就数量而言，村落社区公共舆论的载体是占大多数的普通村民，但就舆论的产生和传播而言，乡村精英的促动作用更大。

五家尧是近代形成的移民村，其乡村精英可以分为主流和非主流两类。主流精英包括村支两委现任干部，五个合作社的社长及其他后备干部，基本上是以政治精英为主，与政治精英关系密切的经济精英也可归为这一类。非主流精英包括文化精英、经济精英和卸任的政治精英。

主流精英与乡、旗领导既有正式的工作关系，也有非正式的私人交往，因其既拥有政治资源，又拥有经济资源，在村民中的影响力不言而喻。现任村支书从小外出打工，创业成功之后回来建设家乡，其上任又是村民与前任支书斗争后的结果，因此获得了很强的号召力和带动力。新支书上任后，四处奔走之下，将五家尧争取成为准格尔旗新农村示范点，得到了上级政府及相关领导的肯定和支持，这更轰动本地，为其积聚了丰富的社会资本。村主任也曾外出打工，后随其父学习兽医技术，1985 年在中国农业大学函授学习兽医临床专业 2 年，后又在内蒙古农业大学动物科学专业进修一年，既有专业技术，又有社会影响力，现在个人事业与村委工作双肩挑。与此类似，其他主流精英也拥有一定的号召力和影响力。

就"您认为村里有重大决策影响力的人是"这一问题，深度访谈得到的回答如表 2 – 14 所示。

表2-14   "您认为村里有重大决策影响力的人是"调查结果

单位：人

指标\答案	村干部	家族中的长辈	种养殖大户	有经济实力的人	能说会道的人	未回答
人数*	9	4	0	4	5	4

* 共21位村民，但此问题非单选，因此回答总人数大于21。

资料来源：根据课题组"调查问卷"整理。

可见，认为拥有重大决策影响力的人是村干部的占多数，这也在一定程度上说明主流精英在村民中较有影响。相对于主流精英而言，非主流精英更多是经济精英和文化精英。这里值得一提的还有"延伸精英"。五家尧人口流动颇为频繁，20世纪90年代后期，村民开始到附近的城镇打工，从2000年开始，村里外出打工的人日趋增多。2000~2007年，五家尧子、西四座毛庵和东四座毛庵三个合作社累计共有104人在外打工，而且绝大多数是夫妇连带子女一起出去，地点集中在薛家湾镇、沙圪堵镇、东胜区、达拉特旗、包头市和呼和浩特市等周边城镇。村民所从事职业较多，开出租车、做矿工、当厨师、拉煤、搞销售……这些打工者中的成功人士就成为五家尧的"延伸精英"。这些延伸精英虽然户口在村里，也有土地，但以非农收入为主，土地都承包给了其他村民，有的甚至在附近的城镇买了房、安了家，仅在过年过节时回村探亲。这样，延伸精英因其见识广、脑子活，虽对社区公共舆论不产生直接影响，但对舆论的传播有很大的影响，有时甚至是关键影响。五家尧实行公司化集中经营，公司承包农户土地，农民由原来的耕种者变成了务工人员。许多村民，尤其是老年人，从心理上难以接受打工者的身份。许多延伸精英着眼于长远发展，开始做自家人的工作，使得土地承包最终得以实现。

文化精英以当过教师的村民为主，这些人有很强的权利意识和民主意识，也有长远发展的眼光，再加上文化程度相对较高，在村民中也有很强的影响力，村民需要组织协调时，便成为领头人。组织村民将前任支书推下台的领头人便是两位曾经的民办教师。文化精英对村庄的长远发展也很有热情，一位曾经的民办教师在听完十六大报告后，胸中激情澎湃，当晚便写下一份近 2000 字的《建立新农村个人设想》，并且先后去旗、乡两级政府呈送。课题组调查时，他也主动与课题组进行沟通。

五家尧缺乏"自组织"传统，村民文化程度又普遍不高。对于没有更多历史传统的开放型村庄而言，经济精英拥有更多的示范效应，文化精英有更多的组织能力。有想法、有热情，再加上农村人敢闯、敢干的魄力，这些非主流精英成为了村庄发展中不可忽视的力量。利用好就是动力，利用不好就可能成为阻力。2007 年，曾是帮助现任村支书上任的领头人又到处组织联络，试图重新选举，将其推下台。一时间流言四起，各方博弈也闹得沸沸扬扬，而冲突起源于现任村支书答应的工资待遇不能如期全额兑现。

第三章　经济发展

第一节　种植

一　生产条件

五家尧村的耕地在全乡、全旗可供耕作的土地等级中，属于上等地。经过几代人的辛勤劳作，整个五家尧的农田数量有了很大提高，村民将农田分为河头地和沙滩地（又称水浇地）两种，河头地是指黄河河道中淤积出来的土地。当黄河河道逐渐向北移动时，南岸的土地相应增多，五家尧的河头地也就增加，而北岸土右旗的可种植土地就会减少。相反，如果河道向南移动，五家尧的河头地就会被淹①，连同种植的农作物也会一起被淹没。一位前任村支书曾在河头地养过鱼，但因河常塌，归于失败。据他估计，原来河头有8000多亩地，现在仅剩4000亩。在上报乡政府的数据里，五家尧的耕地总面积是1.05万亩，其中河头地5000亩，沙滩地5500亩。近几年经过治理，河头地被淹的风险减小了，不遇大的洪水，河头地几乎每年都可保收。

---

① 当地人称"河头地塌了"。

河头地土地肥沃，较潮湿，又是红泥地，比较耐旱，作物产量较高。而沙滩地海拔相对较高，不受黄河水汛的影响，土质虽没有河头地肥沃，但开春可用浠斯太河水浇灌，平时可用机电井抽水灌溉，可谓旱涝保收。

五家尧全村总面积 15 平方公里，耕地面积约 7 平方公里，占全村面积的 46.7%。在 1997 年，村里的耕地进行第二轮承包，当时分地人口有 923 人。五家尧村二轮土地承包除了东、西四座毛庵社人均耕地面积是 5.26 亩，其他三个社都是 4.55 亩。照此计算，五家尧子应该是 1171.4 亩。农业税时代村里向上呈报应缴农业税的耕地标准如表 3－1 所示。

表 3－1　五家尧村二轮土地承包情况

单位：人，亩

社队名称	分地人口	二轮承包土地面积	人均承包土地面积
东、西四座毛庵	384	2019.84	5.26
五家尧子	257.5	1171.4	4.55
东、西老九尧	281.5	1280.36	4.55
合　计	923	4471.6	—

注：第二轮承包的耕地都是沙滩地。

资料来源：根据课题组"调查日志"整理。

如表 3－1 所示，东、西四座毛庵和五家尧子三社土地面积合计 3191.24 亩。据村民讲，表 3－1 的土地只是沙滩地的面积，但隐瞒了 1000 多亩。因为当年土地统计时，河头地的增减变化较频，一来为了减轻每年土地统计工作量；二来为了减少农业税的缴纳，就只计算沙滩地的面积。按照村委会实际的土地承包面积，三社二轮土地分配总额为 4594.84 亩，共有 179 户承包有土地，其中五家尧子 72 户，每户平均 35.8 亩土地。东、西四座毛庵共 109 户，每户平

57

均 18.5 亩。根据调查材料的统计，2007 年五家尧三社共有 206 家农户，计算可知有 31 户没有土地。这是因为 1997 年二轮承包土地之时，嫁到外地的女性和已故村民的土地都分配给了新生人口。但因二轮承包 30 年不变，1997 年之后出生的婴儿就不能分到土地。

在课题组所能调查到的 163 家农户中，根据 2006 年种植面积进行统计，共计 5630 亩，其中河头地 3277 亩，沙滩地 2353 亩。其中 140 户种植了农作物，占调查总数的 85.9%。就农户种植面积而言，种植最少为 1 亩，最多者 106 亩，平均每户种植 40.2 亩，数据整理后如表 3 - 2 所示。

表 3 - 2　2006 年三社 140 户种植面积统计

种植面积（亩）	10之内	10~19	20~29	30~39	40~49	50~59	60~69	70~79	80亩以上
农户数（户）	11	27	24	19	5	17	11	12	14
占 140 户百分比（%）	7.9	19.3	17.1	13.6	3.6	12.1	7.9	8.6	10.0

资料来源：根据课题组"住户基本情况调查表"整理。

可见，以 10 亩为分界段，各面积段农户分布较为均质，占百分比最多者较最少者之间相差 15.7%。种植面积以 20~29 亩占最大比例，其次是 10~19 亩，而且两个面积段相加占到总种植农户数的 36.4%，超过 1/3。

（一）农田分布

与周围几个行政村的土地对比而言，五家尧、董三尧和兴胜店的耕地属一等地，在农业税时代拿的"害债"① 也

————————

① 村民的方言，所有的农民需要缴纳的钱物均称为"害债"。

最多。杨子华尧、康布尔和三十顷地是二等地；沙里①的是三等地；东布拉和西不拉属灾区，没有土地，因此是最差的。老年村民们之间流传着这样一个笑话：农业社时期，五家尧每人分 360 斤口粮，干一天活计计 1 个工，9 分钱，比其他地方好很多，所以姑娘们都愿意往这边嫁。当时村民的婚姻大多是包办，需要介绍人中间牵线，而介绍人一般是两边都说好。一位介绍人受男方之托去女家提亲，席间跟女方称"我们这里工分快一毛了"。而女方误以为是"块一毛"，即 1.1 元，认为到这里能吃得好点。等嫁过来以后女方才明白真相，以后夫妻之间有些小摩擦，妻子都要拿这个说事，从此传为了村里的笑谈。

就五家尧村的土地而言，沙滩地与河头地各有不同。在沙滩地里，从东、西四座毛庵社的北边（旧大渠）往南，西四座毛庵与五家尧子交界的东西渠往北，这部分沙滩地都是好地，属村里的一等地。东西渠往南包括五家尧子和东、西老九尧的土地也属沙滩地，但土质略逊一等，属二等地。村西北角的沙滩地以前因浇水困难，属最差的三等地，但现在这些地也打上机井能浇上水，和二等地差不多了。河头地分红泥地和沫儿土地两种，前者只有黄河的蓄水湾处才能形成，属一等地；而后者则占大多数，属三等地，连最差的沙滩地都不如。村民介绍，总体而言三等地河头比较多。还有一些地村民称其为洼碱滩，碱性大，不能种植农作物，或者勉强能种起来，但一到天旱就不能耕种，属于村里的荒地。

村民认为，本地只要下辛苦，精心耕作，贫瘠地也能

---

① 康布尔村往南，属库布其沙漠南缘，村民称其为沙里。

59

变成好地。有些村民以前曾拿自己的好地与别人的中等地掉换，只求离家比较近。这样方便了耕作，慢慢培育后也都变成了好地。据上年纪的村民介绍，"刚解放时"，五家尧的土地均是白草①滩，到大跃进结束时已全部改造，改造后的地当时属二等地。基本上，从改革开放后到现在，五家尧村的土地等级分布没有多少变化。

（二）水利灌溉

五家尧农田地水利灌溉包括河水浇灌和井水灌溉，但能灌溉的农田只有沙滩地。如"概况"（第一章）里的介绍，自1951年康布尔村开通5公里长的大渠后，西部六村才逐渐开始了自流灌溉。1972年全国农业学大寨，本地曾试建过扬水站，但因常塌河，最后以失败告终。因此，村里河水灌溉用浒斯太河水而不用黄河水。浒斯太河是准格尔旗与达拉特旗共用的灌溉河流，准旗35天，达旗40天，轮流浇灌。在十二连城乡，只有西部六村能够利用河水灌溉，这六村的灌溉统一由水委会安排。据曾任水委会副主任的郭云荣介绍，水委会成立于1955年，由当时乡政府所办的综合厂工人郭方树发起，是一个由政府引导，群众自我管理浇水事务的自我管理组织。但是后来，其负责人改由乡政府任命。如果从各生产队所收水费入不敷出时，乡政府就会补贴超支部分，因此水委会又有着一定的行政色彩。

河水灌溉一般是春、夏、秋三水，具体应该是每个生产队春水共50小时，大致在春分与立夏之间；夏水共12小时，从立夏开始一直到农历九月；秋水共50小时，从农历

---

① 本地的一种田间杂草，生存能力很强，贫瘠地里也生长旺盛。

九月初十到河冻之间。夏水每年都有，春水尽管紧缺也偶尔能浇上，但秋水已十几年没有。郭云荣感觉，本地如果有三淌水就好多了，现在主要是浒太河上游好多筑了蓄水大坝，所以本地的水较以前很少了。虽然现在机井水不缺，但机井水发荫①，灌溉之后的效果逊于浒斯太河水。

浇水要收水费。水委会估计了一年所需的水费后，再分配给各村时间后，将费用分摊到各行政村，行政村往小队分摊，小队再往各家分摊，不过没地的人不用摊水费。2008 年，五家尧一年共交 7500 元，浇水社每人水费 10 元。水费一般春天先预收一半，等秋天卖了粮再给另一半。如果某年某社每个人分摊到的浇水时间太短，社里就会集体讨论后以集体名义把水卖掉，这时就会有几家农户合伙买一个社的浇水时间，这种情况以夏水较多。浇水时很少有纠纷，不过有个别人会趁别人下水浇水，自己上水偷着开小支流。近几年机井遍布，这种现象就没有了。

与河水浇灌相比，井水灌溉的历史较短。在 1969 年本地开始通电之前，虽然村里也有水井，但得用牛、驴、骡等牲畜拉水车进行灌溉。据村民介绍，当时一个农业社如果能有 2 亩这种能浇上井水的园子地，在旗境就算是很不错的地方。1970 年本地有了电动机，农业社开始用微型泵提水，进行机井灌溉，后来又有了潜水泵，灌溉效率更是大为提高。据西四座毛庵的一位前任队长估计，改革开放前，东、西四座毛庵和五家尧子最多有 35 眼机井。改革开放后进入 20 世纪 90 年代，五家尧几乎每家每户都有一眼机井。自 2006 年五家尧新农村建设开始以来，村内新打机井 100

---

① 方言，指温度低。

眼，新修节水灌溉渠道 8 公里，采用喷灌、滴灌、微喷灌和衬砌渠道灌溉等节水灌溉技术，减少了灌溉过程中的水量损失，提高了田间灌溉水的有效利用率。2007 年，五家尧建成支、斗二级渠系 8.2 公里，新打并配套机电井 55 眼，购置维蒙特大型喷灌机 6 台（套），并配套安装半固定式喷灌、管灌、滴灌等设备。据喷灌技术员介绍，这种大型喷灌机最低是 3 跨的，30 万元，最多是 8 跨的，80 万元。在村民看来，以前这里是靠天吃饭的荒滩，现在是旱涝保收的水地。

二 作物种植

20 世纪 50 年代初，受农业生产条件所限，本地种植的都是耐旱作物，粮豆有糜黍、小麦、谷子、高粱、莜麦，大麦（也称草麦）和玉米，黑豆、扁豆、豇豆亦有少量种植。糜、谷抗旱能力强，有耐风沙、耐盐碱的特性，只要适时播种，做好田间管理，就能获得较好收成。五家尧曾种植过的糜子品种有"大红"、"二红"、"小红"三种红色糜子，"大白"、"小白"两种白色糜子，还有"大青"、"小青"两种青色糜子。黍子有"大红"、"大白"、"紫秸秆"、"大青"等；在70 年代前，小麦品种主要为"红皮"和"白皮"；谷子有"大白"和"大黄"等，均为大日期品种，生长期 120 天左右。另有小日期品种"一把剑"、"蛇口"、"七月黄"等，生长期 100 天左右；荍子（高粱）有"晋杂 5 号"、"短三尺"、"牛尾巴"、"千斤红"等。20 世纪 50 年代玉米引进品种有"东单 2 号"、"白单 2 号"、"吉单 101"等，后普遍种植"吉单 2 号"，生长期 125 天。据村民回忆，1968 年本地曾从海南引进水稻种植，一年后归于失败。

瓜菜作物中，山药（马铃薯）因含淀粉高，可磨制粉面用来制作粉条，亦是主要粮食作物，种植较为普遍。此外，萝卜的种植也很普遍，有红、黄、白之分。红萝卜亦称水萝卜，春天下种，生长期短，可鲜吃，可腌制酸菜。黄萝卜亦称胡萝卜，可专种，亦可间作。村民用来调拌凉菜或腌制成酸菜，更可储存至冬天包饺子。白萝卜只用来腌菜。本地的西红柿分红、黄、绿三色，最早是黄色品种，后引进红色品种和绿色品种，现普遍种植红色品种。茄子有长、圆两种，开始以长形为主，现在则差不多都种圆形茄子。黄瓜有引蔓上架和混蔓两种，混蔓属后来引进的品种。此外，豆角、葫芦、葱、蒜、韭菜等各种菜蔬本地也均有种植。

油料作物只有麻和胡麻，一般为小面积专种。胡麻种子榨出的油称胡麻油，麻子种子榨出的油称麻油。胡麻品种有"红胡麻"、"白胡麻"、"内亚 2 号胡麻"和"大头胡麻"。

20 世纪 70 年代开始，随着农业生产条件，尤其是水利条件的改善，农业社开始广种小麦。20 世纪 70 年代后引进的新品种有"白欧柔"、"红欧柔"、"永粮 4 号"等。起初麦地套种萝卜和山药，之后套种葵花。葵花子在本地不榨油，均向外地销售。这种局面一直持续到 20 世纪 90 年代中期。当时种粮主要是食用，所以小麦、糜、谷一直大量种植。不过河头地有点例外，因为河头地怕水淹，所以广种豌豆。豌豆成熟较早，可以赶到水汛前收割。调查之时五家尧村民主要种植玉米、西瓜（套种黄豆）和葵花。本地西瓜品质优良，含糖量高，瓢口好。早在农业社时期，生产队就有专人专地种植西瓜，少量出售作为副业收入。改革开放以后，西瓜栽培面积进一步扩大。农家种瓜已不再是为了自食，而大部分是供出售。80 年代以后，为了获得更高的经济效益，争取西瓜早日上市，农家普遍应用覆膜生产技术。2003 年蓿亥图乡注册"树农"牌西瓜商标，成立西瓜种植协会，并取得了无公害产地认证和无公害产品认证，五家尧也随之成为西瓜生产基地。

在作物间作上，以前一般玉米套种黑豆或黄萝卜；小麦套种黑豆、谷子或山药；黑豆套种黄芥、黄萝卜；糜子套种绿豆、小豆；谷子套种黄芥；马铃薯套种小豆；西瓜套种芝麻、黄豆；豌豆套种谷子。

就现在的种植结构而言，沙滩地主要种玉米、西瓜和糜麻，河头地种玉米、糜麻和葵花。种葵花主要是为了与玉米换茬，河头地葵花与玉米三年一换，沙滩地西瓜与玉米一年一换。一些浇不上的地种糜子，因为糜子耐旱且种植时间晚。套种较为普遍的是西瓜地里套黄豆，葵花地里套子瓜。

按村民的话说"种玉米，图省事"，且玉米抗灾能力比较强。而西瓜虽然收益高，但风险大，主要是怕雨，更怕冰雹。麻对于土地要求不是很高，在一些较为贫瘠的边角，村民就种点麻。从 2006 年三社 140 家农户的种植来看，作物种植面积分项统计如表 3 - 3 所示。

表 3 - 3　2006 年三社 140 户作物种植分项统计

单位：亩，%

作物种类	河头玉米	沙滩玉米	玉米合计	西瓜	河头葵花	沙滩葵花	葵花合计	糜麻	马铃薯	黄豆
种植面积	2276	912	3188	1095	554	157	711	327	88	960
百分比	40.4	16.2	56.6	19.5	9.8	2.8	12.6	5.8	1.6	17.0

资料来源：根据课题组"住户基本情况调查表"整理。

因为西瓜和黄豆套种，理论上黄豆与西瓜占种植总面积的百分比应相同，但在实际中有少数农户西瓜地里套种葵花和其他大日期作物。从表3－3可以看出，三社村民主要种植玉米，占到种植总面积的56.6%，西瓜其次，占19.5%，葵花占12.6%，马铃薯最少，只有1.6%。

（一）玉米种植

最少者为2亩，最多者90亩，平均每户种植22.8亩，具体统计如表3－4所示。

表3－4　2006年三社140户玉米种植面积

种植面积（亩）	未种植	10亩以下	10～19	20～29	30～39	40～49	50亩以上
农户数（户）	16	21	34	17	16	23	13
百分比（%）	11.4	15.0	24.3	12.1	11.4	16.4	9.3

资料来源：根据课题组"住户基本情况调查表"整理。

（二）西瓜及葵花种植

西瓜种植最少为1亩，最多者23亩，平均每户种植7.8亩，葵花种植最少者为1亩，最多者30亩，平均每户种植5.1亩，具体统计如表3－5所示。

表3－5　2006年三社140户西瓜和葵花种植面积

种植面积（亩）	未种植	5以内	5～9	10～15	15以上
西　瓜（户）	19	20	40	46	15
百分比（%）	13.6	14.3	28.6	32.9	10.7
葵　花（户）	73	14	13	22	18
百分比（%）	52.1	10.0	9.3	15.7	12.9

资料来源：根据课题组"住户基本情况调查表"整理。

通过上边的对比不难看出，三社村民主要种植玉米，而且每户之间种植的面积差别不是很大，西瓜种植也是如此。葵花种植略有不同，只有东、西四座毛庵这两个有河头地的社才会大面积种植葵花，即使这样，种植葵花的农户间相差也不大。而糜、麻作为不浪费边角贫瘠地的零碎，只有41户种植，占140家种植户的29.3%。山药作为主要的蔬菜，有覆膜与不覆膜之分，现在大都是覆膜山药。在140户中有81户种植山药，占57.9%。但是种植最多的也就是2亩，仅9家，因为一户人家一般有0.5亩就足够一年的食用，所以那些不种山药的农户就通过交换或购买来补足。正如村民所说的，农民种地是以稳妥为原则，单个农户的实力难以承受较大的风险，如果单独种西瓜，虽然有可能收入颇丰，但如果出现连阴雨天，或者因瓜多价跌，最后会血本无归。所以，一般都是主要种植玉米，辅助种西瓜。从单个农户西瓜种植面积占农户总种植面积看，达到50%以上的仅有19户，占140户的13.6%；达到100%的有4户，不过这4户有一户种了1亩，一户种了2亩，其余两户种了4亩，即将自家所有的地都种了西瓜，在村民看来，这四户的种地只是副业。

在品种选留上，玉米种子主要是杂单7号和四单19号，西瓜种子是西农8号。按照村民的说法，"一般是农民想种甚①种甚，但随大流的比较多，别人种甚自己也跟着种"。例如，2006年就几乎全村种西瓜，结果后来瓜价跌得很厉害，最便宜时是每斤0.02元，这相当于每亩地毛收入只能有100元，连种地的成本都不够，令村民大为伤心。

---

① 本地方言的"甚"等同于"什么"。

村民以前很多时候是根据上年收获的作物自留种子，同时也引进新品种，但因为经验不足，也有过失败。以西瓜种植为例，本地 1997 年开始普遍种植，当时引进一种"绿霸王"，按照说明书，株距 2 米，可结瓜 70～80 斤。村民以为能长很大，该间苗的也不间了，戏曰"稀谷出大穗，等长大以后钻到里面吃"。结果最后最大的也就 20 斤左右。吃了这种说明书的亏后，村民逐渐摸索，现在一般按 1 米的株距种植，单瓜重 12～13 斤，而说明书上的单瓜种都标着 12～15 公斤。自留种子的弊端是不能尽早普及优良品种，如前几年村民用自家的山药做种子，不但个头小，而且里边有一个黄色的圈子，后来才知道是一种病。现在村民的山药种子都从种子公司购买，不但产量上去了，也"很少有毛病了"。事实上，在访谈过程中，村民都不太清楚品种引进的具体时间。但结合旗志，课题组通过与村民印证后，得知本地从 1991～1999 年引进推广了玉米中单 2 号、四单 8 号、哲单 7 号、四单 19 号，糜子伊糜 5 号，西瓜新红宝、庆红宝、灌红和灌龙，夏收马铃薯等优良品种。调查之时，五家尧已拥有机械化示范田，访谈人员所记录的玉米品种有真金 8 号、永玉 2 号、沈单 16 号、冀玉 9 号、巴单 3 号、强盛 31 号、科禾 8 号、真金 306 号、强盛 5 号、吉单 517、长城 706、郑单 958、登海 9 号、伊单 410、良玉 58、京单 28、伊单 314、金玉 1 号、哲单 20、金山 12、内油 4 号、金油 2 号、登海 11 号。

近几年，常有旗里将试验品种免费发放给农户试种，虽然大部分农户都积极配合，也愿意免费试种。但个别农户认为，旗里种子部门将一些卖不出去的种子给了农户，而一些产量高、行情好的种子却不会免费给农户。再进一步猜测是

图 3 - 1　机械化作业示范田（摄于 2008 年 5 月 3 日）

虽然种子部门将种子免费发放给了农户，但却可以从旗政府领取相应补贴，所以种子部门并不是纯粹为了农户利益，而更多是为了部门利益。

三　日程安排

一般而言，每种农作物都有它一定的生长过程，村民追随着它们的生长过程来规定农作日历，五家尧村农户的耕作日程安排如表 3 - 6 所示。

表 3 - 6　农作日历

月份	温度（℃）	节气	劳作安排
2 月	- 7.3	立春、雨水	农闲
3 月	1.1	惊蛰、春分	掏茬茬、送农家肥、整理耕地
4 月	9.4	清明、谷雨	播种地膜西瓜、香瓜、地膜山药、葵花、麻子

续表

月份	温度（℃）	节气	劳作安排
5 月	16.7	立夏、小满	种玉米、高粱、豆类
6 月	21.2	芒种、夏至	播种糜谷
7 月	23.1	小暑、大暑	收西瓜、香瓜、地膜山药
8 月	21.3	立秋、处暑	农闲
9 月	15.1	白露、秋分	割糜谷、麻子
10 月	8.2	寒露、霜降	起山药，收葵花、玉米、高粱、豆子
11 月	-0.9	立冬、小雪	脱玉米
12 月	-9.4	大雪、冬至	农闲
1 月	-11.6	小寒、大寒	农闲

注：本表所列温度为月平均温度，引自《鄂尔多斯通典》第一册（上）。

资料来源：根据课题组"调查日志"整理。

　　农作活动都是配合着作物的生长期而进行的，一些农谚就是总结了这些规律，例如，春分麦入土；种地不上粪，顶如瞎胡混；小满前后，安瓜种豆；芒种糜子急种谷；五月小进，糜子早种；立夏种胡麻，九股八个杈；过了立夏种胡麻，至死不落花；夏至不种下，强①种十来下；秋风糜子寒露谷，霜降黑豆抱住哭。但农作活动并不完全是同时的，个别的农作日历可以略有差异。同一种作物并不一定在同一天下种，而且其所需时间也可略有伸缩。比如，有一家是立夏后三日种玉米，到秋分后八日掰玉米，共约 150 天。另一家是小满前两日下的种，寒露后几天内掰玉米，共约 148 天。他们播种期相差四天，收获期相差约七天，两家农作物生长期则相差只有两天。一般而言，夏至以后就不再种作物。

---

① 音 qiang。

根据调查得知，五家尧目前主要农作物的生长期如表3-7所示。

表3-7 五家尧主要农作物生长期

单位：天

作 物	西瓜、香瓜、地膜山药	玉米、高粱	糜、谷、豆	葵 花	麻 子
生长节气	清明—大暑	立夏—寒露	芒种—秋分	清明—霜降	清明—秋分
生 长 期	90	160	100	170	150

资料来源：根据课题组"调查日志"整理。

不难看出，玉米、糜谷、豆类几种作物的生长期差不多都在夏季和秋季的十几个节气以内，西瓜、香瓜、地膜山药几种作物的生长期集中于春季和夏季的十几个节气以内。因此，生长期大致相同的作物就不能同时在一块地上耕种，如种了葵花，就不再种麻子。

播种之后紧接着就是要锄地。以玉米为例，一般播种后20天左右开始锄地，若碰上下雨，隔半个月左右就可以再锄，之后再同样锄一次，共锄3次。现在村民普遍都打除草剂，因此，只锄一次就可以，此外还要灌溉。从10月以后，村民开始歇下，一直到次年3月左右又开始农忙。

因为农作物的生长期多在夏秋两季，冬春两季比较少，所以农作活动也集中在夏秋两季。于是夏秋两季属农忙时节，冬春两季属农闲时节。不过即使在夏秋两季，也断断续续有农闲时节，这个时节就是村民赶交流的时候。

根据多年种植经验，村民普遍认为，每一年都有"该收"的作物，即若某年收小麦，小麦就既无虫害，又颗粒饱满。如果某年"不收玉米，玉米就起虫"。收与不收，很多时候只能到秋收时才可回味总结，但据村民介绍，以前邻村董三尧曾有位杜六老汉，通过大年三十晚上观天象，可以提前预知来年收什么作物，不过现在这位老人家已经过世了。

四　肥料施用

新中国成立以前，本地好多农户是"人无厕所猪无圈"，牛粪当燃料。中华人民共和国成立后，村民开始建猪、牛、羊圈进行圈积肥料，通过对垃圾、杂草、杂质进行沤制等多种方法进行积肥。20 世纪 50 年代末，还进行过土化肥生产，熏土肥、磨骨粉、掏泥炭，以扩大肥源，但效果不明显。20世纪 70 年代，村里开始施用化肥，主要是氮肥，以碳酸氢铵（简称"碳铵"）为主，其次是尿素、硝酸铵、硫酸铵等，主要施于小麦、糜子、山药、玉米等田地中。据村民介绍，五家尧 1972 年左右开始施用化肥，当时只有碳铵。第一次施用化肥，村民不知道施用量，把麦苗都烧死了，结果只能重种，也有的麦苗长出来不再长的。当时下乡的人员也不懂，所以村里人只有自己摸索着种，从实践中总结经验。1980 年左右，村民普遍学会用肥，但当时主要还是用粪，每亩地用 100 斤化肥，肥粪比例约10：1。1983 年左右开始有二铵（磷酸二铵），刚开始村民还是不会用，但因为有了碳铵烧苗的教训，很少有人去买。只有少数村民开始试用，一般每亩只用5~8斤。3 年后，村民开始普遍用二铵，当时每袋 28 元，施撒标准是玉米每亩施用 30 斤，西瓜每亩 40 斤。与此同时，本地供销社还销售一种三料肥（氮、磷、钾三元复合肥），但村民觉得不如二铵好用。从 2002 年开始，本地开始用复合肥，当时乡里免费给了种大棚的高培生和池永清各 5 袋，试验效果不错，之后农户才开始普遍施用。

现在本地上等农家肥为猪粪、羊粪，中等是牛粪。鸡粪也是较好的肥料，但因为每家喂鸡数量有限，所以不作为主要肥料。本地一般清明开始淘粪，把圈里的粪肥堆到一起，浇点水令其发酵，村民称之为热粪。热10多天后开始农田浇水，拢堰子。浇完水往田里送粪，一亩地3车（畜力车）左右，一般只有沙滩地才上农家肥。

在施肥方法上，农家肥以撒施为主，化学肥在撒施底肥的基础上，还增强追肥，多是浇水之前撒施或在雨天捏撮施用，以便化学肥的迅速渗透，更利于作物吸收。

现在，化肥也用得多了，逐渐形成一定的标准，如表3-8所示。

表3-8　主要农作物春耕化肥施用标准

单位：斤/亩

种　类	农田类型	碳　铵	二　铵	尿　素	复合肥
玉　米	河　头	100	30	—	—
	沙　滩	150	40	30	—
葵　花	河　头	30	30	—	—
	沙　滩	50	40	30	—
土　豆	沙　滩	150	40	30	—
西瓜/黄豆	沙　滩	150	40	30	60
麻　子	河　头	30	10	10	—
糜、谷	河　头	30	10	10	—

注：种地时撒二铵和复合肥，追肥时全为碳铵。
资料来源：根据课题组"调查日志"整理。

村民估计，一亩地10车粪，170斤左右的化肥。换算比例约31000斤：200斤，即15：1，访谈人员感觉这个比例应该不算少，但在村民看来，现在种地不上粪，全凭化肥。从2005年开始，西四座毛庵社的刘生云开始贩卖化肥，从察右前旗买了100吨化肥，挣了1000元左右。2006年，刘生云又从河曲拉回 1000 吨化肥，但是赔了 2 万元。2007 年从达旗拉回 600 吨，挣了 2 万。

五　农具改进

农具的改进过程是一个从传统农具向机械化农具过渡的过程。

（一）传统农具

五家尧地区的传统农具可大致分为耕地播种农具、平地保墒农具和收割脱粒农具。

耕地播种农具有土犁、木耧和锄头。土犁是新中国成立初普遍使用的老式铁弯犁，犁辕系铁质弓形状，犁铧、犁辕用铸铁制成，用绳绑在犁架上，犁辕后部弯曲前端低直，犁把、犁托系木质，来回均向一面翻土。当时一般两畜牵引，日耕地 4~5 亩。木耧分两脚耧和三脚耧两种，耧斗由上下两格构成，上格大于下格，上格用以盛种（耧斗），下格为匀输种子，上下格间有"子眼"（调节播种量），排种管由下格向下斜插入耧腿的空心部通到"足窍"。活门置有活门板，用以调节下种量，活门下方的隙间置有一根扁薄舌状铁条，前端系金属小铃，俗称"耧弹"或"打子弹"。扶耧人在操作时将耧身轻轻摇摆，"打子弹"便将下输的种子撞散而均匀地输在各个排种管。据村民估计，即使现在三社也有至少 10 台木耧。锄头是农民普遍使用的中耕农具，有大锄和小毫锄之分。大锄锄头与小毫锄一样，只是锄把长短不一，锄草时大锄可躬身锄、小毫锄可蹲着锄。

平地保墒农具有铁齿耙、碌子和拉砘。本地的铁齿耙为长方条形，一般长 2 米、宽 0.8 米、高 0.6 米，耙架系硬质木质，多取榆木，架上装有下端为屠刀状铁齿。耕作时，由牲畜牵引，操作者两腿跨开，立于耙上，或在耙上压以重物，人在后面手持缰绳，驱使耕畜拖拉前进，一人两畜一天可耙地 2 公顷。磙子为细长圆柱体，一般长 1.5 米左右，直径 0.2 米左右。磙架系木质，石磙两端平面的圆心处嵌有铸铁轴窝，与磙架上安装的铁铸形半轴插入相连，使架与磙组合成可以滚动的一体，用以镇压碎土进行保墒。拉砘各片在木轴上的距离与播种耧的排码相应，这是为了与播种作业同步进行。耧开沟播种后，垄沟的土松散，空隙大，易"跑墒"，用拉砘镇压碾实，使土壤与种子充分贴合，易于种子吸水萌发。

收割脱粒农具主要是镰刀、碌碡和连枷，此外还有木锨、木耙、木叉、刮板、箩子、簸箕、斗、筛、扫帚等辅助工具。镰刀有"平刃镰"和"裤镰"之别，平刃镰刀头呈柳叶形，镰把略弯，刀头与刀把铆结成一体，多用于收割小麦、糜谷等作物。裤镰也叫"砍镰"，刀头较小，有裤，呈长方形，多用于收割玉米、高粱和采割柳条等。碌碡是一种碾打脱粒工具，由圆柱形的石磙和木架组成，磙子表面有觚棱凸凹，呈粗糙面，一端大，一端小，呈锥形。连枷是一种敲打脱粒农具，由连枷和连枷杆两大部件以绞标联结一起而成，因其使用方便轻巧，故适用于小规模脱粒。操作者执柄，连枷杆上下往复均匀运动，与连在短轴上的枷扇同步旋转犹如"曲轴"行程。

木锨外形与铁锨相似。木板一般选用榆、柳木材，锯成薄板，以烤压成型，配以木把，具有抛扬分离子粒和颖壳，收场、摊晒谷物等多种用途。木耙由齿耙头和木柄组成，全系木质，一般多为 8 齿，齿床中央凿以柄孔，安木柄即成。木耙用以在脱粒中分离秸秆、子实、颖壳和耧、堆、积、垛等。木叉是翻晒作物秸秆、柴草的常用工具,由叉头和木柄组成,一般4齿,齿床中央安以木柄即成。本地也有从榆树、柳树上选用天然树杈,略加修砍成的二股叉,制作简单,坚固耐用。刮板也称"收板",为形似耧架的木框架,下端钉一块比框架横宽的长木板,作业时木板下缘置地上,框架竖立,一人执扶柄两端,刮板上系绳索,一般以人牵拉,将碾打后留在地上的作物颖壳和子粒收堆。箩子、簸箕一般都自行编制的,形式规格多样,而以"白条"编制得最好。斗为口大底小方形量器,也作为盛器。筛为竹制,根据筛眼规格有粗筛、细筛之别。扫帚,多取笛芨草主茎,用铁圈裁捆成头,安以木柄。

(二) 新农具引进

据村民回忆,农业社开始后,本地最先推广的是七寸步犁,之后是双铧犁,最后是山地犁。据旗志载,"七寸步犁和八寸步犁比旧式犁拉轻,翻地通,杀草,深浅容易调整,日比旧犁多耕地 1.2 ~ 1.5 亩……互助组农民争相购买,迅速推广。"村民回忆此种犁得两头牛牵引。双铧犁当时三社共有 6 套,该犁一般耕宽 40 厘米,耕深 16 厘米,日耕地 10 亩左右,效率显然更高,但需要三头牛牵引,太笨重,保墒也不好,1959 年后淘汰。山地犁的一个进步是可调节深浅,犁柄多为木质,上有提把和手捏装置,与犁头连接处有活动卡板。犁镜和犁铧能左右翻转,一般耕宽 18 ~ 20 厘米,耕深 15 厘米,犁重 27 公斤,据旗志载,"日耕地 5 亩左右。"但据村民回忆,当时一天用两个大骡子牵引能耕 7 ~ 8 亩地,一头力气较大的牛也可以牵引。因为山地犁节省畜力，后来本地普遍推广。

随着农耕机具的改进，耕地方式也发生了变化。最早本地是两道坰，后来有了山地犁又有了一道坰。坰本是北方计量每日耕作土地面积的单位，本地已传为耕地的一种形式。两道坰分为"独幅"和"合窖"两种，所谓"独幅"，是从地中间开始走，逐步向两边推进，最后将一块地耕完。"合窖"则是从地的两边开始，逐渐向中间靠拢，最后犁到地中心。两道坰不用左右翻犁，所以对犁的要求不高，最早开始的就是这种形式。"一道坰"是将一块地从一边开始耕，然后来回逐步向另一边推进，这种形式要求耕地用犁可以左右翻转犁铧，只有山地犁才能胜任。

（三）农业机械化

早在农业社时期，五家尧就开始了农业机械化的步伐，不过当时五家尧大队仅有拖拉机和推土机各1台，且农业社解散后这两台大型农机都卖了。改革开放后，一些富裕农户开始自行购置农用机械。1979年，五家尧子的池二挨买了一台农用四轮车，这是五家尧最早的小四轮，当时乡里还组织了统一的培训。1988年，五家尧子的刘挨存买了本地的第一辆农用三轮车。随着这种农业动力机械的改进，农用机具也随之改进。与四轮车一起到来的是犁，分两道坰犁和一道坰犁。一道坰犁左右翻耕，较为麻烦，不适合短地顶头（从地的这一头到另一头较短）。而两道坰犁不用翻犁，因此速度较快，但如果地顶头较长，两者的速度相差便不是很大。一般而言，河头地速度要快些，因为河头地地顶头较长，这样四轮车掉头的次数少，速度也就快了。这两种犁都是买四轮车同时从厂家购买的，而三轮车所用的犁则由本地的铁匠改造而成。

在我们调查的 163 户农户中，拥有小四轮的有 84 户，占调查农户的 51.5%，拥有农用三轮车的有 29 户，占 17.8%，如果只要拥有四轮车或农用三轮车之一就算是一个机械户，那么这 163 家农户中有 104 家机械户，占 63.8%，几近 2/3。在拥有四轮车的 84 家农户中，2000 年之前购买的有 45 户，占 84 户的 53.6%；2000 年之后购买的有 37 户，占 84 户的 44%。还有 2 户，一家购于 1979 年，一家购买年代未知，占 2.4%。在拥有农用三轮车的 29 家农户中，2000 年之前购买的有 14 户，占 29 户的 48.3%；2000 年之后购买的有 12 户，占 29 户的 41.4%；还有 3 户购买年代未知，占 10.3%。可以说，以 2000 年为分界，村民购买四轮车和农用三轮车方面差别不大。如果通过各年份排序来看，三社购买这两类农机数量如表 3-9 所示。

表 3-9　三社农用四轮车与三轮车统计

单位：辆

年份	四轮车	农用三轮车	合计	年份	四轮车	农用三轮车	合计
未知	1	3	4	1997	9	3	12
1979	1	0	1	1998	4	2	6
1987	2	0	2	1999	4	1	5
1988	0	1	1	2000	5	3	8
1989	1	0	1	2001	4	1	5
1990	4	0	4	2002	6	2	8
1991	5	0	5	2003	8	1	9
1992	0	0	0	2004	2	0	2
1993	1	1	2	2005	4	0	4
1994	3	0	3	2006	5	4	9
1995	9	2	11	2007	3	1	4
1996	3	4	7	合计	84	29	113

资料来源：根据课题组"住户基本情况调查表"整理。

　　需要说明的是，调查之时，有的农户虽然以前买了四轮车或农用三轮车，但后来卖了，访谈时候告诉访谈人员说没有，但这只是少数。

　　农用机具的引进是一个逐步的过程，虽然随着四轮车拥有者的增加，相应的犁具也进入了五家尧的农户，但开始的播种还主要是人工。以种玉米为例，当时是用小四轮带犁开沟，最少得跟两个人点子，一般是 3 个人，这样能替换歇息。当时河头地一天最多可播种 12 亩，沙滩地是 5～8 亩。而如果按以前的骡子拉山犁，一天 7～8 亩仅仅是犁地，速度的差别显而易见。从 2004 年左右开始，又有农户合资购买播种机。就玉米播种机而言，大多数村民使用达旗农机公司销售的"农哈哈"播种机（见图 3-2）。该播种机有 3 腿和 4 腿之别，3 腿的 1200 元，4 腿的 1800 元。该机械一次播种 4 行，一天可耕 20 亩，仅需要 1 名四轮车驾驶员即可，效率当然又提高了一层。

图 3-2　"农哈哈"播种机（摄于 2008 年 5 月 2 日）

但高效率农具的一个问题是一家一户单独购买有些浪费，以一家 40 亩地计算，一年也就用两天，因此好多都是合资购买。就调查所知，东、西四座毛庵至少有 15 家农户合资购买了这种播种机，其中 3 家农户合资购买的有 3 台。近几年，随着鄂尔多斯市经济发展和新农村工作的推进，2007 年，五家尧又组织了农机服务队（农机协会）购进大型农机 6 套。

图 3-3　大型农机（摄于 2008 年 5 月 4 日）

这种大型农机每台 11.2 万，由旗政府补贴 50%。此外还购进玉米联合收割机 2 台，每台 32 万，旗政府也给补贴一半。

农业大型机械的技术含量较高，其应用需要不断地摸索。根据村民介绍，2007 年春天这些 804 大型农用机（简称"804"）购进之后，仅 3 天就把 5000 亩河头地连耕带种收拾完了，速度惊人。但后来出苗之时才发现，这种机器耕作过很少能捉住苗①。村民分析，该机械是边耕边种，但河头地得耕完后干燥一两天才能播种，因为红泥地较潮湿且黏性大，当时804播种的很多都板结了。再者，河头地草大，804不能把草根弄断，如果中耕跟不上，很容易弄得杂草丛生。

农业机械化的发展还使得需要"变工"的农活越来越少。每家农户的作物种植都或多或少会有差异，这种差异使每家农作活动都有不同。在以前农业机械较为缺乏时，点玉米、种小麦、种西瓜等需及时做完的农活，就得几家帮着一家集中干完，这样轮流帮工，村民称之为"变工"。"变工"需要每户人家都合得来，不然给自己家干时出力多，而给别人干时出力少，偷奸取巧，下一年这种互助就难以继续。不过因为是在一个村里，低头不见抬头见，一般"谁奸猾，谁厚道"大家都清楚，因此"变工"的圈子也就很松散。即使如此，村民在"变工"时一般也找亲戚或者相处特别不错的朋友，如果实在找不到，就得花钱去外村雇人做。随着农田机械化的进行，许多农活现在都可以一家集中干完，"变工"也越来越少了。现在需要"变工"的只有种西瓜，但村民认为，如果种西瓜也能实现机械化，也就不需要"变工"了。

此外，新农具的引入并不代表旧农具的完全退出，前面所列的传统农具村民仍在使用，只是机械动力的引入，使得传统的牲畜逐渐退出。调查之时，163家农户共有骡、驴、牛等大牲畜35头，这其中包括15头奶牛。可以说，这

---

① 意为"缺苗很多"。

些大牲畜用来辅助农业生产的仅有 20 头。而村兽医给我们
提供的材料是五家尧现有牛 28 头，耕地牛、毛驴、骡子等
约有 40 头。

六　农资投入

农资投入是农业丰收的重要保障，按时供应农用生产
资料是春耕备耕的重要环节。五家尧村村民所需的农用生
产资料主要有地膜、化肥、农药、子种四大类。目前村民
普遍用厚度 0.006 ~ 0.008 毫米，规格 75 ~ 110 厘米的微
膜，主要用于西瓜种植。在虫害的防治上，20 世纪 50 年
代后期，村民主要是用赛力散拌种，防治黑穗病，控制谷
花，防治谷子钻心虫。用红砒毒谷做诱饵，防治地上害
虫。一般大田作物的害虫均以人工诱集捕杀为主，辅之以
药剂防治。1956 年，五家尧成立过防虫小组，采用灯火诱
杀成虫，挖蛹、挖封锁沟、烟熏等人工捕杀办法灭虫。经
过防治病虫害的实践，村民们提高了防治病虫害的认识，
掌握了防治病虫害的知识与技术，以后每年冬春之季，村
民都自觉购进各种化学药剂以备用。1978 年旗境麦秆蝇肆
虐，五家尧村也深受其害。村民虽以"六六粉"、"美曲
膦酯"等化学药剂药杀，但小麦亩产量仍大大减少。农药
使用主要以土壤处理和叶面喷洒为主。目前，村民们使用
的农药品种主要有"1605"、"3911"、美曲膦酯、敌敌
畏、乐果等 20 多个种类。现在买的种子里就拌了药，所
以村民就不用再自行拌药，不过玉米如果锄得太晚就会有
虫，需要打敌敌畏，黄瓜容易起"油汗"（蚜虫），村民
一般打乐果（见表 3 - 10）。

表 3 - 10　2006 年五家尧农资价格

种类		价格　村民购价	规　格
化肥 （元/袋）	碳　铵	23 ~ 28	100 斤/袋
	二　铵	145 ~ 150	100 斤/袋
	尿　素	93 ~ 95	100 斤/袋
	复合肥	103 ~ 105	100 斤/袋
籽种	玉　米	2.3 ~ 2.8 元/斤	10 公斤/袋
	葵　花	6 元/斤	2.5 公斤/袋
	麻　子	12 元/斤	论斤卖
	土　豆	0.7 元/斤	论斤卖
	西　瓜	13 ~ 15 元/桶	100 克/桶
农药 （元/瓶）	1605	10	500 毫升/瓶
	敌敌畏	8	500 克/瓶
地膜 （元）	呼和浩特产	14	10 公斤/卷
	天津产	10	10 ~ 13 公斤/卷

资料来源：根据课题组"调查日志"整理。

一般而言，农户每亩种子投入如表 3 - 11 所示。

表 3 - 11　每亩种子投入标准

作物	玉米	葵花	麻子	土豆	西瓜	糜黍	黄豆
投入	5 斤	2 ~ 5 斤	1 斤	300 ~ 400 斤	2 桶	10 斤	10 斤
备注		锹铲和糇种				自留	自留

资料来源：根据课题组"调查日志"整理。

种子、化肥、农药和地膜，再加上浇水的农用电费、农业机具的燃油费和维修费、农业雇工支出，就是整个一年农户的基本农资投入，尤其以子种、化肥、燃油、维修和雇工为大宗。在 140 家种植户中，能够有效计算农资投入的有 128 户，分项统计如下。

（一）种子投入

最少者为 39 元，最多者 2205 元，平均每户投入 923.5 元，具体统计如表 3-12 所示。

表 3-12　2006 年三社 128 户种子投入统计

子种投入（元）	500 以内	500~999	1000~1499	1500~1999	2000 以上
农户数（户）	32	41	33	19	3
百分比（%）	25.0	32.0	25.8	14.8	2.3

资料来源：根据课题组"住户基本情况调查表"整理。

（二）化肥投入

最少者为 273.3 元，最多者 9849.4 元，平均每户投入 4028.8 元，具体统计如表 3-13 所示。

表 3-13　2006 年三社 128 户化肥投入统计

化肥投入（元）	1000 以内	1000~1999	2000~2999	3000~3999	4000~4999	5000~5999	6000~6999	7000~7999	8000~8999	9000 以上
农户数（户）	11	15	17	18	27	18	13	3	3	3
百分比（%）	8.6	11.7	13.3	14.1	21.1	14.1	10.2	2.3	2.3	2.3

资料来源：根据课题组"住户基本情况调查表"整理。

（三）农机燃油投入

最少者为 200 元，最多者 7000 元，平均每户投入 1227.2 元，具体统计如表 3-14 所示。

表 3 – 14　2006 年三社 128 户农机燃油投入统计

农机燃油（元）	0	500以内	500 ~999	1000 ~1499	1500 ~1999	2000 ~2499	2500 ~2999	3000以上
农户数（户）	27	8	18	19	22	23	4	7
百分比（%）	21.1	6.3	14.1	14.8	17.2	18.0	3.1	5.5

资料来源：根据课题组"住户基本情况调查表"整理。

（四）农机维修投入

最少者为 30 元，最多者 3000 元，平均每户投入 418.8 元，具体统计如表 3 – 15 所示。

表 3 – 15　2006 年三社 128 户农机维修投入统计

农机维修（元）	0	500 以内	500 ~999	1000 ~1499	1500 ~1999	2000 ~3000
农户数（户）	46	25	40	10	3	4
百分比（%）	35.9	19.5	31.3	7.8	2.3	3.1

资料来源：根据课题组"住户基本情况调查表"整理。

（五）雇工投入

最少者为 80 元，最多者 5630 元，平均每户投入 303 元，具体统计如表 3 – 16 所示。

表 3 – 16　2006 年三社 128 户雇工投入统计

雇工投入（元）	0	1000 以内	1000 ~1999	2000 ~2999	3000 ~5630
农户数（户）	97	12	13	3	3
百分比（%）	75.8	9.4	10.2	2.3	2.3

资料来源：根据课题组"住户基本情况调查表"整理。

（六）浇水用电投入

最少者为 6.4 元，最多者 896 元，平均每户投入 206

元，具体统计如表 3 - 17 所示。

表 3 - 17　2006 年三社 128 户浇水用电投入统计

浇水用电投入（元）	0	100 以内	100 ~ 199	200 ~ 299	300 ~ 399	400 ~ 499	500 以上
农户数（户）	1	21	46	37	19	1	3
百分比（%）	0.8	16.4	35.9	28.9	14.8	0.8	2.3

资料来源：根据课题组"住户基本情况调查表"整理。

（七）农业种植投入合计

最少者为 806.5 元，最多者 19240.8 元，平均每户投入 7636.4 元，具体统计如表 3 - 18 所示。

表 3 - 18　2006 年三社 128 户农业种植投入合计统计

种植投入合计（元）	1000 以内	1000 ~ 4999	5000 ~ 9999	10000 ~ 14999	15000 以上
农户数（户）	2	31	57	31	7
百分比（%）	1.6	24.2	44.5	24.2	5.5

资料来源：根据课题组"住户基本情况调查表"整理。

（八）亩均投入

最少者为 96.4 元，最多者 615 元，平均每户投入 216.3 元，具体统计如表 3 - 19 所示。

表 3 - 19　2006 年三社 128 户单户亩均投入统计

亩均投入（元）	100 以内	100 ~ 199	200 ~ 299	300 ~ 399	400 ~ 499	500 ~ 599	600 以上
农户数（户）	1	71	39	11	3	2	1
百分比（%）	0.8	55.5	30.5	8.6	2.3	1.6	0.8

资料来源：根据课题组"住户基本情况调查表"整理。

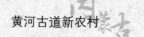

可以说这是最低投入，因为我们在计算时遇到种子、化肥和农药等各项有波动时，均取最低价，而调查之时正是物价上涨之时。

七　产出及收入

据村民回忆，十几年前地的亩产：沙滩地一般玉米700斤，葵花400斤，小麦400斤，糜黍400斤。在三个等级的土地中，就玉米而言，每个等级之间每亩有100斤的差距，而山药则产量差不多，麦子一个等级之间差200斤。根据村民提供的数据，2006年亩产量如表3－20所示。

表 3－20　2006年五家尧村农田亩产量情况

单位：斤，元

作物种类	农田类型	亩产量	销　价	用　途
玉　米	河 头 地	900	0.58～0.59	出售，饲料
	沙 滩 地	1500		
葵　花	河 头 地	230（套种）、300	1.78～1.9	出售，食用
	沙 滩 地	300（套种）、400		
土　豆	河 头 地	2500	0.2～0.3	自食
	沙 滩 地	5000		
西　瓜	沙 滩 地	5000	0.14～0.12	出售
黄　豆	沙 滩 地	120～200	1.2～1.3	出售
麻　子	河 头 地	100	1.6	销售
糜子、谷	河 头 地	250	0.75	食用，出售

资料来源：根据课题组"调查日志"整理。

在140家种植户中，能够有效计算农田产量的有130户，分项统计如下：

（一）玉米产量

最少者为 1500 斤，最多者 83204 斤，平均每户 24761.5 斤，具体统计如表 3 – 21 所示。

表 3 – 21 2006 年三社 130 户每户玉米产量统计

玉米产量（斤）	0	10000以内	10000 ~ 19999	20000 ~ 29999	30000 ~ 39999	40000 ~ 49999	50000 ~ 59999	60000以上
农户数（户）	7	21	34	17	17	19	11	4
百分比（%）	5.4	16.2	26.2	13.1	13.1	14.6	8.5	3.1

资料来源：根据课题组"住户基本情况调查表"整理。

（二）西瓜产量

最少者为 5000 斤，最多者 115000 斤，平均每户 31235.2 斤，具体统计如表 3 – 22 所示。

表 3 – 22 2006 年三社 130 户每户西瓜产量统计

西瓜产量（斤）	0	10000以内	10000 ~ 19999	20000 ~ 29999	30000 ~ 39999	40000 ~ 49999	50000 ~ 59999	60000 ~ 65000	90000以上
农户数（户）	7	8	21	21	33	18	11	9	2
百分比（%）	5.4	6.2	16.2	16.2	25.4	13.8	8.5	6.9	1.5

资料来源：根据课题组"住户基本情况调查表"整理。

（三）葵花、糜麻、黄豆、山药产量

葵花最少者为 2 斤，最多者 16666 斤，平均每户 1439.1 斤；糜麻最少者为 100 斤，最多者 5500 斤，平均每户 391.8 斤；黄豆最少者为 85 斤，最多者 12960 斤，平均每户 1040.2 斤；山药最少者为 350 斤，最多者 40000 斤，平均每户 1833.5 斤。具体统计如表 3 – 23 所示。

表 3 – 23   2006 年三社 130 户每户葵花、糜麻、黄豆、山药产量统计

葵花产量（斤）	0	1000 以内	1000～1999	2000～2999	3000～3999	4000～4999	5000～5999	6000 以上
葵 花（户）	66	9	12	15	13	7	5	3
百分比（%）	50.8	6.9	9.2	11.5	10.0	5.4	3.8	2.3
糜 麻（户）	95	13	12	6	2	1	1	0
百分比（%）	73.1	10.0	9.2	4.6	1.5	0.8	0.8	0
黄 豆（户）	40	27	37	24	1	0	0	1
百分比（%）	30.8	20.8	28.5	18.5	0.8	0	0	0.8
山 药（户）	55	8	23	10	18	6	6	4
百分比（%）	42.3	6.2	17.7	7.7	13.8	4.6	4.6	3.1

资料来源：根据课题组"住户基本情况调查表"整理。

（四）种植收入合计

最少者为 1000 元，最多者 60380 元，平均每户 20245.6 元，具体统计如表 3 – 24 所示。

表 3 – 24   2006 年三社 130 户种植收入合计统计

种植收入合计（元）	1000 以内	1000～1999	2000～2999	3000～3999	4000～4999	5000～5999	6000 以上
农户数（户）	33	39	24	21	10	2	1
百分比（%）	25.4	30.0	18.5	16.2	7.7	1.5	0.8

资料来源：根据课题组"住户基本情况调查表"整理。

（五）每亩种植收入

最少者为 160 元，最多者 1392.2 元，平均每户 516.6 元，具体统计如表 3 – 25 所示。

表 3 - 25　2006 年三社 130 户每亩种植收入统计

每亩收入（元）	100~199	200~299	300~399	400~499	500~599	600~699	700~799	800~899	900~999	1000以上
农户数（户）	2	8	19	39	32	11	8	7	1	3
百分比（%）	1.5	6.2	14.6	30.0	24.6	8.5	6.2	5.4	0.8	2.3

资料来源：根据课题组"住户基本情况调查表"整理。

2008 年，村民黄玉明详细计算了自己 2007 年 15 亩沙滩玉米的收入。

投入共四项，化肥、子种、雇工和水电。其中化肥：碳铵共 12 袋，每袋 25.5 元，其余 11 袋每袋 27元，共 322.5 元；二铵共 4 袋，其中 2 袋每袋 145 元，其余 2 袋每袋 138 元，共 566 元；西瓜肥共 2 袋，每袋 103 元，共 206 元；尿素共 3 袋，其中 2 袋每袋 93 元，另有 1 袋 90 元，共 276 元。化肥投入合计 1370.5 元。子种：玉米种共 75 斤，每斤 2.8 元，共 210 元。子种投入合计 210 元。雇工：12 亩，每亩 20 元，共 240元。另加 5 元。雇工投入合计 245 元。水电：合计 92.4 元。

以上四项投入合计：1917.9 元。15 亩地毛收入 13845元，减去投入的 1917.9 元，纯收入为 11927.1 元。

如果将地承包给公司，每亩 260 元，15 亩共 3900 元，减去这一机会成本的话，一年的纯收入就是 8027.1 元，即两个劳动力的一年土地报酬。

据上年纪的老人讲，新中国成立以前种地基本上靠天吃饭，粮食产量低，不够吃。新中国成立以后，村里打了机井，修了渠道引浠斯太河水后，粮食产量得到了提高。

比较起来，现在①生活提高了。农业社时吃的紧张、穿的紧张，当时每人每年能有100斤小麦已经是好的生产队，吃的主要是玉米、糜谷，穿的是毛和棉；现在吃的是大米、白面，穿的是尼龙和混纺。而这些，除了社会制度的深层原因外，还应归功于水利条件的改善和良种化肥的应用。

八 土地承包方式变革

作为自治区级新农村示范点，五家尧的发展与整个自治区各级政府的发展战略也紧密相连，土地承包方式发生了重大变化。按照十二连城乡的发展思路，是要大力发展现代农牧业，推进农牧业产业化经营，集中打造北部沿河现代农牧业园区。从土地条件和基础设施相对好的西部六村开始实施土地规模经营，通过公司化经营和股份制经营两种模式，规模经营全部实现"六化"标准。即规模化种植：优化生产布局和种植品种结构，实行土地的规模化种植。节水化灌溉：每个作业区根据实际，统一选择采用喷灌、滴灌、微喷灌和衬砌渠道灌溉等节水灌溉技术，减少田间灌水过程中的水量损失，提高田间灌溉水的有效利用率。机械化作业：组建专业农机服务队，与农户签订服务协议，种植、收获作业全部实现机械化。标准化生产：按照标准组织生产与管理，将标准化贯穿于生产经营的全过程，从种子质量，生产技术到收获、贮藏都要达到农牧业生产标准化。全面引入平衡施肥技术，合理配置化肥资源，提高肥料利用率，降低种植业成本，提高经济效益。其中重点服务技术是进行测土配方施肥，通过实施测土、配方、

---

① 2007年调查之时。

配肥等重点环节，提高肥效，增强种植效益。管理组织化：通过公司化经营和联户合作经营两种模式整合土地后，所有的规模经营从耕种、田间管理、收获均实行统一生产经营管理。耕种和收获由农机服务队统一实行机械化作业完成，田间管理由农户和公司按照规定的科学管理模式进行有组织的管理。产业化经营：以市场为导向，以产业化龙头企业和农畜产品加工企业为载体，建设具有比较优势，适应市场需求特色的优势农畜产品生产基地，逐步形成布局合理、优势突出、特色鲜明、绿色环保、品牌知名，具有市场竞争力的产加销一体化高效农牧业产业化体系。

根据村委会提供的材料，2006 年五家尧村五个社土地全部以土地流转的形式，以每亩 260 元的价格整体转包给远洋新农业开发公司、鑫源公司及巴盟番茄推广种植加工企业。通过土地整合，村内吸引了三家企业入驻五家尧村并致力于长久合作，远期发展与投资，以上三家企业都制定了各自发展目标与远期规划。

其中远洋新农业开发公司推广种植 600 栋大棚，同时经营 300 亩政府推广示范田、组建了农机服务队、建成集贸市场一处、水产养殖 300 余亩。2007 年鄂尔多斯市远洋新农业开发公司以"公司＋农户"的模式与本村农民共同经营大棚种植；2007 年鑫源公司种植甜高粱 1 万余亩，同时投资建厂生产加工乙醇；巴盟番茄种植加工公司进行番茄栽培推广种植。在村支书个人事迹简历里则称"2006 年以股份制形式于五家尧村组成了鄂尔多斯市远洋新农业开发有限责任公司，整合村内 1500 亩土地；引进久荣集团公司、鑫源公司整体整合承包五家尧村 1 万亩土地，从事规模化种植"。据村民提供的信息是，2007 年五家尧才开始有公司承包土地,共有 3 家,红高粱(也称甜高粱)公司、远洋公司和番茄公司①。共包了 4000 亩土地,合同 3 年一签,共签 10 年。沙滩地是每亩 260 元,河头地是每亩 100 元,3 年后沙滩地升到每亩 300 元。大棚的包地合同是 10 年,每年 300 元,所有的包地费用一年一结。在三家公司中,番茄公司来本地较迟,与鑫源公司以每亩 300 元的价格转包了一部分土地。2007 年的包地费用是春天给 50%,秋天有孩子上学的农户可提前领余下的钱。

现在的新农村规划中的许多工作,如丈量土地、分钱、指挥生产等,在村民看来与农业社大集体类似,但现在比农业社之前的管理还粗糙。村民认为,主要是刚开始,许多关系还没有理顺。现在村民给公司打工工作时间为早上 7:00~12:00,下午 2:00~7:00,工资 50 元,工作主要是种地。还有一年四季都有活的长班,属于管理人员,每月 1200 元。村民认为如果是长班,就比自己种地强。就三家公司的经营来看,村民感觉番茄公司较好,远洋公司一般,而红高粱公司最差。

九 庭院种植

三社村民的住房没有进行过统一规划,因此比较零散,这也使得各家各户在房前屋后或水井旁可以开辟一块菜园子,种些许菜蔬瓜果。一般市面上销售的蔬菜,农户家菜园子里基本都有种植,以葱、蒜、韭菜、豆角、西红柿、青椒、茄子、黄豆等为主。此外,苦苣菜、芹菜、芋头、莴笋等一些菜蔬也有种植,有成有败。村民告诉访谈

---

① 村民对公司的分类主要依据其种植作物。

人员，本地卷心菜长不大，他们估计是肥力和地不行。前几年，村民普遍都小规模种植甜菜，甜菜叶子可以喂猪，茎可以熬糖和腌酸菜。有的菜园之中还间或种植几棵果树，有苹果梨、123、桃、李子等，这些蔬菜水果的种植补充了村民的日常饮食，村民只在早、中、晚或闲暇时间打理一下，即可让其生长旺盛，免除了村民在蔬菜瓜果上的消费支出。

在 20 世纪 90 年代之前，村民几乎家家都有庭院种植。个别没有种植的，也是亲戚或父母种植较多，足够供几家食用。近几年随着经济的发展和商品化程度的提高，尤其是蔬菜大棚建设之后，许多村民都开始买菜吃。即使这样，在 163 家农户中，仍有 110 户有庭院种植，占到 67.5%。在这 110 户中，最少者 0.1 亩，最多者 4 亩，平均每户 0.6 亩，具体种植面积统计如表 3 - 26 所示。

表 3 - 26　2006 年三社 110 户庭院种植面积统计

种植面积（亩）	0.1	0.2	0.3	0.4	0.5	0.6	0.7	0.8	1	1.5	2	3	4
农户数（户）	19	17	21	3	21		4	3	8	2	6	2	2
百分比（%）	17.3	15.5	19.1	2.7	19.1	1.8	3.6	2.7	7.3	1.8	5.5	1.8	1.8

资料来源：根据课题组"住户基本情况调查表"整理。

与粮食作物相比，庭院种植的菠菜播种较早。蔬菜不用铺地膜，一般每年 4 月份左右开始种，之后间隔 10 天左右隔种，共种两次，以便头一茬吃完又可以吃第二茬。黄瓜、豆角、茄子等 5 月份开始种，吃完之后还可以种小南瓜。萝卜 7 月左右种，既可以单独种，也可以在玉米地、瓜地里套种。香瓜 4 月 20 日左右种。

第二节　养殖

一　基本情况

　　1958 年 12 月，全旗实现人民公社化，个体农户没有自己的养殖业。1981 年 2 月，旗委政府提出《关于进一步加强和完善生产责任制中的几个具体问题的意见》。至此，耕畜分户饲养，小畜作价卖给群众。五家尧村的养殖业，也随之发展起来。20 世纪 90 年代以前，五家尧几乎每家每户都有自己的小规模的养殖，但只能称为家庭副业。首先，养殖的目的主要不在于从中获取利润，而是作为食物来源和家庭收入的一种补充。如猪、鸡等主要是作为肉食，用于家庭的消费。羊则除了自家消费还要销售。从数量来看，每家养 7 ~ 8 只，使每年繁殖数量与基数持平，每年杀 1 ~ 2 只用于自家消费，卖 5 ~ 6 只（主要是公羊）补贴家用。此外，羊可以产毛，羊毛的收入是羊收入的 2 倍左右。其次，此时的养殖规模小。以当时村民的养羊为例，每户数量都在 10 只以下。再次，当时养殖的目的主要是服务于农业。如每家都饲养一头大牲畜（如马、牛、驴、骡），作为农业生产的畜力。同时，家畜家禽的粪便又可作为肥料，用于肥田。

　　20 世纪 90 年代以后，由于村里人口的增加，大量的荒地被开垦，可放牧荒地逐渐减少，养殖由家家户户的"副业"转变为个别农户的"专业"，养殖的目的也不再是仅作为食物的补充，出现了专门从事养殖的专业户。他们扩大经营规模，转换经营方式，增加养殖种类，并且以养殖业作为家庭收入的主要来源。据调查，2006 年三社以养殖作为主要收入的农户有 12 户，占调查总数的 7.4%，其中养绵羊 8 户，养绒山羊 2 户，养奶牛 1 户，养猪 1 户。村支书经营着养殖场，有鱼、虾、鸡、鸭、鹅（见图 3 - 4）。

图 3 - 4 水产养殖（摄于 2007 年 8 月 22 日）

表 3 - 27 三社 12 家养殖专业户基本情况

单位：只，头

姓 名	养殖种类	养殖数量	姓 名	养殖种类	养殖数量
周金柱	绵羊	300	牛志武	绵羊	85
刘得明	绵羊	200	池永胜	绵羊	80
翟永清	绵羊	110	杨金良	山羊	136
杨生云	绵羊	100	田明小	山羊	120
王 蛇	绵羊	100	高培生	猪	130
池二白	绵羊	90	刘二宽	牛	13

资料来源：根据课题组"住户基本情况调查表"整理。

据村主任介绍，嘉意公司准备 2008 年在五家尧建设肉羊养殖基地，鑫源公司则准备建设养猪基地。这种新型的养殖方式采取"政府补贴、企业经营、农民参与"的机制，建设的肉羊养殖园区，以育为主，统一公司管理、统一配种改良、统一疫病防治、统一配方饲喂、统一组织销售。吸纳村民入股，采取股份制经营，使养殖向园区集中。

二 养羊

（一）种类

20 世纪 90 年代以后，村民养羊的一个明显变化是，单个农户养羊的数量增加。据调查，2006 年 163 家农户养羊者有 93 户，其中养绵羊最少者 1 只，最多者 300 只；养山羊最少者 1 只，最多者 136 只，具体统计见表 3 - 28。

表 3 - 28 2006 年三社 93 户养羊统计

数量（只）	10 以内	10 ~ 19	20 ~ 29	30 ~ 39	40 只以上
养绵羊农户（户）	38	26	6	3	9
百分比（%）	46.3	31.7	7.3	3.7	11.0
养绵山羊农户（户）	5	2	1	1	4
百分比（%）	38.5	15.4	7.7	7.7	30.8

资料来源：根据课题组"住户基本情况调查表"整理。

这些专业户以养羊作为家庭收入的主要来源，主要劳动力投入到养殖，而且规模在逐年扩大。羊的种类也开始增加，出现了小尾寒羊、新疆细毛羊、鄂尔多斯细毛羊、肉用羊和绒山羊等。

小尾寒羊是政府引进的优质种羊，村民称当时政府以低息，将每只种羊计价 2000 元贷给农户饲养，农户在羊产羔卖羊后还款付息。该种羊是以产肉为主的细毛型小尾寒羊，从体形外貌看，公羊头大颈粗，有较大螺旋形角，母羊头小颈长，有小角。小尾寒羊终年可繁殖，两年三产，很多是一年两产，三社中最多一胎产过5羔。其他绵羊的养殖情况见表3－29。

表3－29 新疆细毛羊、鄂尔多斯细毛羊及肉用羊养殖情况

种类	养殖情况
新疆细毛羊	全称"新疆毛肉兼用细毛羊"，为我国育成的第一个细毛羊品种。原产新疆巩乃斯种羊场，是毛肉兼用的细毛羊品种。引入准旗后，主要用于杂交改良本地蒙古羊。公羊有螺旋状大角，颈部有两个完全或不完全横皱褶，母羊大多无角，颈部有皱褶。公羊体重50～94公斤，母羊38～70公斤，公羊产毛量均5.76公斤，母羊4.67公斤
鄂尔多斯细毛羊	1985年内蒙古自治区人民政府命名验收的品种。主要由本地土种和美丽奴、新疆细毛羊杂交培育而成。公羊多有螺旋形角，颈部有1～2个完整或不完整的纵皱褶。母羊无角，颈部有纵皱褶或宽松的皮肤。公羊体重50～90公斤，母羊35～70公斤，公羊产毛5.62～7公斤，母羊4.49公斤左右
肉用羊	以"无角道赛特"优质种公羊和小尾寒羊杂交而成的肉用羊，与小尾寒羊类似，也是采取政府低息贷给村民饲养的方式。成年公羊体重100～125公斤，母羊75～90公斤，是产肉型优质羊种，公、母羊均无角

资料来源：根据旗志与"调查日志"整理。

进入20世纪90年代后，五家尧出现了山羊的养殖，数量不是很多。调查之时，三社共有绒山羊331只，占养羊总数的15.1%。据村民讲，农户养山羊的原因是羊绒价钱上涨，所养山羊的一半要用于出售，一般一年收入3000～4000元，最高为7000～8000元。绒山羊公、母羊均有角，

有须，有髯，被毛多为白色，占 85% 以上，外层为粗毛，内层为绒毛，粗毛光泽明亮，纤细柔软，根据被毛长短分长毛型和短毛型两类。三社所养山羊长毛型和短毛型均有，大概为 1∶1。据村民武拦柱讲："本地绒山羊每只一年可笊绒 1 斤，每斤绒价钱为 110～120 元，这样一年的收入为 6000～7000 元。"羊绒的销售靠山西、达旗等地的绒贩上门收购。

（二）集中放养

20 世纪 90 年代之前，村民养羊采取集中放养的形式，即各家出钱，雇人把羊集中起来放养。被雇的人称"羊倌"，虽然做"羊倌"收入颇丰（以放 200 只为准，一年收入 1600 元），但并不是任何人都可胜任。在村中能做"羊倌"的人至少要满足以下两个条件：一是年轻力壮。因为放羊是一件很辛苦的差使，无论刮风下雨、酷暑严寒，一年四季"羊倌"都要和羊群待在一起。二是家里有剩余的劳动力或劳动力不足。家里有剩余劳动力，才能保证自家农业生产，把多余的劳动力投向放羊。家中劳动力不足，不能保证农田种植，也即家境贫寒者，只能转向"羊倌"这一行来寻求收入。据村民回忆，当时每个小队中有 2～3 个羊倌，每个羊倌放养 200 多只羊。羊倌在三社中大约存在了 10 年，进入 20 世纪 90 年代后，随着市场经济的发展，农村劳动力开始流向村外，因此村里能够从事放羊的壮劳力越来越少。另外，村民对羊倌这一职业并不看好，认为放羊既没本事又没前途。鉴于以上原因，村里的羊倌就很难雇到，因此雇羊倌所需的费用也就越来越高。

当时，东、西四座毛庵与五家尧子各有一个大羊圈。

五家尧子的是一个很大的长方形的羊圈，长 30 米，宽 20 米。羊圈由土墙围成，墙高 1.7~1.8 米，在土墙的西北角，有一个由木棒与墙共同撑起的草棚，棚顶面积 10 平方米左右，夏季防雨，冬天御雪。在春、夏、秋三季，农户全天都把羊放在这里，因为夏秋正值农忙时节，农户每天忙于自家的农活，没有时间照看羊群。另外，此时野草长势正旺，靠放养就能够喂饱羊群。如果到了冬季，草木枯黄，尤其是下雪时，草被雪覆盖羊根本无法觅食，这时仅靠放养就根本不行。另外，冬季时值农闲，农户有时间自己喂养。因此，冬季各家的羊大都圈养在农户自家。不过即便如此，也要经常将羊放出外面"散心"①，因为羊在圈里待久了就不愿意进食，不容易上膘。进入 90 年代后，随着羊倌的消失及国家禁牧政策的推行。大羊圈后被废弃。

　　放羊的主要地方是"堰子"和"坟地"。村里大部分是农田，所以放羊只能在农田之间的交界地上进行，村民称之为"堰子"。在 20 世纪 90 年代以前，"堰子"宽度在 10 米左右，"当时的堰子很宽，可以并排走两辆汽车"。而进入 90 年代后，伴随着三村人口的逐年增加，大量的荒地被开垦，堰子的宽度也越来越窄，调查之时堰子的宽度仅 30~40 厘米。因此，可放羊的荒地越来越少，直接限制了放养羊群的数量，这是养羊农户减少的一个重要原因。村里有集中的坟地，因人迹罕至，野草茂盛，就成了小小的"草场"，成为放羊的另一个地点。

　　在时间安排上，春、夏、秋三季放羊时间相同，上午 8 点到 9 点太阳出来时，羊倌把羊从大羊圈里赶出，中午不

_____

①　村里对冬季在户外短时间放羊的俗称。

回来，晚上 7 点到 8 点太阳下山时再把羊赶回圈里。冬季上午 11 点钟左右出发，下午 2 点左右回来，只是羊不再带回大羊圈里，而是各家自己领回。

（三）舍饲圈养

20 世纪 90 年代后，随着村里人口的增加，可放牧荒地越来越少，这直接导致养羊农户的减少和饲养方式的转变。另外，随着国家禁牧政策的出台，2000 年准格尔旗开始退耕还林、禁牧舍饲，农户养羊方式转变为舍饲圈养。圈养比放养成本要高，因此时有村民"偷放羊"的现象，即白天不放晚上放。但有时会被乡里检查人员抓到，抓一次罚款 100 元，后来再抓住就将羊拉走，这样渐渐地"偷放羊"的人越来越少了，舍饲圈养成了主要的饲养方式。

舍饲圈养需要有专门的饲料，主要有玉米、玉米秸秆、草和苜蓿等。

玉米是上等饲料，农户称之为"精粮"。一般只有在母羊产羔时为了保证奶水充足，才给喂玉米，直到两个月后小羊羔能吃草。有时为了短时间育肥，也要给羊喂玉米。东四座毛庵的周金柱就采取这种饲养方式，每年到周边村农户家收购成羊，用两个月育肥，然后卖出。玉米秸秆是本地最普遍的饲料，除特殊的养殖农户外，大部分农户都以此喂羊。如五家尧子的池二白家养了 100 只羊，其中 10 只羊靠自家地产的玉米秸秆就足够，剩下的 90 多只全靠买别人的玉米秸秆，一亩地 10 元。草也是较为普遍的舍饲饲料，村民一般在夏季打好草，晒干储备起来，冬季用来喂羊。基本上各家都有专门用来放草的草圐圙。夏季打草只需花点时间，多下辛苦就可以多储备。有些农户还在自家地里专门种草，用来喂羊。苜蓿是羊较喜欢吃的植物，可以重复收割，因此也有农户专门种植苜蓿用来养羊，西四座毛庵的刘得明家就是如此。

（四）投入与产出

从投入上讲，首先是买羊的投入。农业社解散之时，村集体的羊都分到各农户，一只羊的价格以 40～50 元计。其次是雇"羊倌"的费用，一只羊一年的费用为 8 元钱。最后是养羊的饲料投入，当时以放养为主，所以饲料上投入很少，冬季圈养的时间稍长，各家的玉米秸秆也足以解决饲料问题。不过在母羊产羔期间，需要喂精粮（玉米），前后两个月，一只羊每天要吃 2～3 两，当时 1 斤玉米 0.2 元，两个月（按 60 天计）一只羊的花费为 3.6 元，如果一户喂 8 只羊（2 只公羊、6 只母羊），买羊 400 元，雇羊倌 64 元，饲料 21.6 元（仅母羊），这样一年的养羊投入为 485.6 元。

从产出上讲（自家消费不计算在内）主要有两方面：一方面是卖毛的收入。当时一只羊可以产 10 斤左右的毛，每斤羊毛的价钱为 4～5 元，以 8 只计算，一户一年内卖毛的收入是 320～400 元。另一方面是卖羊的收入。当时一只羊的价格是 40～50 元，每户一年卖 5～6 只，则卖羊的收入为 250～300 元，这样一年的收入最高为 700 元。

20 世纪 90 年代以后，养羊的方式发生了很多变化，投入的方式不尽相同，产出的多少也多寡不一。

东四座毛庵张文家养了 70 多只绵羊，每只 200～300 元，一年的投入在 14000～20000 元。每年出售一次，每次卖 1/3，每只价格 500～700 元，收入为 11000～16000 元。这群羊年产羔 20 多只，一年后长为成羊，可收入 10000～

14000 元。五家尧子的池三挨家养了 15 只高效绒种羊，主要是出售种羊，年收入 1.5 万元。五家尧子的池二白家养了山羊和绵羊 90 只，每年要买 100 元的玉米秸秆，90 只羊中有 2/3 能产羔，成活率很高，羊羔在第二年成为成羊就又可以产羔。在产羔期母羊需要喂两个月的玉米，一只羊每天以喂 3 两计，玉米价格为每斤 0.6 元，两个月（按 60 天计）一只羊的花费为 10.8 元，全部产羔母羊在产恩期的投入为 648 元左右。每年出售的主要是老羊，每年能卖 50 ~ 60 只，一只羊的价格为 200 ~ 300 元，收入在 10000 ~ 18000 元。

东毛庵的周金柱养羊是短期育肥。每月去周边村农户家收羊，一只羊的价格为 200 ~ 300 元，以 300 只计，需要 90000 元；往回拉羊一遭车费得 800 元；用两个月的时间育肥，然后拉去屠宰场杀掉出卖，去包头杀羊一遭车费得 600元（偶尔也去薛家湾，但车费就得 3000 元）。

羊每天喂两次，早上 7 点一次，晚上 6 点一次，一次喂 2 小时。一只羊每天喂玉米 0.6 斤，玉米时价为 0.6 元/斤，一天的投入为 0.38 元，两个月的投入为 22.8 元，300 只羊的投入为 6840 元；一只羊每天需要饲料 0.5 斤，两个月需要 30斤，每斤的价格为 1.5 元，300 只羊的花费为 13500 元；300只羊每天消耗草粉 10 袋，每袋 20 元，两个月的投入为 1200元；300 只羊每天消耗盐、小苏打的花费分别为 2 元、1 元，两个月的花费总共为 180 元；麸皮每天需要 20 元，两个月花费为 1200 元；两个月内打虫药、诺氟沙星、藿香正气水，等花费为 100 元；养羊开始后一直雇人，每月 700 元工资，管吃管住，两个月的花费为 1400 元；可以得出 300 只羊两个月育肥花费为 24420 元。将买羊与卖羊的投入 91400 元加入，可得出两个月内育肥 300 只羊的投入为 115821 元。

育肥后出售的羊每只价格在 500 元左右, 300 只羊的收入为 150000 元。

三 养猪

三社 163 家农户共养猪 273 头, 除去一家专业养猪户, 162 家农户养猪头数与户数比是 143∶162, 平均每家养一头。在 163 家农户中, 养猪的有 87 户, 基本情况如表 3 – 30 所示。

表 3 – 30 2006 年三社 87 户养猪统计

养猪数量（头）	1	2	3	4	11
农户数（户）	53	20	9	3	1
百分比（%）	60.9	23.0	10.3	3.4	1.1

资料来源：根据课题组"住户基本情况调查表"整理。

本地养猪根据宰杀时间的不同可分为当年猪和间年猪。当年猪是指当年春天买进猪崽, 当年冬天即出栏宰杀, 间年猪则是要等到第二年或第三年才出栏宰杀。一般当年猪体长 150～180 厘米, 体高 50～80 厘米, 产肉量在 100 斤左右, 而间年猪因为喂养时间长, 身高体长都增加很多, 产肉量一般在 200 斤左右, 不过肉质没有当年猪鲜嫩。除专业养殖户, 农户养猪一般是自家食用, 春季购进猪崽, 冬季屠宰, 这是在早些年没有冷藏设备时, 利用冬季的低气温保存鲜肉。现在虽有了冰柜、冰箱等现代储藏工具, 但村民还是很少用, 仍然保持着冬季杀猪的习惯。养猪还可以分为母猪、骚猪（公猪）和节猪子, 村民以养节猪子居多。所谓节猪子就是春季捉回猪崽后, 请兽医将猪崽的生殖机能破坏, 公猪切除睾丸, 母猪切除子宫, 以防止发情时母猪不进食, 公猪饮溺。冬天宰杀的猪一般都是节猪子, 也有母猪，不过母猪在能产崽时一般不杀。一头母猪经过大概 4 个月孕期即可生产，一年产两窝，每窝 6～12 头小猪，幼崽在 8～9 个月出栏。2006 年农户所捉猪崽以每只 250 元或 200 元居多，也有低至 150 元甚至 100 元。极个别的有 50 元，是因为 2006 年蓝耳病疫情之后猪崽几乎无人问津。蓝耳病之前，本地猪肉每斤 14～15 元，一头好猪能卖到 3000 多元。

　　三社唯一的一家养猪专业户是五家尧子的高培生，调查时共养猪 130 头。高培生的父亲就是乡里的技术员，主要工作是农业科技的推广，家里有许多农牧种养殖业技术方面的书籍和刊物。高培生小时就喜欢看这些书籍，也掌握了许多养殖技术。18 岁时高培生就养过长毛兔，还曾去呼和浩特市学习过煤油灯孵化技术。此后正值农业社解散，在父亲的主张下，高培生承包了村集体的加工厂。父亲的理由很简单，每个人都得吃面，加工费是肯定得出的。当时粮食由粮站统一收购，人们的交换也以物物交换为主，村民生活水平低，没有余钱，加工费就拿麦子或玉米等粮食顶。但加工厂也不愿意要粮食，因为粮食销售很难。刚买下时加工厂有磨粉机、碾米机、粉碎机等一套加工机器，其中磨粉机是需要不断更新的。当时的磨粉机是乌盟商都县生产的锥形磨，这种磨时价约 200 元，磨一袋面得 1 小时，效率低，所以挣不了钱。买下加工厂，高培生先换磨。当时购买机具只能去萨拉齐农机公司，高培生去那里花 738.8 元买回来一个 1820 辊石磨，比起锥形磨，该磨还配有圆筛，1 个小时就能磨 3 袋面，效率提高了三倍。5 年后，高培生又以 1800 元将其更新为巴盟 2235 磨，1989 年又买了连体磨。这期间，高培生自己也改装过加工机具，有成功也有失败（见表 3-31）。

表 3 – 31　磨粉机改进基本情况

时　间	机器类型	规　格	加工量	加工次数	成品麸皮/面粉比例
1980 年之前	锥形磨	–	5 万～6 万斤/年	6 遍以上	4∶6
1980～1985 年	1820 型辊型磨	辊子直径 18 厘米，长 20 厘米	15 万斤/年	3～5 遍	2∶8
1986～1992 年	巴盟 2235 磨连体磨	辊子直径 22 厘米，长 35 厘米	最高 5 万斤/年	1 遍	2∶8

注：1 袋 = 80 斤；加工费小麦：0.8 元/袋，糜、谷、玉米：0.5 元/袋，随电费升降而变化。

资料来源：根据课题组"调查日志"整理。

加工厂的发展模式是先赚钱，赚了钱更新机器，逐渐扩大经营规模。不过高培生的加工厂虽然磨粉机换了好多，但碾米机一直没更新，因为碾米机的制造技术一直没有进步。随着经营规模的扩大，周围的小磨坊全被挤垮，加工厂的影响也日益扩大。当时南面有人来本地收购小麦，到高培生处加成面，然后拉回南面卖面。加工厂的竞争在1986 年最为激烈，当时在本地有 3 个加工厂，这三个厂子间的直线距离最多不过 2 公里，这也从侧面反映了当时小麦种植的普遍。

1994 年玉米不再统购统销，价格高了起来。再加上种小麦太麻烦，因此本地小麦种植减少了许多。这样，按高培生的话说就是"加工行业养不住了"。1995 年，高培生买了配合饲料机，这样加工厂的下脚料麸皮、糠和胡生等[1]正好可以喂 3～5 口猪，又没有淡旺季，高培生觉得养猪应该前景不错。当时没有现成的猪饲料，高培生就按书上的配

---

[1]　麸皮、糠和胡生分别是小麦、糜子和胡麻加工后的副产品。

方自己配料。同年高培生又获得了世界银行的贷款，因此他决定下大气力养猪。1996 年高培生卖了加工厂，把原来的猪圈拆了建设暖棚式猪圈。3 万元的世界银行贷款建猪圈花了 1 万，去北京买配合饲料机花了 3000 元，上了变压器和大型搅拌机等花了 2 万。最后 3 格猪圈养了 30 头猪，但高培生最多时养了 50 头猪，没办法只好在圈外喂养，可惜的是当年猪肉行情不好，加上冬天猪又得了传染性肠胃炎，损失惨重。按照高培生的看法，一些具体的技术也只能在喂养过程中不断摸索，比如买下饲料机后，他按书上的配方设计饲料，但因为书主要针对南方地区，高培生只能自己不断实验。这样不断地学习和实践，到 2002 年高培生共喂养 16 头母猪，2 头公猪，到 2006 年底，母猪增至 39 头。

在养猪的效益方面，母猪和肉猪是有差别的。根据高培生提供的信息，一头母猪可下 20 只猪崽，一年光猪崽就 320 多只，一只猪崽 260 元。以高培生 2002 年的 16 头母猪和 2 头公猪共 18 口猪计，养母猪每头每月投入 150 元，年投入 32400 元，销售崽猪年收入 83200 元，纯收入为 50800元。而肉猪每头毛收入 2000 元，纯收入 600 元，近几年高培生家的肉猪年出栏为 120 头左右。因为饲料是自家配，猪崽是自家母猪下，所以肉猪成本统计难以精确。

2005 年高培生又投资 16 万元，建设了肉联厂，包括屠宰场、冷库和零售门市。屠宰场设备有提升机、加温水箱和锅炉，冷库设备有气体压缩机、保温板，零售门市建筑面积 400 平方米，庭院 100 平方米，2007 年春肉联厂正式开始运营。

此外，随着商品经济的发展，高培生开始尝试将成猪短期育肥出售，不过村民感觉这种猪肉口感较差。

四 养鸡

村民养鸡除了食用外就是销售以补贴家用。根据课题组的统计，163 家农户中养鸡者 93 户，占 57.1%。在 93 户中，养鸡最少者 1 只，最多者 80 只，具体养殖数量如表 3 - 32 所示。

表 3 - 32　2006 年三社 93 户养鸡统计

养鸡数量（只）	10 只以内	10 ~ 19	20 ~ 29	30 ~ 39	40 ~ 49	50 ~ 59	60 ~ 69	70 ~ 79	80 ~ 89
农户数（户）	33	32	18	5	2	1	0	0	2
百分比（%）	35.5	34.4	19.4	5.4	2.2	1.1	0	0	2.2

资料来源：根据课题组"住户基本情况调查表"整理。

养鸡需投入的是饲料和购买小鸡的费用。自家所配的鸡饲料，一般是劣等粮食或玉米粉。夏天可将甜菜叶子剁碎，与玉米粉搅拌，因为均是农户自家所产，所以不用花钱。在 10 年前农户大都用母鸡孵化小鸡，不但费时费力、数量有限，而且成活率也不高。现在都是购买小贩从养鸡场贩来的小鸡，一只 2 ~ 3 元，一般是 2.5 元，省去了自家孵化的诸多麻烦，只不过成活率还是一个问题。有的农户养鸡甚至没有一个成活，疾病、黄鼠狼、猫等都可能是小鸡成活的杀手。村民估计，一般小鸡长大数量上得损失一半。以前养鸡的鸡窝是土坯砌成的小房子，现在全部都是用钢筋焊制的铁丝笼，冬天盖上麻袋，就可以使鸡群抵御寒冷。经统计，163 家农户拥有鸡窝的有 69 户，其中有 4 户拥有 2 个鸡窝，有 1 户拥有 3 个鸡窝。

　　小鸡长大之后，如果一只能杀 3~5 斤的话，可卖到 50~60 元，如果是饭馆做出来，可以卖到 100 元。不过因为本地一般春天捉鸡崽，所以秋天 10 月左右才能买上本地鸡。除了销售大鸡，村民的鸡蛋也常出售，一般每只 0.8 元，每斤 4.2 元。村里有的老人儿女生活比较紧张，平时就喂养一些鸡，赚一点零用钱。

　　据养殖场的常年雇工刘玉存介绍，该养殖场有鹅、鸭共 1600 多只，野鸡 20 只，火鸡 3 只。夏天的饲料里配有苦菜，因此，刘玉存每天要去地里割苦菜 700~800 斤，共可采割 40 天左右，以 0.1 元/斤的价格卖给养殖场。此外，养殖场付给刘玉存每月 1100 元的工资。

五　疾病防治

　　据兽医池栽根提供的信息，本地牲畜养殖过程中，猪易患流感，牛易患感冒和乳房炎，鸡易患白痢病，羊则很少患病。从中华人民共和国成立到现在，村里几次大的传染病有：1962 年的口蹄疫和猪瘟，全村有 70% 牲畜患病；1982 年的猪瘟，全村有 70% 的猪患病；2001 年的猪五号病和鸡新城疫，全村 90% 以上的牲畜患病，也就是从该年起，乡政府开始重视牲畜疾病的防治；2005 年的猪蓝耳病，全村 90% 以上的猪都患病。在养猪专业户高培生看来，本地牲畜得病较少，应归功于一年两次的防疫工作。

　　村民印象最深的是 2006 年的猪蓝耳病，当时旗政府专门进行疫情的防疫和检查工作，有病的用药打死，没病的有病情及时报告。无论是猪病死还是打死，都给发补贴，大猪给 800 元，小猪给 300 元，但要扣下 200 元药费。村民反映，有农户的猪在这项政策出台前已经死亡，但还领取了补贴，属于谎报冒领。村民周王保家喂了一头大猪，据称是五家尧最大的猪，估计能卖到 3000 元。但因为患了蓝耳病，被强制毒死掩埋。当时周的妻子邬兰女哭了，乡干部只好在旁边安慰。当时，养猪大户高培生共有 95 头猪，67 头大猪，28 只小猪，分管农牧的奇旗长曾下令要将这窝猪保住。在防治过程中，旗里的政策是口蹄疫疫苗和猪瘟疫苗一齐打，结果 28 只小猪因药剂过量被打死。后来才知道，这种病只有大猪才患，而被打死的 28 只小猪就不算病猪，乡里据此没有给高培生补贴。全力防御之下，高培生的 67 头大猪安然无恙。

此外，针对一些常见病村民有一些自己的办法，如给牲畜吃蒜杀菌，用仙人掌消炎，将烧红的炭放到醋里在牲畜棚里蒸熏。

第三节 物资流通

一 物资运输

五家尧的交通运输主要以陆路为主，因此运输工具主要是车辆，作为货物运输主要工具有汽车、三轮车和拖拉机（见表 3-33）。

表 3-33 三社主要运输工具统计

单位：辆，年

车辆类型	三轮车	拖拉机	汽 车
全村数量	29	84	21
购买年限	1988~2007	1979~2007	1978~2007

资料来源：根据课题组"住户基本情况调查表"整理。

调查数据显示，三轮车、拖拉机、汽车购买年限90%以上集中在20世纪90年代之后，其中三轮车主要集中在1995年以后。据村民介绍，20世纪90年代以前运输主要靠的是"毛驴车"①，现在每家仍有毛驴车，但主要用于短途运输，长途运输已被现代化交通工具所取代。由于交通和运输工具的改进，运输范围也由周边的村庄，扩展到距离较远的旗、县、省、市。

表 3 – 34　汽车运输范围

单位：公里

主要地点	呼和浩特	包　头	达拉特旗	薛家湾
直线距离	106.8	87.9	61.8	63.1
车辆类型	汽　车			

资料来源：根据课题组"调查日志"整理。

运输工具的改进，不仅扩大了村民与外界交往的范围，而且使运输业务范围也扩大了很多，所带来的收入也要多于从前（见表 3 – 34）。

五家尧的物资运输工具以四轮车居多，占全部运输车辆的62.7%。四轮车拉得多、跑得慢、对路况要求不高，是最适合农用的车型。四轮车用途很广，据村民王云介绍，1986年他以4500元接②回一辆二手拖拉机，在西四座毛庵属第一户，他家的四轮车代替了全部的畜力，春天去达旗拉回种子，往地里运粪肥，耕地，夏天可以在周边村里搞运输，拉沙、拉土和拉沙石，秋天可以拉地、打场和卖粮，

---

① 通常以马、驴为畜力而得名，实际家中有的大牲畜皆可用来拉车，如牛、马、骡。

② 方言，意为"买"。

一年到头几乎没有闲的时候。

三轮车比起四轮车承载量小，但速度快、善于爬坡上梁，适合在农村使用。村民最早主要用于秋收时节拉地、打场，及秋后卖粮或去较远的村子里赶"交流"之用，也用于经营走村串巷的小买卖，偶尔也远途进货。

比较而言，汽车在村里的出现最晚，池勇家的拉煤车购于 2006 年，时价 43 万元，对于单个农户来说，这确实是一个很大的数字，池勇只能和另外几家联合购买。村民养汽车的主要用途有三：第一是拉煤。三社 206 户有 11 户以养煤车或包煤车为主要职业，养车主要费用有：燃油费、养路费、过桥费、修车费，一年投入约 6 万元，收入 10 万 ~ 12 万元，最高可收入 15 万 ~ 16 万元。包车个人投入相对要少，一年收入在 2 万 ~ 3 万元。第二是拉沙和送管。东四座毛庵至少有 3 家农户有自卸车或汽车。村民蒋俊华因其二舅以筑水泥管为业，自己能给拉沙子，为客户送管子。其三舅主要在周边村里打机井，自己也可以给送沙。现在正逢五家尧开发建设，还可以承包一些项目。第三是运输日用商品及农用物资。以鑫宇综合商城为例，大部分是给送货，有时也得走出去进货，尤其是铁器、电器类需要自己开车去达旗树林召镇购买，最远得去包头，购进鞋袜、服装等。

二　物资交流

物资交流会作为农村商品流通的重要渠道和场所，对农业生产和农民生活起到至关重要的作用，已成为当地传统文化的一个组成部分。在村民眼里，看戏就是交流，既能让人放松，又可买到便宜东西。一说看戏去，孩子欢呼雀跃，又能红火①了。大人则仔细盘算，究竟该买点什么？青年小伙、姑娘们则喜欢成群结队，人多更热闹。据旗志载，"会场上，摊棚相连，商品琳琅满目。交流的项目有粮油、农副土特产品、大小牲畜、家禽、生产资料、工业和手工业消费品等。整个场面上，赴会者熙熙攘攘，车水马龙，一派繁华景象，直到夜深人静时，交流者才肯散去。"该段描写放到五家尧也颇为贴切。

新中国成立以前，本地的物资交流只能靠个别商人来实现。村民回忆，当时有个叫刘三蛇的买卖人，赶着牛车往返于包头、陕西府谷和山西河曲之间。大致路线是从包头购买布匹、衣服、针线等日用品，因为路途远，此类货物比较轻便，且强盗不至于觊觎。在五家尧作短暂的休息之后，去府谷、河曲的集市上出售。然后再从府谷、河曲拉上海红子、果丹皮、宾果和海棠等山区特产往回返。虽然这些货物比较沉重，但价钱要高些。这么一来回，最少得10多天。虽然五家尧一直是种粮的好地方，但当时却没有人贩粮食，主要因为当时余粮很少，且粮食比较沉，价格不高，利润少。

人民公社时期禁止投机倒把，也就没有了买卖人，货物流通主要靠供销社。1966~1976年，鄂尔多斯市（当时称伊克昭盟）集市贸易和物资交流会全被取消，直到1978年才得到恢复。刚恢复的交流会主要作用是农闲的庙会或酬神谢雨，宗教的功能较多，而物资交流的功能较少，人们也因此以"看戏"一词来概括全部。这一俗称最终流传至今，成为赶交流的代称，其实所谓的戏就是"跳鬼"，过了几年才有了小型

---

① 方言，作动词用，意为"玩"。

的二人台。那时一年交流一次已经算是不错，不然只能三四年一次。一般只能去乡里，或者董三尧村，这与当时艺人少也有很大关系。当时的交流会不但节目单一，资金筹集渠道也单一，只能通过大队募集。1997 年，兴胜店大队为了祈雨，专门盖了戏台，本地的交流会才开始固定下来，人们也才开始能每年农历七月都有戏看。

1980 年之后，供销社解散，商品开始流通。董三尧供销社开始把货物承包给员工，本地也因此有了小卖部。与此同时，交流会上才开始有了卖东西的，地盘也开始收费。一开始交流会上主要是卖衣服，后来开始有日用品、农用物资等。也就是在这段时间，本地出现了货郎担。货郎担主要卖些小零碎，如锥子、针线、顶针、玩具、糖果等，因为这些东西比较轻便。货郎担所卖货物要比当地小卖部的贵，但质量很好。这些挑货郎担的都是外地人，有河北、银川等地的。总的来说，这时的商品还是很匮乏。人们为了买东西或看红火①，骑自行车四五个小时都要去紧邻的达旗吉格斯太乡，因为那里每年都举办交流会，规模在本地算是很大了。

现在五家尧人每年到七八月，几乎天天能赶交流，夜夜能看大戏。以 2006 年为例，五家尧村交流②了两次，12 天；乡里两次，15 天；董三尧一次，7 天；兴胜店一次，10 天；在乡政府的规划下，剧团是五家尧刚唱罢，董三尧又登场，前前后后持续了将近两个月。

交流会虽然红火，但办交流会却着实不易，一得有卖

---

① 方言，作名词用，意为"热闹"。
② 本地也把"交流"作动词用时，意思是"举办交流会"。

东西的，二得有唱戏的。所以有时是一个大队集资，请戏班子来唱戏，能把戏班子请来，做买卖的也就闻风而至，谁都想赚两个钱嘛。海月饭店的老板郭海月就是一个例子。高中毕业之后，郭海月看到交流会上卖饭挺好，能挣几个零花钱，就开始雇厨师卖饭。后来自己学会了做饭，就专门经营起海月饭店。交流会除了大队集资办，还有就是本地企业家出资。从2004年开始，五家尧的交流会是政府扶持张军办，因为之前他自筹资金100多万元在村里组建了一处占地面积1万平方米的集贸市场。这样，外面的农用物资、日用百货，本地的农副畜产品都得以流通，为当地百姓和外地客商提供了便利，极大地带动了本地经济的发展。2005年，张军又投资80万元在五家尧成立了一家民营艺术团——鑫宇艺术团，唱遍了准格尔旗。比起过去，交流会从内容到规模都是空前的。也正因为天天看戏，人们对看戏的兴趣就大不如从前，按村民的话说，就是"现在人们都忙，有了艺术团每天都在排戏，（村民）每天都在看戏，看的人也就不多了"。买东西也是这样，现在的五家尧村商业比较发达，吃的柴米油盐、穿的衣帽鞋袜都能在商店里买到。村民，尤其是年轻人手里的钱多了，也不太愿意为一件便宜货跑老远赶交流。所以规模再大的交流会，看的人也就那么多。戏虽大，货虽全，看戏的人却比以前少了。交流会摊点的一般都是厂家货，比较便宜，所以赶交流时小卖部就进入了淡季。

外地人来卖东西，需要交"地摊费"，一个地摊一般是10~50元。从2007年开始，如果是本地人在交流会上卖货，主办人张军要给1000元，以鼓励本地商业的发展。

　　跟交流相比，赶集要晚些。2002 年，柴登开始逢八[①]赶集。两年后，蓿亥图开始逢六赶集；2005 年开始，五家尧和兴胜店也开始赶集。据村民介绍，张军把时间定为五家尧逢五，兴胜店逢七。从货物的丰富程度和价格水平来看，集市与交流会差不多，食品小吃、皮张绒毛、粮油盐碱、茶、布、烟、酒、糖等买卖应有尽有，地点的选择也一样。因为都得考虑方便村民，集聚人气，所以办交流的地方都赶集。赶集或赶交流的大都是附近大队的村民，大致在 50 公里半径之内。二者的区别在于：交流会上有剧团演出，兼有娱乐功能，主要在夏季；而赶集主要是物资交流，娱乐的功能很少，一般在冬季。

　　从 2007 年开始，赶集趋于衰落，五家尧也好，兴胜店也罢，村民说都"倒塌了"[②]。

第四节　商业店铺

一　基本情况

　　交流的功能兼有娱乐与物资流通，但不固定，固定经营就是店铺。商业流通的发达，显然需要道路交通条件的改善。课题组调查期间，五家尧常年营业的店铺共有 30 家，这些店铺大都以集贸市场为中心，分布于阳吉线南北两侧。这些店铺之前，每个社至少有过一家小卖部，但现在大多停业了，只有东四座毛庵 Z 的小卖部至今还在营业。各店铺分类统计如表 3 - 35 所示。

---

①　农历每月的初八、十八、二十八。
②　方言，指交流会办不下去。

表 3-35　2007 年五家尧店铺分类统计

单位：户

分　类	商店	饭馆	修车铺	电焊铺	服装店	理发店	手机店	酿皮店	打印刻绘	窗帘灯具	网通修理
农户数	9	4	3	3	3	2	2	1	1	1	1

资料来源：根据课题组"调查日志"整理。

这些店铺中，有些是多种业务兼营，如有修车铺兼营电焊业务，服装店兼营理发店。

五家尧现在的店铺，服务于周边各乡村，规模差异较大。店铺的经营业绩在调查中属于难点，一是有些店主所记账目不甚清楚；二是好多店主以为调查者都与政府有关，以为扶持者有之，以为收税者有之，因此数据显示同类店铺经营业绩差别很大，投资金额还好，收入数字尤甚。在能调查到投资情况的店铺中，投资 1 万元左右的有 10 家，投资 2 万元左右的有 2 家，投资 4 万元以上的有 8 家。在能调查到毛收入情况的店铺中，年毛收入 1 万元以下的有 4 家，年毛收入 1 万元以上、4 万元以下的有 5 家，年毛收入 4 万元以上的有 9 家。在能调查到纯收入情况的店铺中，年纯收入 1 万元以下的有 4 家，年纯收入 1 万元以上的有 4 家，年纯收入 1 万~2 万元以上的有 8 家，年纯收入 5 万元的有 1 家。

各店铺于上午 7 点起开门，至晚上 9 点停闭。营业忙闲，不但每日不同，每年四季亦各有异。因为五家尧周围都是农村，好多店铺的淡旺季就与村民的农耕生产有着很大的关联。一年时间大致可以分为过年（农历十二月至次年二月）、春耕（农历三月至六月）、夏闲（农历七月至八月）、秋收（农历九月至十一月）四个阶段。

过年期间（农历十二月至次年二月），家家都在置办年货、买新衣服，所以这段时间就是百货门市部和服装店的旺季。但对于饭馆来说，此时是淡季。因为饭馆的主要顾客是外来打工者，一到过年，这些人都回乡探亲，本地村民还不是普遍在饭馆吃饭，饭馆这段时间就较为萧条。

春耕（农历三月至六月）时节，百货门市也是旺季，因为村民对于种子、地膜、化肥等需要很多，百货门市部能借机赚一把。同时，五家尧现在几乎家家都有农用车，春耕时节也成为修车铺的旺季。

夏闲（农历七月至八月）时分，本地开始赶交流，交流会上摊点多，货便宜，百货门市部和服装店的生意就进入了淡季，但这时也是村民卖西瓜的高峰。卖了西瓜，村民手里就攒下了几个钱，年轻人开始考虑买手机，手机店这时便进入了旺季。

秋收（农历九月至十一月）时节，村民卖了粮食之后，一年收入的大头就都有了，这时还是手机店的旺季。又因为正是农忙，修车铺也进入了旺季。同时，搞灯具和装潢的店铺也进入旺季。

比较而言，电焊铺、理发店、打印刻绘和酿皮店等没有明显的淡旺季，一年四季都差不多。

就经营过程中的主要困难，几乎所有店主都抱怨赊欠太多。村民一般只有卖了西瓜（农历六月份）和卖了秋粮（农历十月）后手里才有钱，这之前的一些开销有时只能赊欠。况且都是本乡田地的人，店主也一般不好意思不给赊欠。另一个普遍问题是资金缺乏，五家尧现在的商业店铺规模越来越大，好多店主感觉信用社贷款金额有限，银行贷款限制又比较多，所以缺乏资金来扩大经营规模。此外，特定的店铺有特定的困难。一些百货门市自己没有专门的

117

车，因此进货时比较不方便，需要有专门的进货渠道。由于以前没有大棚，本地新鲜蔬菜的供应只能局限于6~9月，这对饭馆的经营造成一定困难。手机属高科技产品，而村民文化水平又不高，操作起来比较费劲，所以抱怨较多。有时候本来是操作的失误，结果也跑来抱怨或请教。而且有个别手机质量存在问题，客户要求退货，经修理后只能折价卖出，这些风险全由手机店承担。打印刻绘的困难一是客户少，二是店主的操作技术有待进一步学习培训。理发铺的困难主要是技术，一些新潮发型难以掌握。一家百货门市称偶尔有本地无赖不按价买货，影响甚为恶劣。

二 发展历程

如表3-36所示，店铺的发展经历了以下四个过程。

表3-36 30家店铺的基本情况

名　　称	店主户籍	开业时间	经营业务
小卖部	东四座毛庵	20年前	日用百货
电焊铺	李三壕	1997年	电焊
摩托维修铺	五家尧	2000年	修车
网通修理铺	五家尧	2003年	网通修理
专业美发屋	五家尧	2003年	理发、化妆
鑫宇张飞电焊车辆维修中心	杨子华尧	2004年	修车
刘庭摩托销售维修中心	东四座毛庵	2004年	修车
鑫宇粮油百货批发城	五家尧	2004年	日用百货
鑫宇大酒店	五家尧	2004年	家常菜
中国移动手机专卖（面皮、冷饮）	董三尧	2004年2月	移动业务
鑫宇新潮美发厅	康布尔	2004年3月	理发、化妆、服装
鑫宇水果蔬菜副食配送中心白海生	西四座毛庵	2005年	日用百货
鑫宇电焊维修中心武二板	东四座毛庵	2005年	电焊

名　　称	店主户籍	开业时间	经营业务
鑫宇快餐厅	五 家 尧	2005 年	家常菜
鑫宇综合商城	老 九 尧	2005 年 11 月	日用百货
刘乐综合批发部	西 柴 登	2005 年 12 月	日用百货
海月饭店	董 三 尧	2005 年 7 月	家常菜
远大蔬菜水果综合门市	杨子华尧	2005 年 7 月	日用百货
张兴雨综合批发门市部	董 三 尧	2005 年 8 月	日用百货
水芙蓉美容美发	五 家 尧	2005 年 9 月	理发、化妆
电焊铺	布尔陶亥	2006 年 1 月	电焊
移动营业厅	董 三 尧	2006 年 1 月	移动业务
服装店	五 家 尧	2006 年 11 月	服装
鑫宇新潮窗帘灯具总汇	七 卜 尧	2006 年 6 月	灯具、窗帘
供销社	德 胜 西	2007 年 1 月	日用百货
鑫宇家具服装总汇	五 家 尧	2007 年 1 月	服装
远大电脑打印刻绘	杨子华尧	2007 年 3 月	打字复印
酿皮店	杨子华尧	2007.7	酿皮
张二满饭馆	康 布 尔	2007 年 8 月	家常菜
李二奴综合批发门市部	董 三 尧	2007 年 8 月	日用百货

资料来源：根据课题组"调查日志"整理。

（一）初步发展（1997～2003 年）

1997 年五家尧开了 1 家电焊铺。经营电焊铺的又被称为焊工，是铁匠的延续。铁匠主要是打制农用和家用工具，早些时用铁匠炉加温，用斧、锤等简单的工具完成手工制作。当时五家尧的铁匠有两个，西四座毛庵的张狗儿和东四座毛庵的武二板。后来随着技术的进步，开始有了切割机、台钻、电焊机、氧气罐和卷管机等，传统的铁匠也就变为现在的焊工。1997 年开张的这家电焊铺，当时投入共计 1 万元。其中切割机 1000 元，台钻 800 元，电焊机 1350 元，氧气罐 1000 元，卷管机 500 元，虎钳 500 元，材料（铁）6000～7000 元，主要从包头、达旗等地购入。一般是先与客户订好钢制产品协议，然后再购进材料，以免积压材料。主要经营焊钢窗、焊车、焊大门等，经营方式是来料加工和自己备料制作出售。

2000 年，五家尧子的刘志雄开了 1 家摩托维修铺。之前，五家尧村民的摩托修理都去董三尧，因为在 2004 年张军建起集贸市场之前，董三尧属于杨子华尧、五家尧、董三尧和兴胜店几个大队的交流中心，各种商业店铺也多集中于这里。30 家店铺有 5 家的户主住址在董三尧，他们原来在董三尧，后看到五家尧盖起集贸市场发展潜力大才搬来。刘志雄开摩托维修铺，从一个侧面表明当时附近村民的摩托车和农用车多了起来。

2003 年，村里有了 1 家网通修理铺和 1 家理发铺。网通修理铺紧随村民安装固定电话之后，十二连城乡西部 9 个大队[①]范围内网通的线路维修都由修理铺的贾虎负责。

（二）迅速扩张 I （2004 年）

这一年张军建起了"鑫宇集贸市场"，使外面的农用物资、日用百货，本地的农副畜产品得以来此流通，为当地的百姓、外地的客商提供了一处经商的场所，极大地带动了五家尧的经济发展。当年五家尧一年就开张了 6 家店铺，其中马飞的修车铺和刘庭的摩托销售维修中心都是从董三

---

① 这 9 个大队是稽亥图、召梁、西不拉、东不拉、杨子华尧、五家尧、兴胜店、三十顷地、董三尧。

尧搬过来的。此时五家尧共有 3 家修车铺，可见附近车辆不
在少数。从 2001 年阳吉线开通后，这里的维修已不仅仅限
于本地的摩托车和农用车，客车和汽车等过往车辆在附近
抛锚，自然也来修理。一家店主表示，近 5 年生意开始越来
越好，尤其 2007 年新农村建设开始后，工程上的项目比较
多，修车铺也借机赚了不少。除了修车之外，这些修车铺
还捎带卖些配件和润滑油等。修车属于技术活，得去别的
地方的修理铺跟着师傅学手艺，一般两年就可以出师。一
个修理铺如果只经营摩托修理，不计房租投入大致 2 万元左
右，其中流动资金就得 1 万元。有一家还兼营摩托销售，光
这项业务就得 5 万~6 万元的本钱，店主称 2006 年共销售
30 辆摩托车，收入了 1 万元。如果加上维修，该店铺一年
至少可以收入 2 万元。

这一年又有一家理发店开业，店主为康布尔村的田清，
除了理发还兼营衣服和化妆品。这之前，五家尧断断续续
就有过 3 家理发店，但只是简单的剪发和染发。外地人来本
地开理发店，还卖衣服和化妆品，这算是首例。2006 年，
这家理发店甚至还增加了美容业务，但因业绩不佳而不做。
但这至少从一个侧面说明，现在的村民，尤其是年轻小伙
和姑娘们理发的讲究也多了起来。从收费来看，以前男女
剪发 2 元一次，现在男女剪发变为了 3 元，焗油 10~15 元，
盘发 60~80 元，化妆 15 元，染发 10~15 元，干洗 15 元。
这也说明村民对于理发的消费已经投入更多。大致收费标
准分高、中、低三档，高档 50~80 元，中档 20~40 元，低
档 3~10 元，多层次的顾客和审美需求都得以满足。

同年，张军的两个弟弟张军强和张军福在村里开了最
早的商店和饭馆。调查期间，五家尧集贸市场周围共有 8 家

百货商店，村民认为经营最出色的就数张军福家。农村的百货商店一般很少专门分类，几乎凡是农家日常所需的，都可以在商店买到。米面菜蔬、油盐酱醋和茶糖烟酒肯定得有，锅碗瓢盆、水桶高压锅和小五金等日用品也不缺，而且种子、化肥、农药、地膜等生产资料也都经营。张军福告诉访谈人员，自他开店以来，村里人从他这里买的东西无论从数量还是从种类上都一年比一年多。一般而言，种地农民手上的余钱并不多，秋收之后粮食卖掉，手中才宽裕一些。显然现在村里人手头逐渐富裕起来了。

对张军强的饭店访谈难以深入，大概是不想被村里人说靠大哥势力来发迹的。村民传言，张军让弟弟开饭店时，张军强夫妇一开始很是犹豫。张军说"赔了算我的，挣了算你的"，夫妻二人这才开始经营。现在饭馆除经营家常菜外，还包办婚宴，村里饭馆虽多，包办婚宴却仅此一家。

这一年，董三尧的张兴江夫妇来五家尧租了一间门脸房，开始卖酿皮和冷饮，这从其店铺上的广告牌设计上就可以看出来。蓝底白字的"中国移动手机专卖"大牌子，底下在白色瓷砖上贴着红字"面皮冷饮"四个字。2005年，张兴江花费3400元配备了一台电脑，开始经营手机、手机饰品、手机美容，以及出售手机电话卡（移动、联通的充值卡）等业务，这也说明此时五家尧附近的移动用户多了起来。手机业务的经营一个人就可以承担，这样，妻子打理这边，张兴江更多的时间是在外做砖瓦工活，与别人合伙承包一些建筑营生。

（三）迅速扩张Ⅱ（2005～2006年）

如果说2004年是五家尧店铺开张的第一个高峰，那么

2005 年就是另外一个高峰。这一年共有 9 家店铺开张。

网通维修工贾虎的妻子开了一家理发铺，同时兼营化妆品。截至调查时，五家尧共有 3 家理发铺。理发铺投资不是很多，购进理发设备和化妆用品投资有 1 万元左右。工商管理费每次 20 元，每年 4 ~ 5 次，电费每年 1000 元，化妆品进货一次 1600 元，一个月进货 1 ~ 2 次。这样每月流动资金少则 1600 元，多则 3200 元。以前来理发的主要是本村人，现在则以外来流动人员居多，因为新农村建设开始之后，许多外地人来这里打工。

这一年，在东四座毛庵干了 20 年铁匠营生的武二板也在集贸市场承租了门脸房，开了电焊门市部，经营业务也扩大到制作大门、钢窗、钢梁等。

同年，这里又开了两家经营家常菜的饭馆。一家是从董三尧搬来的海月饭店，一家是本村人盖了门脸房，经营饭馆。海月饭店的老板是看到这里盖起了戏台，觉得应该发展前景好，家里也同意自己的决定，就搬到了这里。后来五家尧的发展证实了郭海月的判断，尤其 2006 年五家尧被确定为市级新农村建设示范村，开始加强基础设施建设后，很多施工队也来到了这里。对于饭馆来说，有施工就是旺季。比较而言，施工队没有赊欠的，比较好做。这同样也给其他饭馆带来了机遇，而且本村人那家饭馆还开始包办酒席，一桌 200 ~ 300 元。

2005 年开张的其余 5 家店铺均为门市部，有 2 家店主是本村人，其余 3 家为外地人。

张兴雨夫妇以前在董三尧开门市部，后来搬到五家尧村，他们在董三尧有 40 亩地，并且养着一辆大拖车，这样三项加起来，就不能不让人钦佩他们的勤劳了。不违天时是农业的基本要求，仅种地一项就需要耗用大量时间。拖车出车和看店也只有夫妻二人共同分担，在他们看来，在商店里卖东西与其说是一种工作，不如说是一种休息。

在外来人开的门市部中，21 岁的刘乐算是最年轻的，也是最远的。刘乐家在西柴登，离五家尧的直线距离就将近 20 里。初中毕业后，刘乐本打算出去学点手艺，但父亲担心儿子受罪，正好五家尧村的亲戚要转让小卖部，刘乐就用 5.7 万元盘了下来。由于本地赊欠比较多，刘乐一年就得有 8000 元左右的账。虽然年轻，刘乐却豪情满怀，准备下一步扩大规模，货上得全一点，摊子弄得再大一点。

贾军是杨子华尧村什立点素社人，村里人均耕地较少①。农闲时他开着三轮车，购进一些水果蔬菜，走村串户出售。2005 年 7 月，五家尧的商品门市部建成后，贾军以每年每间 2400 元的价格承租了两间，每间 35 平方米，一间经营百货，一间存放货物。由开始的走村串户，到现在的综合门市，贾军凭着自己的踏实肯干，正一步一步走向成功。

2006 年有 4 家店铺开张。

这一年，最早在五家尧开摩托维修的刘志雄支持妻子开了一家服装店，经营大人、小孩的服装和鞋帽。同年，又一家移动营业厅兼手机专卖店开张，夫妻两人原在董三尧，但那边电力不足，启动不了电脑，只好搬来五家尧。截至调查时，村里共 2 家手机专卖店。一个营业厅手机库存量价值在 2 万元左右，都是送货上门，缺货时电话联系。此外，从董三尧还搬来一家经营窗帘灯具业务的店铺。妻子

---

① 沙滩地 2 亩/户，河头地 2 亩/户。

告诉访谈人员，当时是村支书张军让二人来五家尧共同发展的。这种店铺得出去揽活，一般是妻子打理店铺的日常经营，丈夫去附近安装灯具，客户范围东到薛家湾、大路，西至三十顷地。店主认为，从人们对窗帘和灯具的消费，也可以看出这几年本地人们生活水平的提高。前几年装低档料，两个家一般就二三百元。近几年主要用高档料，两个家得四五百元，尤其近几年的灯具安装较多。这些店铺除了附近村搬来的，还有从外地回来的，这年开张的一家电焊铺，店主是本村人，以前在达旗吉格斯太，2006年回到这里投资1万多元。该电焊铺还经营上采光瓦的业务，这种业务收费有两种情况，一种是客户自己出料，每平方米17元；如果是店铺出材料，每平方米110～120元。

（四）继续扩张（2007年前半年）

截至调查时，2007年前半年就开张了6家店铺。

1. 供销社的卷土重来

供销社全称供销合作社，是群众自愿集资办商业，国家扶持的集体经济实体。1950～1951年，董三尧建立了1家基层供销社，这极大方便周围包括五家尧在内几个大队村民的生产生活。供销社的物资经营面极广，从牲畜到皮毛，由粮食布匹到生产资料，无所不包。1993年，供销社开始承包给个人，1997年改制后，全部自负盈亏，供销社名存实亡，网络也不健全了。供销社经历了一家垄断，"门难进、脸难看、货难卖"的阶段，到私营化，消失，再卷土重来。从2006年开始，供销社是新农村规划配套工程，现在由德胜西的王玉柱经营。据村民介绍，本来开始让村民入股，但是没有人入。过去乡村供销社与旗供销社是上下级关系，现在则是聘用关系。比起其他店铺，供销社比较正规，包赔价。不过就这家供销社而言，他们卖的东西都比别家贵一点。还有一个有意思的信息：上级供销社给这个社提供了 30 万元的进货款，而且没有期限，利息含糊，赔了也不用还！

2. 董三尧门市部的被迫搬迁

这一年还有从董三尧搬来的百货门市，以前搬来这里的店铺是看到这里发展潜力大，而这家店主则是因为董三尧几乎没有了顾客。前者属于主动进取，后者属于被动搬迁，可见五家尧现在的繁荣和董三尧的逐渐萧条。

3. 又一家服装店的开张

2007 年又有一家服装店开张，店主为张军的妹妹张福籽。丈夫能够支持或者同意妻子去做生意，妻子也有创业的勇气，这在农村年轻一代里已越来越普遍了。服装店主要经营服装和鞋帽，需投资 1 万元左右用于进货，进货一般去包头，一年 4~5 次，一次 2000~3000 元，一年营业额约 15000 元，年利润率大致为 20%。

4. 饭馆的转包

本村人以前的一家饭馆被康布尔的黄阿龙转包。黄阿龙以前在树林召镇开饭馆，今年所租房屋被征用，正好得知五家尧张二满要转租饭馆，就来此地包下。截至调查时，鑫宇大街共有 4 家饭馆，村民评价，还数黄阿龙的饭菜好。

饭馆设备比较简单，4 个条桌，1 个圆桌，1 个吧台，总算下来，也就投入 1 万元钱，淡季每月收入 4500 元，旺季每月收入 8000 元。一年毛收入 6 万~7 万元，纯收入 2 万元左右，流动资金保持在 3 万~4 万元，水电费一年 3000 元。饭馆购买原料的主要途径有买猪肉去高培生的肉联厂；

买羊肉去村里打听，谁家杀羊就可以买谁家的；买鸡肉情况稍有不同，如果是整鸡，就去村民家收购，如果是鸡腿，就去达旗树林召镇批发；买水产去养殖场；买米去商店；买面去兴胜店的面粉厂。一家饭馆一年大约需要100 袋米和面，1800 斤猪肉，2000 斤羊肉，350 斤鸡肉，300 斤鱼肉。

2007 年 4 月左右，本地物价逐渐开始上涨。肉类价格的上涨情况如表 3 - 37 所示。

表 3 - 37 饭馆肉类价格上涨情况

单位：元/斤

种　类	4 月价	8 月价	最高价	做菜后价	备注
羊　肉	7.5	11	12	18	来源较广
猪肥肉	6～7	8～9	26	22～23	
猪瘦肉	17	18	26	22～23	
鸡　肉	4～5	7.5		22～23	达旗送鸡腿

资料来源：根据课题组"调查日志"整理。

白面与大米涨价较多，好的馒头一个涨了 0.1 元，大米的涨价幅度要大于白面，表 3 - 38 是 50 斤袋装白面、大米的价格变化。

表 3 - 38 饭馆白面和大米价格上涨情况

单位：元

种　类	白　面	大　米
2006 年	50、55、60	60、70、80
2007 年	52、60、65	65、75、85

资料来源：根据课题组"调查日志"整理。

不过虽然物价上涨，店主们却感觉生意没有受影响。

5. 两家分店开张

"远大蔬菜水果综合门市"的店主贾军爱摆弄电脑等电子产品，觉得打印刻绘在本村是一个空白，于是利用仓库的空闲地方，开了一家名为"远大电脑打印刻绘"的店铺。店铺共投入资金 1 万多元，有电脑、复印机、刻绘机、打印机各一台，数码相机一部。与此类似，开修车铺的马飞也利用空闲的屋子，支持妻子开了一家酿皮店。

第五节 生产关系

一 雇工

（一）雇工种类

调查时期，五家尧雇工分为农业雇工和非农业雇工两类，雇主一般要求受雇者体力较好，能干活。农业雇工大多是雇短工，集中在锄地（农历五月中旬至六月中旬）和收秋（农历十月初至十一月中旬）两个时段，所干的活也就是锄地和收秋。一般是雇主地比较多，自己种不过来。像四座毛庵的农户地比较多，所以几乎每家种地都得雇人；或者是兼着别的营生，顾不过来，如东四座毛庵的武拦柱和五家尧子的池二白，两人都养着一大群羊，每年种地都雇人。2006 年三社 140 家种植户有雇工投入者 31 户，其中四座毛庵 25 户，五家尧子 6 户。每年的集体浇水也需要雇人，一般是雇 6~7 个看水的，防止别人偷水，费用最后由村民平摊。2007 年，全村大部分土地以每亩 260 元的价格转包给远洋新农业开发公司、鑫源公司及巴盟番茄推广种植加工企业，公司转而雇用村民种植，这是五家尧农业雇佣关系的一个很大变化。

雇用非农雇工的雇主大多不种地，以手艺营生或者养殖业为生。地承包出去了，也就不用雇人种地，但自己的业务较大，所以要雇人来帮忙。这种雇主主要有木匠（也称木工）、画匠（也称油工）、瓦匠（也称瓦工）、铁匠、裁缝和厨师，当地统称手艺人。手艺人雇工可分为零时的账工（也称笨工）和长期的技工。比起种地来，这些营生有技术含量，因此受雇者也得有这方面的技能。村民黄建军一直是木匠，主要职业就是给本地人打家具，搞装潢。因为手艺好，业务量较大，自己一个人忙不开，就通过与本地同行打听，雇了两个手艺较好的技工。画匠和木匠差不多，因为他们都搞装潢。铁匠营生许多都是技术活，因此雇的全是技工。而瓦匠则体力活较多，所以雇的账工（也称小工）要多于技工（也称大工）。瓦匠的雇主一般都是包工程，包下工程再雇人。工程有大有小，最大的有 7 万多元，小的几千元。一般一个工程大工 4 ~ 5 人，小工 7 ~ 8 人，主要是在薛家湾镇、大陆新区、本村以及附近地区。裁缝和厨师的雇工很多时候和学徒紧密联系在一起。学徒未出手①之前，师傅一般让干一些简单的活，不断在旁边言传身教。等到徒弟掌握了基本技能，可以独当一面，师傅也就不能让徒弟免费干，得按照市价付工资了。裁缝近几年比较少了。以前村里女孩如果学习不太好，初中毕业一般学手艺就学理发和裁缝。现在商业发达了，买的衣服式样新潮且质优价廉，好多裁缝便转业了。调查中只有一家经营灯具窗帘的还雇裁缝，但主要是缝窗帘而不是做衣服。现在学厨师的男孩子多了起来，但好多都去了大城市发展，

---

① 方言，指学徒掌握了某一技能，可以独立工作。

鲜有回本村的。从 2006 年开始，村里有了专门的养羊专业户和养殖场，都是专门雇人打理。

（二）工资待遇

1. 农业雇工

农业雇工出现于农业社解散之后，即 20 世纪 80 年代。一开始锄一天地给 5 元，如果拿小麦的价格来衡量，当时是每斤 0.22 元，现在 0.8 元，忽略其他因素，相当于现在的 20 元。如果拿玉米的价格来衡量，当时是每斤 0.14 元，现在 0.7 元，忽略其他因素，相当于现在的 25 元。也就是说，现在的待遇比以前翻了将近一倍。但是，村民感觉现在雇人反倒比以前难，因为现在好多人外出打工，种地只能靠雇人，所以就不好雇了。

雇工工资一般都提前说好，做完后当场给钱。做一天算一天，最短就 1 天，最长有 10 多天。时间安排一般是：锄地时，受雇者早上 5 点左右从自家赶到雇主地里，中午 11 点之后与雇主一起收工。中间休息两次，一次十几分钟。下午 3 点左右到地里，一直干到晚上 8 点以后回来，中间休息与上午差不多；收秋时，因为昼短夜长，一般是早上 7 点左右到地里。走时带点便饭，中午在地里吃，中间连吃饭带休息顶多 1 个小时，然后干到晚上 7 点左右回来。

锄地和收秋雇工工资有计天数的，也有计亩数的。计天数是 40~50 元/天，计亩数则是 40~50 元/亩。如果是计天数，每天管一顿中午的家常便饭，一天是 40 元，外加一盒烟。没有这种额外待遇，就是一天 50 元。如果计亩数，一般就只给钱，不给吃饭，也不给烟。不过计天数比较普遍，因为计亩数会使受雇人只顾追求速度，不顾质量。所以一般雇主能跟上雇工一起干活，就计天数；如果跟不上，只能计亩数。因为雇主与雇工不能一起干活还计天数，雇工就会故意拖延。

受雇者一般是地比较少，生活比较紧的外村年轻人。前几年，杨子华尧村四顷地社的高铁匠常来五家尧打工。高铁匠老家在西黑岱，那里耕地较少且自然条件恶劣。来到五家尧后，高铁匠包了几亩地，时间比较充裕，除了做铁匠营生外就是给别人锄地、收秋。本乡三十顷地村地比较少，人们也常来五家尧打短工。这种一般是雇主提前计划好自己需要雇用的人数和时间，通过中间人（一般是亲戚和老乡）到外村打听，双方有意向谈妥后，受雇者干活期间就住在雇主家。这时，雇主就得一日三餐都管，而且工资还不能降低，因为是吃住都在雇主家里的，干的活也要多些。

公司雇用的有长期的长班和临时的短工。长班计月，每月1200元；短工计天，每天50元。三社给公司打工的有53户，其中长班6户，一年四季均打短工的31户，一年打工9个月的8户，一年打工仅6个月的1户，一年打工仅3个月的7户。

2. 非农雇工

非农雇工的工资待遇主要和工作强度及工作熟练度有关。账工大多是零时雇人，所干的活技术含量低，工资也就不高，但如果活比较累，工资肯定就会多一点。木匠和画匠雇用账工，给付的工资一般是一天50元，不管饭。瓦匠的活劳动强度较大，比较累，工资待遇也就高点，账工一般是50~60元/天。长期雇用的技工一般都是手艺比较好的，待遇也主要看手艺，手艺好工资也就高。具体见表3-39。

表 3-39　非农雇工工资待遇

单位：元/天

工　种	画　匠	木　匠	铁　匠	瓦　匠
技　工	50～70	80	90	100～120
账　工	50		不　雇	50～60

资料来源：根据课题组"调查日志"整理。

这些都是受雇时谈好价钱，雇主等整个承揽项目结束，拿到钱，才能给雇工发工资。如果雇工中途有事不做了，或急需要钱，雇主就得先给钱。

裁缝和厨师的雇工有点不一样。前边提到的经营窗帘者，在旺季雇一个熟练工，每月 500～600 元，而淡季只一个学徒就足够了。本地饭馆雇厨师，一般每月都得 1000 元左右。养殖场雇工每月工资 1100 元。养羊专业户雇的人每月给 700 元的工资，管吃管住。

（三）特殊个案

村里有一个特殊的雇工 H。按照村民的看法 H 很有苦[①]，但是没有主见，自己不能给自己做主，所以就得跟着别人，给别人干活，让别人帮自己做主。农业社时，H 自己有一间房。从南面搬来的一户人家没有住处，就跟 H 借房，住在了一起。后来该家盖起了新房，H 也跟着住在了一起，和他们一起生活，俨然家中一员，村民觉得就是一个长工。早些时候，H 的父亲和另外一个村民是共家[②]。H 后来和早些

---

① 方言，意为干活特别卖力。
② 旧时一种家庭形式，一个妻子有两个丈夫。一般是男子娶不起老婆，或者年龄太大，不适合再娶老婆，就采取这种形式。

时候的那家分开之后，又加入了与父亲共家的男子的一个孙子家。H给该家干活，该家负责H的养老送终，实际上就是一个家里的人。前两年，该家搬离了本地，H又到了另外一家干活。该家负责H的住宿，每年给他3000元的工资。

二 借贷

现在的五家尧交通方便，商业发达，村民赚钱的机会也多了，需要投资的项目也多了，资金的借贷也多了起来，既有国家贷款，也有私人借贷。

（一）国家贷款

从农业社开始，村民和生产队就能从信用社贷款。当时生产方面由生产队集体组织，因此生产方面的贷款就由生产队直接去乡里唯一的信用合作社贷款。当时村民较大的开支就是娶媳妇和医疗，如果医疗支出太昂贵，或者娶媳妇临时凑不够钱，一般也去信用社贷款。个别还有得到世界银行贷款的。养猪专业户高培生就于1995年得到了世界银行的贷款，共3万元人民币，月息2厘，即0.2%的利率。

现在国家贷款的渠道有银行和信用社，小额贷款都比较方便，且不需要抵押。如果是大额贷款，只能去银行，且需要担保人。比较而言，村民去信用社贷款方便。春天耕种时，只要去信用社办理了相应手续，就可以拿到现金。2005年之前，信用社贷款只给种子、化肥等实物，即如果村民手里没钱，只能从信用社购买这些农资，很有垄断的味道。村民认为，信用社从中倒卖化肥、种子赚了不少，群众反应很大。

调查中，村民告诉课题组，2004 年 3 月政府鼓励养小尾寒羊。羊是贷款羊，而且名义上是种羊。按照正常情况，应该是 2 年产 3 胎，每胎最少 2～3 只羔羊，结果最后是 3 年产 4 个羊羔。起初贷款时一只羊按 2000 元计，而现在一只大羊也就 600～700 元，按照村民的观点，"如果公家跟要钱①，利息就大于一只羊的本钱"。

2004 年 7 月，全旗鼓励农民养奶牛，信用社直接买上奶牛让村民喂养，按每头 1.8 万～2 万元计钱，月息是 1 分 3 厘，即每月 1.3% 的利息。当时五家尧和杨子华尧共有 21 户农户领养了奶牛。后来才发现是肉牛而非奶牛。村民认为，这是蓿亥图信用社主任与其外甥买了假牛赚钱，骗了村民 2 年的辛苦和成本。村民气愤地总结为"倒牛的发了，养牛的塌了"。为此事，众村民联合起来，找到了分管旗长奇·达楞太，最后找到公证处进行了公证，村民的贷款不必偿还。但有一部分养牛户提前把贷款还了，看到别的村民最后不用还款，心理很不平衡②。

有了这些教训，从 2005 年开始，信用社贷款改为直接给现金。除了把利息扣除外，还要扣除 3% 的股金。

（二）集体借贷

据当年会计介绍，农业社时期村民与集体（生产队）

---

① "公家"指以政府名义发放贷款的信用社，本句意为"如果信用社以政府名义跟村民追回贷款"。

② 据村民介绍，当时全旗的奶牛贷款是 4000 万，但最后是放贷款和倒牛的人赚了，养牛的赔了。达旗的赵永亮一个人就赔了 4000 万（此数可能有误，村民如是说，姑且记之）。

之间的借贷比较简单。当时生产队的收入是拖拉机帮工、牛马工①、牲畜灌药和修理。最多时，大队一年纯收入9000元。社员如果盖房、结婚或得病急需钱，可以向大队借钱。但如果信誉不好，队长便以没钱或其他理由推托。

现在的五家尧，作为旗、市、区三级的新农村试点，村内公益事业需要的资金投入越来越多，村委会反倒开始向村民借款，由村委会开出收据、盖章，村长、书记和经手人签字。

（三）私人借贷

调查期间，村民之间贷款金额一般是 2000～5000 元，利息为 1 分 2 厘，即每月 1.2%。无论是亲朋好友还是邻居之间，借贷者中间一般不需要担保人，因为彼此大都比较熟悉。如果双方不认识，借款者打听到某人有钱需要放贷，就找一中间人，中间人把借贷双方引荐之后，金额、利息等由借贷双方协商。借款者拿到现金之后要给贷款者"打条子"，即一种非正式的借据，上面写明借款人、借款金额、借款期限和借款利息，还要写上秋天卖粮之后先结利息。通常而言，贷款期限至少一年，一年期至，无论贷款者能不能全部还，都要结息一次。

如果金额比较大，利息也就比较高。近几年，好多村民开始养煤车，即包一辆卡车拉煤。类似这种投资比较大的项目，单户村民难以承担，一般银行、信用社和私人贷款多方筹资。如果纯是私人贷款，就得将近 10 万元，利息一般是 1 分 5 厘，即每月 1500 元。

---

① 当时村民干活是集体出工，计工分。

　　村民借款一般都是和亲戚，能偿还便及时偿还，因有很强的信任关系，基本也不用正式手续。和朋友借钱也比较随便，一般是找自己的"哥们儿"。把几个好友邀来家里，摆上一桌酒席，谈笑间把自己借款缘由、金额和期限讲明，"众弟兄"尽力帮衬①。

　　贷款和收入，都是调查中较为敏感的话题，一般村民不愿谈及，即使愿意谈，其中水分也颇多，因此调查数据便有失真之嫌，但也能从侧面反映问题。如信用社贷款利率是 1.23%，私人贷款利率是 1.2%。访谈到的大部分村民都这么说，也没有伸缩的必要，所以应该是可信的。

---

① 方言，意为帮助。

第四章 社会生活

第一节 婚姻

五家尧村是一个汉族人口占绝对优势的村落，其婚姻状况与北方大部分农村相似。

一 婚姻种类与形式

汉族社会的婚姻类型，可分为嫁娶婚、童养媳婚、招赘婚三种。五家尧的婚姻类型比较单一，以嫁娶婚为主。新中国成立前有较少童养媳婚，招赘婚就更少。在村里人看来，生儿子娶媳妇是天经地义的，就是再穷也不能让自己的孩子做上门女婿。新中国成立前，大多数的婚姻形式是由父母包办，从小定亲，到了适当年龄举行婚礼。中华人民共和国成立后，政府提倡婚姻自主，自由恋爱，并出台《婚姻法》作为法律依据，给村民的思想带来了重要的转变，包办婚姻逐渐减少，自由恋爱变成一种时髦。但总的来看，新中国成立初很长一段时间，包办婚姻还是占多数，只不过不再完全是父母之命、媒妁之言，开始或多或少尊重子女的意见。进入20世纪90年代以后，人们的观念和思想变化较大，自由恋爱多了起来，介绍人的作用逐渐消失，青年男女们多是通过朋

137

友、同学相互认识，产生好感，经过相处有了感情之后再将对方领回家让父母看。

二　婚姻范围

五家尧村地多人少，地理条件较好，所以婚姻范围较小，多为周边地区，找本村的较少。娶媳妇主要是邻近一些土地贫瘠，可耕地较少的村落，再远一点就是土右旗、达旗等地，一般不找四川、宁夏、兰州等其他地区的，因为村里人认为那些远地方的人不可靠，当然逃荒过来找亲戚或在外打工带回来的除外，如五家尧村村民池文义的妻子是陕西榆林逃荒来的，西四座毛庵翟耀清妻子是从河南商丘逃荒的，东四座毛庵高先保和梁富才的妻子是天津逃荒来的姐妹俩。村里聘闺女选择的区域范围则更小，除了本村，本乡周围村落，再远就是薛家湾、沙圪堵和树林召等地。近年来，村里外出读书或打工的年轻人不断增多，婚姻范围有所扩大，但未能改变主流。在调查的163家农户中，有153对夫妻，其中9对再婚，女方娘家所在地统计如表4－1所示。

表4－1　女方娘家所在地（共153户）

单位：人，%

娘　家	本村	本乡	本旗	达旗	包头土右旗	巴盟	安徽	河南	山东	山西	陕西	天津
人　数	22	69	16	16	10	2	1	2	1	4	8	2
百分比	14.4	45.1	10.5	10.5	6.5	1.3	0.7	1.3	0.7	2.6	5.2	1.3

资料来源：根据课题组"住户基本情况调查表"整理。

可见在婚姻范围上以本乡周围村落居多。

三　择偶标准

总的来看，村里择偶标准相对县城里来讲要低一些，从父母方面来讲，首先考虑的是对方的经济状况，父母都希望子女婚后能够少受罪。当然这也不是决定因素，以前人们生活条件都不太好，只要能过得去就行。其次，对方的家庭情况也是要考虑的，知根知底的最好，也就是当地人所说的是不是"好人家"，评判的标准就是看家庭是否和睦，即父母与子女之间，兄弟姐妹之间是否关系融洽，老人们认为这样把闺女嫁过去才不会受气，亲家之间也好相处。最后，要看年龄是否相仿，以前大人们还要请先生们给算一算，看看两人的属相和八字合不合。老人们认为，岁数相仿，八字相合，结婚后感情会比较稳定。此外，男女本人的具体条件也是要关注的，比如女方家长主要看男方的人品和劳动能力，要求老实能吃苦。男方家长则较多关注女方是否贤惠、稳重、勤快、善良、会干家务以及农活。当地多是男方上门，女方父母来看，但是男女对象之间是不见面的，当时社会环境也比较保守，所谓"女见男羞，男见女还羞"，村里人就把这一过程叫做"相女婿"。据村民刘挨存讲，他年轻时就是自己去女方家，被女方看中而后结婚的。

在村里，大多数父母是尊重青年意愿的，即只要孩子们好，家长也不过于干涉，但男女青年心里也有自己的择偶标准。一般说男青年对女青年的审美要求是：大眼睛，细眉毛，鼻直嘴小，皮肤白皙，身材丰满结实，个头中等偏高，腰细腿直。当然，更重要的是性格要好，孝敬老人，温柔顺从，会带孩子。近几年来，外出打工的年轻人增多，审美要求也有所变化，那些穿着时髦，会打扮的女孩变得受欢迎起来。女青年的择偶标准比较保守，一般来讲，只要男方老实可靠，为人正派，会劳动，体贴媳妇，有责任心就好，相貌一般就可以了，最重要的是两人合得来。这几年女方的择偶标准略微有些增加，那就是最好男方能够有一技之长，会挣钱，她们希望以后的光景能过得好一些，孩子能够受到更好的教育。

四 结婚年龄

五家尧村婚姻年龄随时代而异，早些年一般 17~18 岁女的就聘出去了，19~20 岁就开始生小孩，村民认为，之所以这一代的家庭比较稳定，和孩子要得早很有关系。现在村里结婚年龄女方 20 周岁，男方 22 周岁，当然在外上学的要拖后一些。在访谈的 153 对夫妻中，男女双方结婚年龄分布如表 4-2 所示。

表 4-2　结婚年龄（共 153 户）

单位：人，%

年龄段	20 岁之内	20~29 岁	30~39 岁	40~49 岁
丈　夫	4	139	7	3
百分比	2.6	90.8	4.6	2.0
妻　子	43	105	3	2
百分比	28.1	68.6	2.0	1.3

资料来源：根据课题组"住户基本情况调查表"整理。

一般而言，男子结婚年龄要大于女子，女方早婚较多，女子最早甚至有 14 岁结婚，而男子最早也就是 18 岁。我国《婚姻法》规定男女双方结婚的法定年龄为男 22 周岁，女 20 周岁，但许多夫妇大多在 20 岁之前就按本地的风俗举行了婚礼。他们中的大多数也知道《婚姻法》的规定，但先结婚，到了法定婚龄时再到婚姻登记机关领取结婚证却是很多。在 153 对夫妻中，男方低于法定年龄

结婚者有 55 家，占总数的 35.9%。女方低于法定年龄结
婚者有 71 家，占总数的 46.4%，几乎接近一半，本地的
早婚问题之严重可见一斑。

在年龄差距上，村民认为男方应大于女方，以三四岁
为好，理由一是传统认为此种较合理，二是女人老得快，
如果女方大于男方，过几年后两人在一起人们就会感觉差
很多。153 对夫妻的年龄差距统计如表 4 – 3 所示。

表 4 – 3　夫妻年龄差距*（共 153 户）

单位：户，%

年龄差距	户　数	百分比	年龄差距	户　数	百分比
– 4	1	0.7	5	12	7.8
– 3	1	0.7	6	6	3.9
– 2	2	1.3	7	5	3.3
– 1	6	3.9	8	7	4.6
0	18	11.8	9	3	2.0
1	24	15.7	10	2	1.3
2	19	12.4	12	1	0.7
3	18	11.8	13	1	0.7
4	26	17.0	14	1	0.7

资料来源：根据课题组"住户基本情况调查表"整理。

五　离婚与再婚

离婚在村里是个敏感问题，以前基本没有离婚的，村
民们普遍认为离婚不好，败坏门风，正经人家的老人是不
会让子女离婚的。直到现在，人们对于离婚的态度还是比

---

* "–"表示女方大于男方。

较保守的，村里离婚的很少。以前妇女们在结婚以后大多抱着"嫁鸡随鸡，嫁狗随狗"的心态，现在虽然这一思想发生了改变，即便实在过不下去，还要顾及孩子的感受和以后的成长，所以只能得过且过，男女双方都要做一些妥协。毕竟离婚是比较麻烦的事，离婚再婚也是个大问题，男的不好娶，女的也不好嫁。但经常在外头从事其他职业的有所不同，比如调查对象 Z，他以前一直在外面剧团唱戏，25 岁时结婚，后因工作问题而离婚。据前任村支书讲，五家尧的 L 也离过婚，他和媳妇在外面打工时认识，后来实在过不到一块只好离了婚。

村里再婚主要有两种情况，一是离婚以后再婚，153 对夫妻中仅有 2 户。另一种情况是配偶去世后再婚，如村民 L 前妻病逝，后娶了 W 为妻，老人现有三个儿子一个女儿，都是与前妻所生，现均已成家。还有村民 L 与 H，二人同属二婚。双方配偶去世后两人结合，H 与前夫有 1 子、1 女，L 与前妻有 1 子，3 女。配偶去世后还有一种并非严格意义上的再婚形式，那就是老人"同居"，据郭云荣讲，一些老人们情投意合，只要孩子们愿意，双方都会愿意以同居的方式生活在一起。所谓"同居"，也就是不结婚，不涉及双方的财产分配问题，容易得到舆论认同。

第二节　家庭

一　家庭类型

按照费孝通先生的分类标准，三社 163 户的家庭类型统计如表 4-4 所示。

表 4 - 4　2007 年三社 163 家农户家庭类型统计

单位：户，%

家庭类型	不完整的核心家庭	核心家庭	主干家庭		其　他
			已分家	未分家	
农户数	4	130	22	5	2
百分比	2.5	79.8	13.5	3.1	1.2

资料来源：根据课题组"住户基本情况调查表"整理。

可见，在五家尧还是以核心家庭为主。主干家庭中包括未分家和已分家两种，未分家的是指虽然子女成家，但两家吃住都没有分开，父母也没有正式给子女家业。已分家的有两种情况，一是子女成家，也表明分家，父母给了子女家业，但两个家庭吃住还基本在一起；二是儿女外出打工，父母在本地照料家业，在 22 家大家庭中，以这种居多。

二　角色分工

现在家庭中当家①的一般都是女方，但也有个别男性当家。谁当家一般就掌管家里的经济大权及一般事情的决策权，所谓可以"当家做主"。虽然现在 80% 左右都是媳妇当家，但户主一般是男的。当然，户主也有女的，但这种一般是丈夫是国家干部或市民。例如，西四座毛庵的刘美，已故的妻子是农民，他是国家干部，以前户主就是其妻。户主的归属已成为一种惯例，没有多少实际的意义，户主与其他家庭成员在权利和义务上是平等的，因为男女双方在家庭中的地位大都是平等的，家里的大事基本是共同商量，只不过一般而言男性是家里的"主心骨"。不过一些家

———————

① 管理家庭财政。

务事还是以女性为主，苦重的活则由男性干，更多的事务是共同分担。比如即使做饭一事，常理妻子要多分担些，但丈夫也时常会帮忙。

三　妇女生育

（一）老年一代

据老年一代村民介绍，当时对于生几个孩子，妻子没有发言权和选择权，连婚姻都得听从父母之命。在生育过程中，由于医学知识的匮乏，丈夫是不会为婴儿采取任何保护措施的。女人们怀胎十月，往往只有在临产的那一刻才停止劳作，第一胎会由乡邻中懂接生的人帮忙，或者是家中长者或长辈帮助。生育"设施"相当简单，只用沙土堆在炕上，孕妇在沙土上等待生产，若是找不到止血物品，炉灰就权当"止血纱布"。当时生育用纸中最好的纸被称为"草纸"，做工也极其粗糙。所谓"坐月子"，其实不过十几天，十几天后就开始下地做轻活。坐月子期间，磨碎小米后的米糊糊是最普遍的食品，还有谷米粥（黄米汤），条件稍好者还能吃点"豆子"。虽然当时也有鸡蛋、白面，但是一般舍不得给坐月子老婆吃，因为30个鸡蛋要花上1元钱，且当时村民也没有"买东西"的意识。20世纪60年代有了鱼肝油，算是最好的"补品"。等到生后几胎的时候，女人们几乎都是自己给自己接生，生育后也几乎没有保养、保护身体的措施，妇女身心健康因此受到很大损害，但也无可奈何。到后来有了索米痛片，都算是一种幸福。

据老年村民回忆，那个年代男尊女卑的思想很严重，结婚后没有节育措施，所以，女人们几乎隔三差五就会怀孕。生孩子、再怀、再生，直到不能生育为止。所以女人们很害怕生育，每次都会想这次会不会死，但又无奈于自己不能控制。如果她们想自己"堕胎"，就想方设法"爬水瓮"、"爬炭房"、"捏下去"。

（二）中年一代

据这一代村民讲，他们正好赶上国家的计划生育政策。当时人们都希望既有儿又有女，所以，至少2个孩子，要么就是3个（2女1儿）。即使是双女户，也基本能接受，不会怎么为难妻子。同时政府也在政策上给予了大力支持①。

村民基本都能正确看待计划生育。当时政策中规定，汉族最多可生2胎，条件是头胎是女孩。少数民族（蒙古族）最多允许3胎，条件是头两胎是女孩。超生的要罚钱，没收家中财产。村民一般采取的节育措施有"放环"、"吃药"和"做手术"，只是一般仅限于女方，男性不做节育手术。女人们基本上能做到自愿节育，也没有后遗症。计生药品是由旗计生人员下乡时发放，也可以去周边城市（呼和浩特市、包头市、树林召镇）购买。因为无知，邻村曾有将避孕套当口服药的笑话。

这一代妇女也都是在家生孩子，但是比上一代好的是，女人们平日里还可以去就近医务室做简单的妇科检查。去大医院检查、生产会花很多钱，所以如果没有大毛病一般都不去。邻村董三尧有接生大夫，虽说也出现过难产案例，但都是婴儿死亡，大人无碍。因为过去交通不是很便利，

---

① 多给分配1人的土地；给双女户的夫妇入保险，60周岁时可以领到保险金；在没有施行"四免一补"的政策时，双女户上学有优惠。

所以急救一般也帮不了忙。妇女生产后要护理40多天，一般都是自己的母亲和丈夫，饮食上稀粥、鸡蛋基本不缺。

（三）青年一代

青年一代也希望生育两胎，即一儿一女，但由于政策不允许，所以生男生女也都可以接受。村民认为，这一代对计划生育政策能贯彻到底。而政府每个月会给优生子女母亲补贴60元钱，如果是独生女，每月补贴100元。妇女生育后开始采取各种节育措施，如放环、避孕套、药物（十八甲等），这些避孕物品都由乡政府免费发放。做节育手术仅限于女性，不强制，除非是超生户。

这一代大部分人也是在家里生孩子，只有难产等危急情况才去医院，一般去杨子华尧村的子华医院较多些。但妇女们在怀孕期不做B超等检查，因此与城里还是有很大差距，而且这里接生的都是男医生。给访谈人员的感觉是，村民的生存和生育常识较多，如不是大问题，都可以自己解决，所以也没有出现多少事故。

妇女生产后，护理基本都在40天以上，大都由自己的母亲来护理，当然，婆婆也要参与。产妇在坐月子期间吃的要较老年一代人好了很多，黄米汤、鸡蛋、饼干、甜食等无论从品种还是从数量上都较以前丰富了很多。婴儿主要吃母乳，周岁后吃羊奶，也有吃奶粉的。

一个重要的变化是，这一代妇女的健康状况都不错，较中老年一代的经期护理有了很大的"科学性"和"卫生性"，用卫生纸转变为卫生巾。村民结婚时计生办会发放一本《计划生育手册》，以指导新婚夫妇。

在生育观念上，村民已经认同"少生孩子，家庭才能致富"、"少生孩子，母亲身体更健康"，但有趣的是，一些村民既认同"少生"，又认同"孩子多，老了以后才能有依靠"，既同意少生，又同意多生，这种矛盾心理折射出村民生育观念上正在经历的转变。就"少生孩子，家庭才能致富"、"少生孩子，母亲身体更健康"、"孩子多，老了以后才能有依靠"和"生多生少不是父母能决定的，应该听天由命"这四种观点，对21名村民深度访谈的结果如表4-5所示。

表4-5　村民生育观念

少生孩子，家庭才能致富	同意 18	不同意 1	说不清 1	缺项 1
少生孩子，母亲身体更健康	同意 15	不同意 0	说不清 3	缺项 3
孩子多，老了以后才能有依靠	同意 5	不同意 8	说不清 5	缺项 3
生多生少不是父母能决定的，应该听天由命	同意 5	不同意 10	说不清 3	缺项 3

资料来源：根据课题组"调查问卷"整理。

就"希望有几个孩子"这一问题，对21名村民深度访谈得到的回答如表4-6所示。

表4-6　"希望有几个孩子"调查结果

单位：人

备选项	1个	2个	3个	4个以上	能生几个算几个	缺项
同意人数	6	10*	0	0	1	4

资料来源：根据课题组"调查问卷"整理。

---

* 其中有5人明确表示"最好是一子一女"。

四　家庭关系

家庭中的亲情是不容置疑的，夫妻之间、父母与儿女之间、祖孙之间都是亲意浓浓。尤其是上了年纪的人都认为娶媳妇就是为了抱孙子，对孙子的溺爱、宠爱、关心、爱护都是加倍有致的。与此相比，婆媳关系就较为一般。婆媳之间一般不会有很明显的利害冲突，但小矛盾却时而有之，所以家庭里最敏感的就是婆媳关系。在五家尧，如果婆媳之间相互可以容忍，就会处得长一点，如果不能亦只能通过分家来避免冲突。公公和媳妇在交往中需要避讳，不能太随意。

五　称谓

父亲：大、爸爸，对外称老子或大。

继父：叔叔、爹爹，对外称后老子或后大。

母亲：妈。

继母：妈，对外称后娘。

祖父：爷爷。

祖母：娘娘、奶奶。

伯父、叔父：爹爹，对外以排行大小称几爹。

伯母、叔母：一般以排行大小称几妈。

岳父：外父，见面时称姨父或随妻称呼。

岳母：外母娘，见面时称姨姨或随妻称呼。

丈夫：直呼其名，对外称我们家那个，或带孩子名字，如二子他大。

妻子：直呼其名，对外称老婆，我们女人，或带孩子名，如二子他妈。

儿子：小子。

女儿：女子、闺女。

儿媳：媳妇①子。

外祖父：姥爷。

外祖母：老娘、姥姥。

夫父：公公。

夫母：婆婆。

夫兄：对外称大伯子。

夫姐：姑姐姐。

夫弟：小叔子。

夫弟媳：兄弟家。

夫妹：小姑子。

妻兄：大舅哥。

妻弟：小舅子。

妻妹：小姨子。

妻之姐、妹丈夫，互称连襟。

20世纪50年代以前出生的，夫妻之间忌讳直呼名字，认为名字只有父母或长辈才可以叫。20世纪50年代之后出生的夫妻之间一般互称其名。20世纪80年代之前出生的孩子，都称父亲为"大"，从20世纪80年代开始，干部或者市民家庭出生的，孩子称父亲为"爸爸"，称祖母为"奶奶"，当时这种称谓在某种程度上成为一种社会地位的象征。20世纪90年代出生的孩子则全都称父亲为"爸爸"，称祖母为"奶奶"。

---

① 音（fu）。

六　分家

在村民看来，本村小家庭多。按以前村支书的话说："一般都得分开，主要是媳妇不行"①。分家一般是儿子结婚1年后秋天分，如果子女们关系比较好，对老人的意见也尊重，比较听话，就不需要村干部参与，否则就得村干部主持。西四座毛庵大队的 W 的子女分家就是在时任村支书的郭六主持下进行的。W 当过民兵连长、赤脚医生，早些年在本村也属于有文化的富裕户。1985 年，W 以 480 元买回一台飞跃牌黑白电视，属西四座毛庵第二家买电视的。1986 年以 4500 元接回一辆二手四轮车，在西四座毛庵属第一户。但 W 的命运也颇坎坷，妻子中途病逝，留下两个儿子和一个女儿。千辛万苦把孩子拉扯大，给儿子娶了媳妇，把女儿聘了，本想能过几年抱孙子享清福，但儿子不省事。大儿子一直认为自己母亲的病逝源于父亲不能及时医治，二儿媳又是本村出名的泼妇，经常跟公公打闹。因此 W 难以有权威分家，最后只好求助于村支书。最后分家的结果是：土地 W 和大儿子二一添作五分了，次子以前就分了一个人的地，所以当时分家不分地，以前落下的债全由 W 偿还。分家的事得村干部来主持，近十来年在五家尧这也算是首例。按村支书的话说，就是"儿子有本事，媳妇也开明，一般就不会产生分家的纠纷"。当年郭云荣的大儿子郭军没有分配工作时，他说："你把西房占了，我整饰②西房。正房给二子（二儿子）。我给你南边盖上羊圈、车库。"郭军

---

① 指妯娌之间关系不融洽。
② 方言，意为"装修"。

说："你不用给我那些，我房也不要，走呀。"这可以算是和好家庭分家的写照。如果媳妇不省事，亲家再给掺和上两句"你（说自己女儿）勤①要，他还有一个小子，不了尽给了他们（其他的儿子）了。"这就会有纠纷，这时就要叫儿子的儿爹们来给裁决。

子女分家后，一般都是再盖一处房子，分开两处居住。如果"房屋紧张，不和的双方没有地方可以搬家，所以发生了一种过渡形式，即两代还住在一所房屋里，而生活上却各顾各的。农村中称这种形式为'分灶'，婆媳各自烧自己的饭"。② 即虽然分家，但还在一个院子住，调查显示，163 家农户中这种家庭有 5 户，不是很多。

七　妇女地位与家庭暴力

根据村民的看法，与过去相比，现在妇女地位有了很大的提高。小事不说，大事都会有女性的参与，有时甚至有决定权。当然也有例外和特殊的情况，在传统观念看来，总是"女的头发长见识短"，应该由男性来决定重大事情。

在前十几年，村里的家庭暴力是不稀罕的。村民觉得此种现象一般是因为意见有冲突，发生口角之后双方还没有退让，就动手打架。家庭中难免会有矛盾，有矛盾难免发生口角，口角升级就会引发打架。但村民们看不惯男性一喝酒就回家打老婆。现在，村里家家户户"忙生活"，家庭恶性暴力事件也基本没有了。当然，磕磕碰碰还是少不了的，如果村里有恶性家庭暴力事件，村民、村干部都会

---

① 方言，意为"尽管"。
② 《论中国家庭结构的变动》，见《费孝通选集》（中国现代社会科学家选集丛书），天津人民出版社，1988，第 462 页。

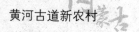

主动帮助调节。虽然家庭暴力与妇女地位没有直接的联系，但这两者都与村民的忙碌程度有着很强的关联。

八 老人赡养

分家之后，老人如果有劳动能力，一般也是自己单独生活，子女也很少给东西，因为当老人的一般都不想给儿女添累赘。如果老人丧失了劳动能力，父母一般和儿子住，其他儿女对父母有赡养的责任和义务，有时也给父母粮食及零花钱等。老人一般与最小的儿子一起生活，形成一种完整的主干家庭。本村几乎没有父母老年后没有管的现象，即便子女们不愿意赡养，但别人的闲言碎语及社会舆论也会管，村干部们也会帮着调和。村民的态度是老人老了以后就应该给他吃穿，死后也无须铺张浪费安葬。只有个别低保户没有儿女赡养，不过调查期间村里正在建设敬老院，"老有所养"的社会理想已经不远。

除了老人单独住在一个儿子家，还有一种形式是轮流赡养。老人的儿子比较多，老人轮流到几个儿子家吃住。如果老人有病，子女们一起给老人看病。

九 财产继承

对于村民来说，财产一般就是粮食和土地，而这些一般上了岁数的老人在自己头脑清醒之前就分配好了，没有财产纠纷的问题。有时老人给某个孩子财产也一般是悄悄给，或者两个孩子家境差距较大，老人就多给差的补贴点。或者两个都差不多，老人就把财产给照顾自己多的孩子，本村90%以上没有遗产。因为本地没有特别的富裕户，所以也没有传家的东西，这样分家矛盾也就很少。

第三节　日常生活

一　服饰

（一）男子服饰

据村里老人讲，新中国成立以前，在夏秋时节，村民为劳作方便，都穿自家手工缝制的中式裤、褂，布料多为土布，穿市布（俗称洋布）的只有地主、富农等一些有钱人家，颜色以蓝、灰为主。所谓中式裤、褂，是从中原地区传来的一种当时国人常穿的服装形式，中式褂的样式为对开式，也有大、小襟式的，由立领子、前襟两片、后襟和双袖组成，纽扣用布条编制的疙瘩制成。中式裤又叫"大裆裤"，不分前后，可以掉换着穿。整体看来，中式裤、褂是比较宽松的。为了紧凑，人们往往系一条红色裤带，当然也有别的颜色，但以红色为主，而且在逢九年①的时候是必然要系的。人们有的还要穿红色袄，红色内裤，因穿红有避邪之说。同时男子常常头缠一白毛巾，既可以遮阳光，又可以擦汗，一举两得。为了省事，村民们在夏秋是不穿袜子的，穿"圆口子"或"牛鼻子"实纳鞋。到了冬天，人们多穿羊皮袄、羊皮裤，也有自己缝棉袄、棉裤的，做法只是在中式裤褂中充以棉絮，样式简单，头上多戴双耳皮帽或圆毡帽，脚穿布袜或毛织袜，蹬棉鞋或毡靴。男子的发式较简单，不是平头就是光头，分头几乎没有。小

---

① 本地以虚岁年龄为九的倍数时称逢九年，一般从 36 岁时开始，按照村民的观点，逢九年是可能发生什么意外事情，或者厄运的年份。

儿剃头为"沙锅套炉圈"或者留"马鬃鬃"。前者是后脑剃一圆圈，其余剪短。后者是前脑留一小片，其余剃光。十二岁前，留"后纠毛"，即后枕窝内留一撮发。

新中国成立以后，村里男子的衣着有所变化，开始穿中山服，下衣则为筒裤（裤子上下一般粗）或"萝卜裤"（裤子上粗下细），颜色多为灰、蓝、黑色，最初为斜纹、咔叽、花达呢、冲服等布料，后逐渐为化纤纺织品所代替，如的确良、的卡、中长纤维、涤纶之类。鞋为自家做的松紧口布鞋，一般是布底子，也有图结实纳轮带底的，就是用烂轮胎为原料做底。发式变化较大，以分头为主，少数为平头、光头，且多戴解放帽、前进帽、礼帽等。冬天穿棉袄、棉裤、棉鞋，制作简单，就是在裤褂和松紧口鞋里充以棉絮，当然村里的老人还是会穿羊皮袄，但不是自家缝，而是要找专门的毛匠，头上主要戴双耳帽、棉帽。20世纪80年代以后，村民收入增多了，对穿的方面就比较在意了，且买成衣者多，自己缝制者少，到了冬季，自织的毛衣、毛裤取代了棉衣、棉裤，尤其是90年代村里流行呢料大衣，是结婚时男女服装的首选。进入21世纪以来，男子服饰大变，夏季多穿衬衫，且色样较多，除单色外，穿淡色花格衫者也不少，当然T恤、牛仔裤也不是稀罕东西了，村里的小青年穿着几乎和县城里的差不多，只不过村里多看重的是样式而不太注重品牌。大多数中老年还是相对保守的，虽然穿中山装的较少，但大多还是西服、西裤，且服色单一，多为蓝、黑、灰色。现在村里穿家做鞋的已经非常少了，牛鼻鞋几乎绝迹，除了农作时候一些中老年人还穿布鞋，年轻的小伙子们都改穿运动鞋，因为在劳作中更为便捷，农闲时则以皮凉鞋和皮鞋为主了，而且样式不一，有圆头的、方头的、尖头的等。冬天的服饰变化也非常大，一改以前的单调，羽绒服、皮夹克屡见不鲜，羊毛衫、羊毛裤再一次取代了毛衣、毛裤，现在也没人再穿棉鞋了，都改穿皮棉鞋、皮鞋或运动鞋，看起来冬天人们穿得越来越少了，可实际上却更暖和了，而且也更加美观。近几年来，逢年过节的新衣服、新款式成为人们最热衷议论的事情，对美的追求逐渐在村里变成一种时尚。

（二）女子服饰

新中国成立以前，村里妇女的服装从样式和颜色上都比较单一，也较为保守，夏秋女子多穿小衣小裤，老者扎裤腿，穿布帮鞋或绣花鞋，以各式头巾（棉、纱、毛）、长或方围巾裹头，冬天穿棉袄、棉裤。据村里的老年妇女讲，她们的母亲当时都要缠足，从小就缠，前窄后宽，脚背隆起，掌呈沟状，五趾并拢如锐角三角形，称之为"三寸金莲"，时人以此为美。那时中年妇女都梳"转子头"，即把头发都缠绕在头后侧，呈一乳突状，上罩一黑丝绒线。少女则梳辫子，用红绿头绳扎发，小女之发式与小儿无异。当然，妇女们也要佩戴一些首饰，女子普遍在五六岁时耳垂就要穿孔，长大后戴银质或镶玉的耳环，光景好的人家也会戴金质的。此外还有手镯、簪、戒指等饰品，其质多为银、银镀金，戒指则多为赤金。

新中国成立初，村里女子服饰有所变化，夏秋穿中山服、"萝卜裤"，冬天还是穿棉袄、棉裤，但因为村里有专门的裁缝，棉袄的样式也有了变化，主要有风雪衣（领口为西服式的）和卡衣（领口为中山装式的）两种，质料主要为花达呢、蓝色的卡、军绿、花底袄料及衬衣料、大绒、条绒，花达呢是当时最好的料子，但总的看来，这一时期的服装色系比较单调，样式也非常呆板和保守。那个时候村里布料很紧缺，一家兄弟姐妹多，衣服不够穿，一件衣服都跟传家宝似的一个传一个，每个年龄段几乎就做一套衣服。即使是结婚的时候，新娘也没什么像样的衣服，村里的一些中老年妇女讲她们结婚时只是让村里的裁缝缝一件红棉袄，外面套一件稍新一点的褂子，就算结婚的新衣服了。甚至嫁到婆家时，还时常穿大姑子顶下来的衣服。这个时候穿的鞋还都是松紧口的布鞋，只不过女子穿的鞋在颜色上要鲜亮一点。中华人民共和国成立初，女子发型也有了一些变化，时兴短发，老年人后脑梳毛圪堵子，罩纱网，一些少女仍梳辫子。

20世纪60年代，老者也改梳短发，尤其是"文化大革命"时期，全村成家妇女不同年龄段都梳起短发，年轻姑娘也被强行剪掉辫子，称为"割私有尾巴"。

图4-1 1975年青年照片（摄于2008年5月2日）

图 4-2 1981 年青年师生照片（摄于 2008 年 5 月 2 日）

　　20 世纪 80 年代末至 90 年代，西服普遍起来，俗称大翻领服，还有列宁服、紧腰式服等，质料主要是的确良，这是那个年代最好的布料，颜色多为黑色，还有红色的。当时村里的妇女还时兴围棉毛围巾，颜色多样，有蓝、黑、灰、天蓝、红、粉等不一。与此同时，首饰流行起来，金戒指、金耳环、金项链成为当时妇女们最喜欢的饰品，称之为"三金"，能佩戴"三金"的妇女都是人们

图 4-3 20 世纪 80 年代中期
老年妇女照片
（摄于 2008 年 5 月 2 日）

艳羡的对象。

　　21 世纪以后，村里女子服饰才真正地丰富多彩起来，夏季衣衫，无论从质料、种类还是花色上都更为纷繁，从质料上看有纯棉的、纱质的、桑蚕丝的、冰丝的等；种类上有连衣裙、短裙、百褶裙、T恤、衬衫，人们习惯穿纯棉的，比较吸汗；花色上有红、绿、浅绿、蓝、青蓝等不一而足。村里的一些小青年特别喜欢穿牛仔裤，农忙的时候，不用洗得太勤，还结实耐穿。夏季穿鞋也不再以布鞋为主了，除了一些老年人外，中年妇女和年轻的女孩们都穿皮凉鞋，农忙时除外，样式一点也不比县城里的少，有高跟、中跟、低跟的，也有圆头、方头、尖头的，而且凉鞋上的花饰也是多种多样。到了冬天，除了老年人外，没人再穿棉袄、棉裤了，紧跟着县城的潮流，各式各样的羽绒服、皮衣、风衣成为妇女们的首选，皮裤、牛仔裤、靴裤比比皆是，皮鞋、靴子、雪地鞋等也随着样式的不断翻新走进了五家尧人的生活。过春节的时候，村里的小媳妇们一个个打扮得花枝招展，而且穿戴绝不雷同，为寒冷的村庄带来一丝暖色，也成为五家尧妇女时尚的见证。从发式来看，村里的妇女时兴烫发头，式样有荷叶式、宝塔式、爆炸式、卷云式、离子烫、大波浪、烟花烫等。逢年过节，一些年轻女孩还会去县城里做头发，碎发一段时间在村里的年轻女孩中还极为流行。当然，现在首饰和以前大大不同，穿金戴银已经过时了，钻戒、白金戒指、项链已经成为年轻女孩的最爱。

　　给访谈人员的感觉是，近几年来城乡间男女服饰方面的差别越来越小，尽管村民们没有多少品牌意识，但是观念在改变，追求美、追求时尚成为了一种风气。

（三）服饰消费

村里的服饰消费随着时代的变迁体现出不同的阶段特征，据村民池莲女讲，在过去（20 世纪 90 年代以前）大部分人是做衣服，她自己就学过裁缝，会做冬天的夹袄、夏季的中山服、西服等，还会自织毛衣、毛裤。当时村里专门的裁缝有三四家，做衣服的价格一般是裤子 2 元，褂子 5 元。20 世纪 90 年代后人们开始从外地买衣服，但做衣服的还是不少，服装消费的区域主要是周边地区，如达拉特旗、萨拉齐、包头等地。据说现在只有邻村的董三尧有裁缝，大部分村民都是直接买衣服穿。2001 年之后，交通的便利使人们服饰消费的区域进一步扩大，薛家湾商业的繁荣也带动了五家尧的服饰消费，近几年来，随着人民生活水平的不断提高，除了极少数老人，村里很少有人再做衣服穿了，服饰消费成为村民消费中的一项重要支出。

二　饮食

五家尧村的饮食习惯在内蒙古西部地区极具普遍性，但也有一些地方特色。五家尧背靠黄河，由于灌溉便利，农业一直比较发达，农产品的种类和数量是比较多的。糜子和小麦是主要的粮食作物，20 世纪 80 年代前，人们的主食是糜子。20 世纪 80 年代以后，村里开始大面积种植小麦，糜子的种植已经很少了，所以人们的主食在糜子的基础上又增加了面食，但还是以糜子为主，这一是出于人们的喜好；二是出于习惯；三是为了省事。农忙的时候，早中晚三顿都是小米饭，因此村民往往把小麦卖了从邻村买糜子或者直接用小麦来换糜子。近几年来，随着村商业的逐渐繁荣，村里多了几家粮油小店，糜子、大米、白面、绿豆、谷米、玉米、莜面，挂面、淀粉、粉条还有胡油、色拉油都有销售。许多时候，人们为了省事都直接买，这也使得主食种类更加丰富。

村里人常常把粮食做成多种形式，如饸饹、年糕、散状、炒面、黏豆包、莜面鱼鱼、莜面窝窝、焖面、窟蕾（也叫苦偪）、酸粥（又叫酸焖饭）、凉粉等。饸饹类似于面条，也叫饸饹面，是将荞面或白面和好，搓成长棒状面团，放入饸饹床子压条，入锅煮熟后，面条浑圆精滑，再加汤卤（汤卤里和一些豆腐、山药、猪肉或羊肉。）食用，别有一番滋味。五家尧人爱吃"糕"，即人们常说的年糕、切糕，这也是在内蒙古西部广为人们所喜欢的一种食品。它的制作工序是把黄米磨成米粉面，加水拌匀，在锅箅子上边撒边蒸，面尽糕熟。直接吃的叫做"素糕"，蘸着"甜水水"（用甜菜熬成的糖水）吃的叫"糖糕"。当然，还可以把素糕在盆里和好然后包馅，馅有红糖、红豆、土豆白菜、白菜粉条等，再捏成圆团状，用"胡油"（胡麻榨的油）炸出来，则称"油炸糕"，香脆可口。80年代以前，一般人家是吃不上糕的，只有生活条件好的人家才会有这种享受，20世纪80年代后，人民生活水平普遍提高，逢年过节、婚丧嫁娶、新房"压栈"（盖新房的最后一道工序，即上梁）等重大场合，"糕"是一定要吃的。同时，"糕"也被人们赋予了"步步高升"等诸多美好的含义。散状的制作工序基本和年糕相同，只是制作材料除了黄米面外又增加了小米面，并按适当比例将二者掺匀，蒸熟后是切成方块食用。炒面是农忙季节的方便食品，将白面炒熟，食用时用水一泡，根据个人口味加上红糖或盐之类的作料味道更佳。当然在炒的时候加上一些牛油、猪油，这就成了当地人所说的"油茶"，闻起来格外的香。五家尧不种莜麦，但人们爱吃莜面，以前是和外地人换，现在商品经济发达了，人们往往一袋或几袋地往家买。莜面的制作方式多种多样，常见的是莜面鱼鱼和莜面窝窝。莜面鱼鱼分蒸、煮两种。将莜面加温水和好，用掌心在面板上搓成细条状，放入锅箅子蒸熟，泡汤卤（有羊肉汤、猪肉汤、素汤等）食用，称蒸鱼子；两掌相对，将和好的莜面搓成鳊鱼状，炝锅加汤煮后食用，称煮鱼子。莜面窝窝（也有叫瓦垄子），则是将莜面和好，搓成薄卷，放锅箅子蒸熟，状如蜂窝，然后泡汤卤食用。焖面的制作较简单，先将白面和好，切成条状，再把豆角或酸菜加肉炒至半熟，然后将切好的面条撒在上面，盖上锅盖焖至九成熟，最后将菜、肉和面搅拌，稍焖片刻即成。焖面一般夏天较少吃，主要是无鲜肉，味道不够正宗。有时人们为了省事把白面拌一拌就撒在炒至半熟的菜和肉上，这就成了窟蕾。酸粥是村民们尤其是妇女们格外喜欢的一样饭食，在五家尧几乎家家户户都备有一个盛酸米的罐子，称为"浆米罐"，是制作酸粥必不可少的器具。农忙期间，酸粥是最为省事的，所以也是人们的家常便饭。做酸粥有以下几道工序，先是把熬米的汁或豆面汤盛在浆米罐中，加入适量糜米使其发酵变酸。然后取浆米罐中米入锅，饭至五成熟时取汁，取汁尽称为"酸焖饭"，取汁不尽就成了"酸粥"，吃的时候和点糖、辣椒或自家腌的咸菜，确是人们调味解馋的上上之选。外地人初来觉得不合口味，吃久了以后就不愿离口了，再吃米饭倒觉索然无味。凉粉也是五家尧一大特色，其做法是把糜子用石磨碾成糊糊，在锅里加少量水烧热后，在把糜子糊糊放进锅里，一手往锅里放糊糊，一手拿铲子搅拌，慢慢变熟后，将糜子糊糊摊薄，摊均匀，待凉了就能吃了。

五家尧主食丰富，副食方面也毫不逊色，和内蒙古大多数农村一样，五家尧人不缺肉，村里几乎家家都自己喂养猪、牛、羊、鸡、鸭、鹅等家畜，当然人们吃得最多的是猪肉，就连炒菜都习惯用猪油而不用色拉油。猪肉烩酸菜是村民冬天常吃的一道菜，酸菜几乎是家家必备的。秋天白菜长成以后，一部分被人们放在地窖里储存以供冬天食用，一部分则腌成酸菜，制作工序是把十几棵白菜洗净，放入菜缸中，不需要其他作料，只要加入适量的水和大粒盐，一个多月后白菜变酸，就算腌成了。而这个时候已经到了冬天，也到了村民们杀猪的季节。杀猪那一天，对农户来说是个大日子，这一天主人都要请一帮邻居好友过来帮忙杀猪，一般熟练的杀猪师傅会在猪脖子的位置捅一刀，猪血便从刀口处汩汩留出，而且下刀要准要快才行，否则不但猪遭罪，人也跟着遭罪，没被一刀杀死的猪会满院乱跑，见谁撞谁，如果小孩在跟前就很危险了。杀完猪后主人家都要做一顿猪肉烩酸菜作为对邻居好友帮忙的回报。具体的制作工序是把猪身上最好的"槽头肉"（猪脖子上的肉）切成大块，再将腌好的酸菜切丝，土豆削皮切块，豆腐切成方片，然后将猪肉入锅翻炒，同时加葱、姜、蒜等作料，猪肉变色后加上土豆块翻炒，加水适量煮沸后，加酸菜丝温火炖，待土豆炖熟时加豆腐和宽粉条，继续炖至土豆软绵，豆腐、粉条入味后，用勺将土豆捣成泥，与酸菜、豆腐等搅拌均匀。这样，一道大锅烩的猪肉烩酸菜就做成了。这时候人们一人盛上一大碗，大伙说说笑笑一起吃，像是过节一样，当地人也将其称为"杀猪菜"，有时候在村里只要顺着杀猪菜的香味就可以知道今天哪家杀猪了。

除了猪肉外，羊肉也是必不可少的，村里每户人家一年要吃近 200 斤羊肉。羊肉烹制较为简单，就是把羊肉和土豆、粉条放在一起炖，略微加一点辣椒，味道更好。羊杂碎是羊的另一种吃法，杀羊之后人们把羊的内脏如心、肝、肺、肠、肚洗干净，切片或丝放入锅中加调料煮熟，再将辣椒、香菜放入煨好的杂碎汤中即可食用。鸡肉也是村民最常吃的肉类食品，村里的猪、鸡主要喂粮食和野菜，不加育肥添加剂，因而要比饲料喂养的猪、鸡肉好吃，味道更纯。在五家尧，人们喜欢把鸡肉和猪肉放在一起炖着吃，这道菜也被人们形象称为"猪肉勾鸡"，烹制方法和红烧肉方法类似，只不过从材料上讲是把带皮猪肉或猪骨头和家鸡同炖，菜中的猪肉有红烧肉的香甜咸绵感，又有鸡的鲜香味，鸡块酥嫩，猪肉滑润，吃上一块，余香满口，让人经久不忘。当然，背靠黄河的五家尧还少不了一样肉食，那就是鱼。以前吃黄河鲤鱼，尽管数量不多，但还是能改善一下人们的生活，近几年来，村里出现了池塘养鱼的专业户，除了应付村里的需求，还销往旗里和市里，这样鱼肉也在人们的餐桌上就普遍起来了。当然，鱼的做法有很多种，可以油炸、清蒸、红烧、糖醋等，不过村里最常见的吃法是炖鱼，先把切片的肥猪肉入锅煎炒，放花椒、大料、葱、蒜、鲜姜等作料，炒至猪油溢出，猪肉变色后加适量水，同时将收拾好的鱼入锅，鱼炖至 30 分钟左右，水有明显减少，可以放一些切成片的豆腐或红薯（地瓜），要是加一些香菜味道会更好，再炖四五分钟后便可出锅，这道家常炖鱼看似平常，但要能掌握好火候，使鱼肉入味而不绵，确可成为脍炙人口的美味。

前面提到，五家尧农业比较发达，除了粮食作物外，村民们还要种植多种蔬菜，所以在餐桌上，人们的菜肴也是很丰富的。以前，季节不同人们吃的菜也不同，春、夏、秋季人们常吃菠菜、萝卜、芹菜、西红柿、茄子、辣椒、黄瓜、韭菜等新鲜蔬菜，冬天人们就以便于窖藏的白菜和山药为主了，所以现在人们自家挖的菜窖还叫做"山药窖"。此外，秋季成熟后晒干的辣椒、豆角也是冬季人们炖肉、烩菜必不可少的。而现在的情况就不同了，村民利用现代农业的新技术，冬天可以在大棚里种植蔬菜，这样人们一年四季都可以吃上新鲜的蔬菜，避免了季节因素导致的吃菜单调的问题。内蒙古大部分地区人的口味偏重，爱吃咸。五家尧也不例外，一日三餐，贫家富家皆备有咸菜。咸菜的制作和上文提到的腌酸菜差不多，不过酸菜是一棵一棵腌，而咸菜则往往用刀切成细丝后再入瓮，而且材料也相对丰富，有蔓菁、芋头、芥菜疙瘩、白菜、萝卜、黄瓜、豆角等。当然，人们会把多种蔬菜合在一起腌，这就是"烂腌菜"，主要材料有圆白菜，红、白萝卜，青椒，甜菜等，"烂腌菜"发酵后，味道颇佳，深受人们喜爱。

改革开放以来，村里包产到户，村民家里的粮食、肉类和蔬菜变得丰富了，当然菜式花样也更多了。逢年过节，家家户户都会准备一桌菜，传统的菜式不说，连饭馆里的鱼香肉丝、烧茄子等也能做上两道，味道一点不比馆子里的差。近几年，村里出现了村民们自己开的小饭馆，腰包鼓起来的五家尧人以前虽然下不起馆子，可现在也会偶尔邀上几个朋友，或打平伙，或请客去饭馆尝尝鲜。

中国人的吃和喝是分不开的，在五家尧，村民家里吃顿好的，总想着喝上二两酒，这既是一种享受又是一种消遣。可以说，酒是内蒙古地区最受人们欢迎的饮品，这既有蒙古族习俗的影响，也带有汉族本身酒文化的传承。酒的种类上主要是白酒、啤酒和果酒，20世纪90年代之前，村里交通不方便，喝点白酒也要等到重要日子，那个时候主要去包头的萨拉齐买酒，如包头产的"转龙液"、"金骆驼"是人们最常喝的，但数量有限，啤酒和果酒就更难见。90年代以后，由于交通状况的改善，白酒从数量和种类上发生了重大的变化，包头酒，巴盟的河套系列，东胜的鄂尔多斯系列都进入了村里的小超市，尤其是河套酒业的"河套陈缸"和鄂尔多斯酒业的"红沙棘"，已经取代了包头酒的垄断地位，成为村民最爱喝和最常喝的白酒。近几年来，村里在外打工的人多了，村民的收入有所增加，所以一些人回来还要带上外边的一些好酒，甚至茅台酒、剑南春也不再是可望而不可即的。白酒之外，啤酒也大量地进入五家尧，成为人们最常喝的饮料。啤酒的种类主要包括包头产的"雪鹿"，临河产的"金川"，以及呼和浩特产的"塞北星"，夏天的时候，人们把啤酒放在冰柜里或冷水里"冰镇"一下，喝起来凉爽可口，消暑解乏，因此啤酒几乎家家必备。逢年过节，酒更是不可缺少的，村里的老人、中年人、年轻人三五成群今天在这家喝，明天上那家喝，哪家都要准备几个像样的菜，大家推杯交盏，喝得不亦乐乎。酒在某种程度上也加深了人们的感情，和睦了邻里关系，也孕育出了五家尧自身的酒文化。

　　总之，五家尧的饮食习惯在内蒙古西部汉族农村中极具代表性，随着经济的发展，人们的饮食会变得更加丰富多彩。现在的五家尧早已摆脱了解决温饱、吃喝不愁的阶段，家家户户的生活质量有了极大改善，从饮食上来讲更加注重营养，也更加注重生活品质，这标志着五家尧正在一步步走向小康。

三　居住

（一）"茅庵"与"窑子"①

新中国成立之前，老一辈人们住的是茅庵或窑子，有句俗语"茅庵房房土窑窑，门上填一把灰蒿蒿"。蒿草秆子高，叶子密，捆一大捆蒿草填到门口上，就成了庄户人②的"门"。茅庵又称"叉架茅庵"，是最简陋的建筑。前后两架呈"X"形的木头，中间架上一根木头，搭上柴草、秸秆等，外边抹一层泥，就可以住人。有的实在没钱，连外边的那层泥也不抹。但那种茅庵虽有火炕却四面透风，冬天还没有火炉，条件相当之简陋。

与茅庵同时期的还有窑子。窑子又称"土打房"，必须用沙泥和红泥混合起来的土筑成，因为光用沙泥一下雨就塌了，而光用红泥一曝晒就裂了。打墙时，立两块木板，中间把拌好的混合土填上，然后用专门的木头榔头夯实，再逐渐往高打。底下的称"底三板"，类似于地基，最为关键，底三板打实，窑子就比较坚固。这种土打墙一般高近2米，四面的墙都是这么打出来的，最后留下向南的门口，能做起门的装木头门，做不起的就只能"填一把灰蒿蒿"了。当然有钱的人还可以在墙上留个小洞，装一小块玻璃。当时人们不讲究住房，因为当年日本人常来骚扰，好房反

---

① 早些时，"五家尧"和"四座毛庵"写作"武家窑"和"四座茅庵"。
② 方言，指农民。

倒容易招来祸害。一位 80 多岁的老人年轻时是木匠，自己盖房时房顶用的是椽子，在当时属较好的材料。房子盖好后，老人怕日本人来烧，就用红泥把椽子全部抹住。因此这里的住房一般就是"茅庵房房土窑窑"，但窑子与茅庵相比，保暖性显然要好许多。在五家窑村方圆几十里，东有杨子华窑村，南有老九窑村，西有董三窑村，西北有七卜窑村，但只有北边一个四座茅庵村，可以看出，以"窑子"为地名的多，以"茅庵"为地名的少，这种对比至少从一个侧面反映了两者居住条件的差别。

（二）院落与房屋

房有正房、南房之分。正房坐北朝南，主要用来居住，南房坐南朝北，规模较正房小，主要作仓库用。正房和南房之间用墙连起来，就成为一个完整的院落。整体院落布局用一句俗语来概括就是"北马、东牛、西羊圈，南墙根底后瘆圈①"（见图 4-4）。

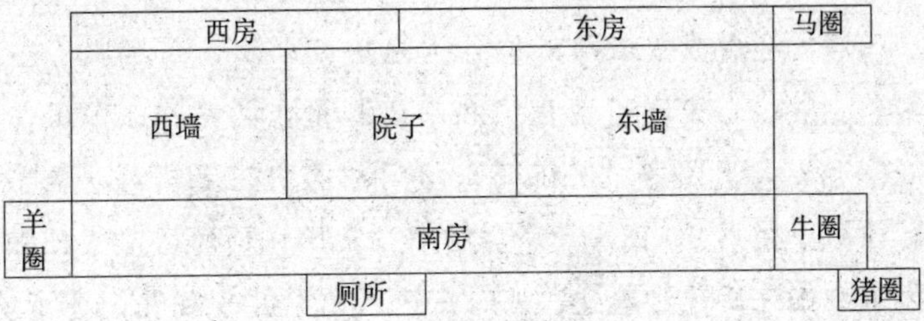

注：上北下南左西右东

图 4-4　院落布局示意图

资料来源：根据课题组"调查日志"整理。

---

①　指厕所。

本地很少养马，所谓的"北马"是指驴圈或骡子圈，一般建在正房后边；牛棚建在南房东边；羊圈建在南房西边；猪圈建在南房南边；柴草棚比较简陋，方位也没有限制；厕所建在南房的西南角，本地忌讳厕所在东北盖，如果盖在东北就称"五鬼抬头"，村民认为这样的人家或者搬迁或者出别的问题。但实际情形并非严格按照这种惯例，在163户，调查到有厕所的73家，其各自方位分布如表4-7所示。

表4-7　2007年三社73户厕所方位统计

单位：户，%

方　位	北	东北	东	东南	南	西南	西
农户数	3	1	3	2	45	17	2
百分比	4.1	1.4	4.1	2.7	61.6	23.3	2.7

资料来源：根据课题组"住户基本情况调查表"整理。

可见，厕所方位以南和西南居多，而比较忌讳的方位东北也有一户。村民分析一是该家不一定知道这种讲究，二是即使知道也不一定对这种讲究深信不疑。

房子还可以按东西方位分为东房和西房，东房属于主房。一般核心家庭盖房正房和南房都是东西两间，东房在规模上要大于西房，按讲究东房门和西房门要相对，意味着往家里搂财①。正房的东房用来日常居住，西房留待日后娶了媳妇之后往过搬迁，那时东房就留给儿子和儿媳住了。盖房的时序安排也不一样，一般人们先盖正房，等有了钱之后再盖南房。正房盖起来之后，先装修东房，西房等日后有时间再整饰。

————————

①　方言，意为招财进宝。

调查显示，163 家农户中，有 151 家拥有自己单独的住房，占调查总数的 92.6%；无单独住房，与父母或儿女合住的有 12 户，占调查总数的 7.4%。有正房无南房的有 40 户，占 151 户的 26.5%；有南房无正房的仅 4 户，占 151 户的 2.6%；有南房也有正房的有 107 户，占 151 户的 70.9%；村民一般较少有独立的东房或西房，除非是做买卖或者留作羊圈和骡子圈。163 家农户中，有独立东房的仅 11 户，占调查总数的 6.7%，有独立西房的仅 41 户，占调查总数的 25.2%，两者均有的仅有 2 家。

从整个院落来看，有牛马棚的有 34 户，占调查总数的 20.9%；有羊圈的有 89 户，占调查总数的 54.6%；有猪圈的有 110 户，占调查总数的 67.5%；有鸡窝的有 69 户，占调查总数的 42.3%；有柴草棚的有 26 户，占调查总数的 16%。

此外，住户宅基地的面积也大小不一，151 家住房户中，最小者 80 平方米，最多者 3333.5 平方米，具体统计见表 4－8。

表 4－8　2007 年三社 151 户宅基地面积统计

面积（平方米）	500 以下	500~999	1000~1999	2000 及以上
农户数（户）	66	34	43	8
百分比（%）	43.7	22.5	28.5	5.3

资料来源：根据课题组"住户基本情况调查表"整理。

需要说明的是，这些数字仅是农户自己简单的估测。

1. 房屋造型及布局

不同的房屋造型体现了不同功能。一般来讲，无论正房还是南房，房顶都用混有麦秸的红泥抹就。红泥虽然耐冲刷，但一般得 5 年左右重新抹一次房顶，否则就可能漏雨，房屋的修缮主要也在于此。根据访谈得到的信息，现在修缮一次最少 3000 元，最多 10000 元。如果房顶盖瓦，此种修缮就几乎可以免去。农家房顶还有一项重要功能是晾晒粮食，南房重实用，只求房顶平坦宽敞，能晒粮食，基本不讲究美观。正房在满足日常生活各项功能需求的基础上，还要体现美观。可以说，房屋的美观程度体现了房主的经济水平。因此，房屋造型的变化主要体现在正房，尤其是东房。再者，房龄的不同，其造型和建筑材料也有很大差别。调查显示，150 家住房户中，房龄最小为 2 年，最大为 68 年，具体统计如表 4 - 9 所示。

表 4 - 9　2007 年三社 151 户房龄统计

房　龄（年）	10 以下	10 ~ 19	20 ~ 29	30 ~ 39	40 ~ 49	50 ~ 59	60 ~ 69
农户数（户）	18	63	50	12	7	0	1
百分比（%）	11.9	41.7	33.1	7.9	4.6	0.0	0.7

资料来源：根据课题组"住户基本情况调查表"整理。

从房屋的造型来看，房龄在 40 年以上者，均是土坯房，窗户小，院子也小，或者没有院子。

房龄在 40 年以下，25 年以上者属于满面门窗，这种房子窗户较小，上层窗户用纸糊出来，下层窗框装玻璃，俗称小口子。房子纵深较浅，一般都是 4 米多，也不开后门。

而房龄在 25 年以下者，以洋式样为主，窗子改为大口子，而且整个窗户已没有了上下层的区分，全部装了玻璃。

还有一些房龄较小的房子，无论在外观还是内部功能，都与城里的住宅颇为接近。

图4-5 全家共聚"满面门窗"（摄于2005年2月26日）

图4-6 洋式样儿房（摄于2007年9月4日）

　　洋式样的房间布局一般东房结构是一进门土炕，与炕相对的是一间套间，俗称"里间子"。基本上一家只住2～5口人，大都住在一个炕上。"里间子"一般摆沙发、组合柜

图 4 - 7　现代房屋（摄于 2008 年 5 月 5 日）

和床，如果亲戚朋友来多了能有地方休息、睡觉。正对门的一间是厨房，里边做饭用的灶台以砖垒砌而成，条件好的要裱一层瓷砖。现在很多灶台是双灶台，一个灶台的烟火通过土炕由烟囱排出，起取暖作用。另一个灶台不经过土炕，主要是夏天用来烧水做饭，既烧煤也烧柴草。

图 4 - 8　厨房（摄于 2007 年 9 月 11 日）

人口较少的人家一般就在厨房里面摆张桌子吃饭，人多的就在炕上吃。大部分农户都在院中打一井，有的还装上自吸泵，安水管，通往厨房，成了"自来水"。调查显示，在151家住房户中，有手压井的有142户，占总数的94%，安装自吸泵的有90户，占总数的59.6%。自吸泵安装时间最早为1991年，最晚为2006年，功率以550瓦居多。

2. 建筑材料及屋内设施

五家尧以前是个典型的农业村庄，茅庵和窑子可以说是改革开放之前农民生活条件的一个缩影。现在的五家尧已没有了茅庵和窑子，最古老的建筑也就是土坯房。制作土坯得挖取深1米左右的红色胶泥，与碎段麦秸加水混合后，填入长约50厘米，宽约25厘米的木制模子，晒干成型。土坯比热要大于砖块，因此冬暖夏凉，但不如砖块结实。后来有了比土坯房高一级的是四角落地，即四周的边角用砖砌，而其余用土坯砌成。改革开放之后，村民手里有了钱，能买起砖，砖房就代表了另外一个居住水准。五家尧池二挨家砖房，在1982年盖起，当属本村第一家。当时一块砖0.03元，总造价约7万元。这样的砖房也只是外边包一层砖，里边还是土坯，要是全部用砖，冬天烧火炉是难以御寒的。现在的五家尧与河套地区其他地方一样，全部用砖盖房，除了木板门，玻璃窗，只不过外边包砖有了新讲究。以前主要用蓝色的手工砖，现在则全用红色的机器砖。最为高级的是在外边包一层瓷砖，美观漂亮，但费用较昂贵，只有一些富裕农户才能做到。

表 4 – 10　2007 年三社 151 家住房户房龄统计

房　龄（年）	10 年以下	10 ~ 19	20 ~ 29	30 ~ 39	40 ~ 49	50 ~ 59	60 ~ 69
农户数（户）	18	63	50	12	7	0	1
百分比（%）	11.9	41.7	33.1	7.9	4.6	0.0	0.7

资料来源：根据课题组"住户基本情况调查表"整理。

　　基本上房龄在 25 年以上的农户家中，家具样式都是 20 世纪 80 年代以前的样式，每家都有父辈留下来的老式"红躺柜"，地铺是青砖，个别甚至有罕见的灯树和门箱柜等。房龄在 25 年以下的农户家里，或多或少都有了现代样式的家用组合柜，地板砖也铺上了具有现代气息的水磨石、瓷砖或釉面砖，取暖设备也由火炉改进为暖气，家用电器明显多了起来，这从电视机、洗衣机、电冰柜/箱和 VCD/DVD 等的拥有数量和购置年限上就可以看出来。

　　调查显示，163 家农户的家电购置年限如下：

　　有的村民岁数大了，儿女也已成家，老两口虽然不愿重新盖房，但也没有放弃对新生活的追求。例如，村民刘

图 4 – 9　电脑进农家（摄于 2007 年 9 月 11 日）

174

仙叶家从外看虽是旧式土坯房，但里边全部装修了现代的设备，地铺的也是釉面砖。

除了追求美观，商业店铺的功能要求也是五家尧住房变化的一个因素。商业店铺的住房一般都建于阳吉线两旁，这样便于吸引顾客。有的为了方便宣传、扩大影响，把以前临街的旧房重新改造，贴上瓷砖，挂上广告牌。或者干脆把原来旧房推倒，翻建成新房子，前边是门市部，后面是生活居住的卧室和厨房。2004 年后建成的 25 家店铺用房，大都是这种样式。

表 4 – 11　2007 年三社 163 户家用电器购置年限统计

单位：户，%

购置年限	无	10 年以下	10 ~ 19 年	20 ~ 29 年
电视机	16	79	59	9
百分比	9.8	48.5	36.2	5.5
卫星接收器	33	129	1	0
百分比	20.2	79.1	0.6	0
VCD/DVD	141	21	1	0
百分比	86.5	12.9	0.6	0
录放机	121	18	22	2
百分比	74.2	11.0	13.5	1.2
电冰柜/箱	69	81	11	2
百分比	42.3	49.7	6.7	1.2
洗衣机	97	35	28	3
百分比	59.5	21.5	17.2	1.8
电风扇	133	23	7	
百分比	81.6	14.1	4.3	
电磁炉/火锅	132	28	3	
百分比	81.0	17.2	1.8	
电饭锅	102	59	2	
百分比	62.6	36.2	1.2	

资料来源：根据课题组"住户基本情况调查表"整理。

3. 房屋建造

建房的变化分界线在 1987 年左右，在时间选择上，20 年前一般在春天农历四月至五月。因为当时建房主要用土坯，而土坯怕雨淋，制作好土坯还得半个月晒干之后才能盖。现在建房一般是农历七月至过年。此时村民较清闲，装修多于此间进行，因此这也是搞装潢的手艺人最忙碌的时期。在建房的地点选择上基本没什么讲究。但如果在旧房地基上盖就得往前方盖，寓意"任何时候都能走到别人前头"，具体盖房时还需要请阴阳看日子，选良辰吉日。

调查显示，在 151 家住房户中，1987 年前建房的有 70 家，之后建房的有 81 家。根据房屋建筑用料，可简单分为土坯房、砖房和砖土混构房，以 1987 年为分界线，房屋类型统计如表 4 – 12 所示。

表 4 – 12　三社 151 家住房户房屋类型统计

单位：户，%

房屋类型	土　坯*	砖　构	砖土混构
1987 年前	25	31	14
百分比	35.7	44.3	20.0
1987 年后	0	75	6
百分比	0.0	92.6	7.4

*房龄至少 20 年以上。

资料来源：根据课题组"住户基本情况调查表"整理。

1987 年后建一间东西两套的房需要准备的材料有砖 2 万块、檩子 12 根、担子 1 根、椽子 100 根、角钢 300 斤、钢筋 100 斤、水泥 15 袋、沙子 5 四轮车。

盖房主要包括奠地基、拉砖、盖房、压栈和装修。

奠地基：现在用推土机 1 天足矣，20 年前则少得 20 天，多得 1 个月。

拉砖：现在有专门的砖贩子，村民直接打电话，砖贩子就给送过来，村民当面付钱就行。20 年前则少得 5 天，多得 10 天，距离砖窑越远越耗时。

盖房：包括碴墙①和过梁两个阶段，碴墙得 4～5 天。这可承包给砖瓦匠，一般是工一半、料一半。主要按砖算，一块砖 0.5 元，手工费 0.5 元。如果自己找帮手，得找 2 个砖瓦匠和 6 个以上的账工。墙碴好就是过梁，过梁后等半个月，让水泥和墙都硬化坚固。

压栈：这时需要召集亲朋邻居等，人数上多多益善。因为这也算喜事，男性村民则能来尽量来，女的则有几个做饭的就行。不过这种帮忙是不给工资的，房主给吃好就行，属于相互帮助。这一天要吃糕、放炮、贴对联。

装修：一般是压栈后第二年开始，主要为了等墙干透。装修越豪华，耗时越长，有一户装修一年，手工费 1 万，料 1 万，共花费 2 万元，按村民的话说，就是"现在是里边比外边费钱"。

盖房对于村民来说也是一件大事，需要亲朋的帮衬，有钱出借，有力出工。

调查显示，在 151 家住房户中，建房支出最低 5000 元，最高 18 万元，以 1987 年为分界线，建房支出对比统计如下：

在 1987 年前，有 500 元即可盖一套房，而 1987 年后，盖一套房至少需要 5000 元。如果某家家庭门户小，且比较

---

① 砌墙。

贫困，盖房便成了长期工程。东毛庵的高三小时候家里很穷，只能放牛，没有钱上学。2005 年盖了 3 间新房，共花费 3 万多元，但至今都没钱装修。不过对于一些外出打工的富裕户而言，就不成问题，西四座毛庵的刘双海就在薛家湾购买了 170 平方米的楼房一套，可以说是跳出农门的典型（见表 4 - 13）。

表 4 - 13　三社 151 家住房户建房支出统计对比

建房支出（元）	1987 年前（户）	百分比（%）	1987 年后（户）	百分比（%）
10000 以下	27	38.6	4	4.9
10000 ~ 19999	12	17.1	13	16.0
20000 ~ 29999	12	17.1	12	14.8
30000 ~ 39999	4	5.7	16	19.8
40000 ~ 49999	4	5.7	7	8.6
50000 ~ 59999	2	2.9	9	11.1
60000 ~ 69999	2	2.9	5	6.2
70000 ~ 79999	2	2.9	4	4.9
80000 ~ 89999	3	4.3	4	4.9
90000 ~ 99999	1	1.4	2	2.5
10 万元以上	1	1.4	5	6.2

资料来源：根据课题组 "住户基本情况调查表" 整理。

（三）房屋租赁

1. 外来村民店铺租房

因为经营商业店铺的很多都是外地人，他们好多得来本地租房。在能访谈到房租的 5 家店铺，其房租价格如下：

从上边可以看出，房租最低的是王生云 2006 年 10 月租张军福的房，当时年租金 900 元，不过 2007 年涨为 2000

元。不过这比起李二奴和许锁子的还便宜了一些，许锁子
2005 年 11 月开业年租金是 2500 元，2007 年涨到 4000 元。
每年 4000 元，这是访谈人员所知道的最高租金，其他店铺
的房租都介于 900~4000 元。大体上是一个房主一个价。张
五 2006 年在公路旁盖了 5 间房，现都出租，年租金 1200
元。但因为调查期间物价正在上涨，张五估计 2007 年下半
年要涨到 2000 元，但这种涨价需要由村委会统一调整。

表 4 - 14　外来村民开店租房情况

单位：元

店铺名称	店主	店主户籍	开业时间	经营业务	房主	2006 年租金	2007 年租金
移动营业厅	王生云	董三尧	2006 年 10 月	移动业务	张军福	2000	2000
张兴雨综合批发门市部	张兴雨	董三尧	2005 年 8 月	日用百货	张　五	1200	
电焊铺	史　九	布尔陶亥	2007 年 1 月	电焊	张　五	1200	
修车铺	马　飞	杨子华尧	2001 年	修车	张军福	2000	2000
海月饭店	郭海月	董三尧	2005 年 7 月	家常菜	池熊	2500	3000
鑫宇综合商城	许锁子	老九尧	2005 年 11 月	日用百货	张　四	2500	4000
鑫宇新潮窗帘灯具总汇	高　祥	七卜尧	2006 年 6 月	灯具、窗帘	张　军	3000	
综合批发门市部	李二奴	董三尧	2007 年 8 月	日用百货	刘挨存		2000
远大蔬菜水果综合门市	贾　军	杨子华尧	2005 年 7 月	日用百货	张　四	2400	

资料来源：根据课题组"调查日志"整理。

2. 集资商业楼的建设

从 2006 年开始，村里建设了第一座集资的商业楼，该

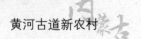

楼占地面积 2000 平方米，建筑面积 4000 平方米，访谈时已交工。集资楼共 10 名法人，每户统一集资 8 万元。这座集资房的斜对面又在建设另一座集资商业楼，占地 6 亩多，每人集资款 7.6 万元。地皮是征的五家尧池勇和周锁的地，地皮费每平方米 100 元。集资入股者，一次性交 3 万元，占30%，中途交 40%，最后 30% 全清。

四　文化生活

改革开放之前五家尧村民的传统文化生活可以说是很少，在冬闲（农历十一月至次年三月）、春耕（农历三月至七月）、夏闲（农历七月至八月）、秋收（农历九月至十一月）这四个阶段中，春耕与秋收就占去近 8 个月的时间。能有空闲娱乐，也就是夏闲的 2 个月和冬闲的 5 个月。

改革开放之前，人们的文化生活较为单调，夏闲赶交流看场戏，乡里能下来放几场电影，冬闲听听收音机，这是村民能享受到的文化生活。除此之外，闲时只能是串门聊天、打扑克，或者聚众赌博。20 世纪 50 年代开始，旗里有了定期的电影放映队，虽然无法完全满足人们娱乐的需要，但也是当时能改变村民文化生活的一个重要因素。因此基本上逢放必看。村民各自带凳子、椅子，尽管很挤，但乡里乡亲聚在一起，自然热闹。

改革开放后，以前的几样还是少不了，新的娱乐也在增加。20 世纪 80 年代中期，村里开始有了几台电视机。虽然只是 14 英寸的黑白电视机，但村民闲时就有了好去处。一到夜晚，人们就汇集于有电视的人家。虽然当时的电视剧就是那么几个，但众人也看得不亦乐乎，这也让村民嘴里有了新的话题，见面聊天除了家长里短，又多了对剧中人物的议论、感慨，对中央政策、新闻的评议。但开始时电视机只能收到中央台、内蒙古台、呼市台和包头台几个有限的频道，村民大多还是打扑克、搓麻将。1997年开始，村里有人买了数字信号接收器，可以接收卫星电视节目，村民所看的电视节目变得丰富多彩起来。在163家调查农户中，有130家拥有数字信号接收器，占总数的79.8%。虽然现在能收四五十个台，但国外台村民看不懂，现代娱乐节目又不符合村民的口味，电视连续剧也都看腻了，因此村民的评价是"台这么多也没几个好看的"。现在，电影也不再是主要的娱乐手段了，以前观众中男女老少都有，而现在仅剩下青少年和老人了。以前人们还自己搬凳子，现在来去都骑摩托车，也懒得搬凳子，因此大家基本上都站着看电影。

20世纪80年代末，五家尧有了台球桌。营业者摆球桌只是顺带挣几个零花钱。一元钱3盘，输者付费。一般摆台球的台主闲时较多，能经常联系，技术也好。如果谁能跟台主单挑获胜，不但可以免费玩，还能成为一种炫耀的资本。一般而言，邻居们都乡里乡亲，台主不好意思开口要钱，其心态是能给就给，不给也无所谓。不过来打台球的邻里都瞅台主生意不忙之时，此时的台球很有点公共物品的味道。台主一般都盼着赶交流，到交流会上摆上台球，人多，也大多不认识，照价付款是没的说，也能捡几个零花钱。玩台球的人大都是男性青少年，此外还有小孩。村里打台球有很多独有的处罚规矩，如提前把"黑八①"打进罚两球。对手白球进洞，剩下三个球，玩者可以要求打定

---

① 一桌15只球，只有1只黑色的编号为8的球，当地称为"黑八"。

点球。很多规矩可能是村民不太熟悉正式比赛的规则，为了方便自己独创。

现在，鑫宇大街成了村里最热闹的地方。打台球、玩扑克，既是人们闲时的消遣，也能为人们寻找工作机会提供信息。新农村建设之后，村里还建设了篮球场，购进了新的健身器械，老人们也每天早晨去锻炼。

2007年开始，村里有了第一份报纸，由五家单位联合主办，分别是准格尔旗十二连城乡五家尧村、准格尔旗鑫源种养殖有限责任公司、鄂尔多斯远洋新农业开发公司、准格尔旗鑫宇装饰有限责任公司、准格尔旗宏盛肉联公司。虽无正式刊号，也无固定发行期限，但也号称全自治区第一份村报。调查之时，管理人员称该报纸主要针对上级领导部门，并不是村民，因此宣传色彩较为浓厚。

图 4-10 健身器械（摄于 2007 年 9 月 4 日）

五　日常消费

村民日常消费包括食品、饮品、烟草、服装、家庭电费、交通、外出租房、通讯、医疗、文化、娱乐、子女教育及抚养、搭礼和年节等具体支出，在三社 163 家农户中，有 155 家可统计 2006 年一年日常生活支出，具体如表 4 - 15 所示。

食品支出最低每年 340 元，最高每年 7290 元，平均每户支出 2386 元，支出统计如表 4 - 15 所示。

表 4 - 15　2006 年三社 155 户食品支出统计

支出金额（元）	1000 以内	1000 ~ 1999	2000 ~ 2999	3000 ~ 3999	4000 ~ 4999	5000 ~ 5999	6000 ~ 6999	7000 ~ 7999
农户数（户）	14	63	38	27	6	3	2	2
百分比（%）	9.0	40.4	24.4	17.3	3.8	1.9	1.3	1.3

资料来源：根据课题组"住户基本情况调查表"整理。

饮品支出中，白酒、啤酒和茶三项最低每年 5 元，最高每年 6000 元，平均每户支出 391 元，分项统计如表 4 - 16 所示。

表 4 - 16　2006 年三社 155 户饮品支出统计

支出金额（元）	0	1000 以内	1000 ~ 1999	2000 ~ 2999	3000 ~ 3999	4000 ~ 4999	5000 ~ 5999	6000 ~ 6999
农户数（户）	33	111	6	4	0	0	0	1
百分比（%）	21.3	71.6	3.9	2.6	0.0	0.0	0.0	0.6

资料来源：根据课题组"住户基本情况调查表"整理。

烟草支出中，最低每年 24 元，最高每年 4320 元，平均每户支出 991 元，分项统计如表 4 - 17 所示。

表 4-17   2006 年三社 155 户烟草支出统计

支出金额（元）	0	1000 以内	1000~1999	2000~2999	3000~3999	4000~4999
农户数（户）	32	43	54	18	6	2
百分比（%）	20.6	27.7	34.8	11.6	3.9	1.3

资料来源：根据课题组"住户基本情况调查表"整理。

服装支出中，最低为每年 50 元，最高为每年 5000 元，平均每户支出 902 元，支出具体如表 4-18 所示。

表 4-18   2006 年三社 155 户服装支出统计

支出金额（元）	0	1000 以内	1000~1999	2000~2999	3000~3999	4000~4999	5000~5999
农户数（户）	41	42	42	22	7	0	1
百分比（%）	26.5	27.1	27.1	14.2	4.5	0	0.6

资料来源：根据课题组"住户基本情况调查表"整理。

家庭电费中，最低每年 30 元，最高每年 6000 元，平均每户支出 373 元，分项统计如表 4-19 所示。

表 4-19   2006 年三社 155 户家庭电费统计

支出金额（元）	0	1000 以内	1000~1999	2000~2999	3000~3999	4000~4999	5000~5999	6000~6999
农户数（户）	6	141	5	1	1	0	0	1
百分比（%）	3.9	91.0	3.2	0.6	0.6	0.0	0.0	0.6

资料来源：根据课题组"住户基本情况调查表"整理。

交通支出中，最低每年 100 元，最高每年 6000 元，平均每户支出 755 元，分项统计如表 4-20 所示。

表 4 - 20　2006 年三社 155 户交通支出统计

支出金额（元）	0	1000 以内	1000 ~ 1999	2000 ~ 2999	3000 ~ 3999	4000 ~ 4999	5000 ~ 5999	6000 ~ 6999
农户数（户）	25	79	37	7	4	0	2	1
百分比（%）	16.1	51.0	23.9	4.5	2.6	0.0	1.3	0.6

资料来源：根据课题组"住户基本情况调查表"整理。

外出租房支出中，最低每年 300 元，最高每年 4000 元，平均每户支出 74 元，分项统计如表 4 - 21 所示。

表 4 - 21　2006 年三社 155 户外出租房支出统计

支出金额（元）	0	1000 以内	1000 ~ 1999	2000 ~ 2999	3000 ~ 3999	4000 ~ 4999
农户数（户）	146	4	4	0	0	1
百分比（%）	94.2	2.6	2.6	0.0	0.0	0.6

资料来源：根据课题组"住户基本情况调查表"整理。

通信支出中，最低每年 72 元，最高每年 6000 元，平均每户支出 1074 元，分项统计如表 4 - 22 所示。

表 4 - 22　2006 年三社 155 户通信支出统计

支出金额（元）	0	1000 以内	1000 ~ 1999	2000 ~ 2999	3000 ~ 3999	4000 ~ 4999	5000 ~ 5999	6000 ~ 6999
农户数（户）	20	64	41	16	10	3	0	1
百分比（%）	12.9	41.3	26.5	10.3	6.5	1.9	0.0	0.6

资料来源：根据课题组"住户基本情况调查表"整理。

医疗支出中，最低每年 30 元，最高每年 36000 元，平均每户支出 2246 元，分项统计如表 4 - 23 所示。

表 4 - 23   2006 年三社 155 户医疗支出统计

支出金额（元）	农户数（户）	百分比（%）	支出金额（元）	农户数（户）	百分比（%）
0	5	3.2	6000 ~ 6999	4	2.6
1000 以内	59	38.1	7000 ~ 7999	0	0.0
1000 ~ 1999	41	26.5	8000 ~ 8999	1	0.6
2000 ~ 2999	18	11.6	10000 ~ 19999	3	1.9
3000 ~ 3999	11	7.1	20000 ~ 29999	3	1.9
4000 ~ 4999	6	3.9	30000 ~ 39999	1	0.6
5000 ~ 5999	3	1.9			

资料来源：根据课题组"住户基本情况调查表"整理。

文化支出中，最低每年 20 元，最高每年 200 元，平均每户支出 5 元，分项统计如表 4 - 24 所示。

表 4 - 24   2006 年三社 155 户文化支出统计

支出金额（元）	0	1000 以内
农户数（户）	148	7
百分比（%）	95.5	4.5

资料来源：根据课题组"住户基本情况调查表"整理。

娱乐支出中，最低每年 100 元，最高每年 2000 元，平均每户支出 17 元，分项统计如表 4 - 25 所示。

表 4 - 25   2006 年三社 155 户娱乐支出统计

支出金额（元）	0	1000 以内	1000 ~ 1999	2000 ~ 2999
农户数（户）	152	2	0	1
百分比（%）	98.1	1.3	0.0	0.6

资料来源：根据课题组"住户基本情况调查表"整理。

子女教育及抚养支出中，最低每年 280 元，最高每年

25000 元，平均每户支出 4054 元，分项统计如表 4 - 26
所示。

表 4 - 26　2006 年三社 155 户子女教育及抚养支出统计

支出金额（元）	农户数（户）	百分比（%）	支出金额（元）	农户数（户）	百分比（%）
0	70	45.2	6000 ~ 6999	3	1.9
1000 以内	6	3.9	7000 ~ 7999	1	0.6
1000 ~ 1999	11	7.1	8000 ~ 8999	4	2.6
2000 ~ 2999	11	7.1	9000 ~ 9999	1	0.6
3000 ~ 3999	8	5.2	10000 ~ 19999	18	11.6
4000 ~ 4999	6	3.9	20000 ~ 29999	9	5.8
5000 ~ 5999	7	4.5			

资料来源：根据课题组"住户基本情况调查表"整理。

搭礼支出中，最低每年 200 元，最高每年 10000 元，平
均每户支出 1875 元，分项统计如表 4 - 27 所示。

表 4 - 27　2006 年三社 155 户搭礼支出统计

支出金额（元）	农户数（户）	百分比（%）	支出金额（元）	农户数（户）	百分比（%）
0	9	5.8	5000 ~ 5999	4	2.6
1000 以内	14	9.0	6000 ~ 6999	0	0.0
1000 ~ 1999	46	29.7	7000 ~ 7999	0	0.0
2000 ~ 2999	54	34.8	8000 ~ 8999	0	0.0
3000 ~ 3999	24	15.5	9000 ~ 9999	0	0.0
4000 ~ 4999	3	1.9	10000 ~ 19999	1	0.6

资料来源：根据课题组"住户基本情况调查表"整理。

年节支出中，最低每年 100 元，最高每年 4000 元，平
均每户支出 1120 元，分项统计如表 4 - 28 所示。

表 4-28   2006 年三社 155 户年节支出统计

支出金额（元）	0	1000 以内	1000 ~ 1999	2000 ~ 2999	3000 ~ 3999	4000 ~ 4999
农户数（户）	6	53	67	21	7	1
百分比（%）	3.9	34.2	43.2	13.5	4.5	0.6

资料来源：根据课题组"住户基本情况调查表"整理。

将 155 户各项日常生活支出汇总统计，具体如表 4-29所示。

表 4-29   2006 年三社 155 户日常生活支出汇总统计

单位：元，%

支出项目	支出合计	平均支出	百分比	支出项目	支出合计	平均支出	百分比
食　品	369876	2386	14.67	通　信	166472	1074	6.60
饮　品	60587	391	2.40	医　疗	348160	2246	13.81
烟　草	153599	991	6.09	文　化	780	5	0.03
服　装	139840	902	5.55	娱　乐	2700	17	0.11
家庭电费	57822	373	2.29	子女教育及抚养	628387	4054	24.93
交　通	117030	755	4.64	搭　礼	290650	1875	11.53
外出租房	11400	74	0.45	年　节	173550	1120	6.88

资料来源：根据课题组"住户基本情况调查表"整理。

155 户日常生活总支出最低 1550 元，最高 46160 元，平均每户 16263.6 元，具体统计如表 4-30 所示。

表 4-30   2006 年三社 155 户日常生活总支出统计

支出金额（元）	10000 以内	10000 ~ 19999	20000 ~ 29999	30000 ~ 39999	40000 ~ 49999
农户数（户）	46	65	24	18	2
百分比（%）	29.7	41.9	15.5	11.6	1.3

资料来源：根据课题组"住户基本情况调查表"整理。

第五章　文教卫生

第一节　生老礼俗

人的一生中，在不同的生活和年龄阶段都要举行不同的仪式和礼节，这就是人生礼仪。五家尧地区的人生礼仪主要包括诞生礼、成年礼、婚礼和葬礼。

一　诞生礼

诞生礼是人生的第一礼仪，在人生诸礼仪中占有非常重要的地位。

（一）满月

和城里一样，五家尧村民对婴儿过满月比较重视，仪式也比较隆重，届时会在家里备下酒席，邀请嫡亲和要好的乡邻参加。对于一些身体素质较差的孩子，家长会请神官、喇嘛、仙家或法官举行挂锁仪式，锁子就是很普通的铜锁或铁锁，但这依然包含了家长们给孩子的祈福。当然，对于身体健康的孩子，就没有这种挂锁仪式。

（二）百岁

婴儿出生的三个月后，俗称"百岁"或"百天"。此时孩子大都起好了名字，父母也就只是宴请一下嫡亲。因为孩子刚出生不久，产妇身体还比较虚弱，宴请太多人，会让产妇太劳累。过百岁的一个重要内容是给孩子剃头，一般是孩子的奶奶或是姥姥给剃。剃下的头发不能随便丢弃，父母将其装在自家缝制的红色小布袋里，给孩子佩戴在胸前，一方面给孩子留个纪念；另一方面也有保平安的愿望。有的人家还会装一些狗毛或者乌鸡血，总之都有保佑孩子平安、健康的期望。

（三）周岁

孩子满周岁，就会有周岁礼仪，但一般只由和双方父母有直接血缘关系的亲戚参加。较为特别的是本地没有"抓生"、"抓周"等讲究，也不算命，所以相对其他地方来说，较为简单。

三　成年礼

成人意味着自己能够对自己的行为负责，意味着成人可以结婚建立自己的家庭，继承祖业，延续后代。但在本地，孩子12岁就会举行成年礼。在仪式上，孩子会把满月时挂的锁摘去，因此又叫"开锁"。一般都是由奶奶和姥姥等长辈开锁，如果孩子满月时请神官、喇嘛、仙家或法官挂锁，就得请当年挂锁的人开锁。村民认为这意味着许下口愿还愿，以感谢神灵的庇佑，使孩子能平安。随着社会进步，这些礼仪变得更为简单起来，但父母还会宴请亲朋好友和乡里乡亲，以表明孩子已长大成人。一个变化是，以前仅限于男孩且是长子的开锁仪式，现在则所有孩子都举行。

四　婚礼

婚礼是人生礼俗中最为重要的一项，包括订婚和结婚两个阶段。

（一）订婚

五家尧村有订婚的习俗，这是一个婚前谈婚论嫁的程序，即当地人所说的男女方家长"上话"。当青年男女相处过一段时间决定结婚并得到双方家长的同意后，需要商量一下具体的婚礼事宜，举行一个订婚仪式。在村里，订婚仪式是非常隆重的，村民们不管谁家嫁娶都非常重视。仪式主要是在男方家举行，双方嫡系亲属见面，男方要下聘礼，称为"彩礼"，除了烟酒糖茶之外，要给女方家现金和首饰。据村里的郭云荣讲，20世纪70年代聘礼是五六百元，八九十年代是两三千元，现在则根据村民的不同经济情况而定，一般是2万~3万元，其中包括给女方买衣服的钱。首饰一般是两金，即金戒指、金耳环，如果加上项链就是三金，多为黄金，这几年也有给钻戒的。下聘礼后，就要选择举行婚礼的日子，这个日子都已经请人算过，确为良辰吉日才行。商量妥当以后，男方要宴请女方亲属吃饭，宴席上未来女婿和媳妇要改口叫对方父母"爸"、"妈"，双方父母答应后要给孩子改口钱，一般每人200元。男女青年在订婚之后就要去领取结婚证，因为一般订了婚就不退了，但也有个别举行完婚礼才领证的。

（二）结婚

结婚是人生大事，在五家尧村，婚礼都是大操大办，搞得越隆重越热闹越好，村里称之为"办事宴"。一般男女双方都要办，也有一起办的。婚宴都在自家举行，村里每一户的院子都比较大，办事宴的时候就在院子里用帆布搭一个大帐篷，里面摆些桌凳，冬天还要在帐篷里生火炉，婚礼的饭菜雇厨子做。举行婚礼的前一晚上要"宴坐"，请"嫡亲"如娘舅、叔伯等和最好的朋友吃饭。虽然宴坐比起第二天喜宴的饭菜要简单一些，但参加"宴坐"的亲朋为了图喜庆要提前"搭礼"（给礼金），根据与东家的亲疏关系远近，礼金也不同。据村民池雄讲，"嫡亲"一般搭500~1000元不等，朋友则多为100~500元不等。近几年来，礼金的数目越来越大，虽然搭礼是有来有往的活动，但也成为村民的一项负担，有的人家一年搭出的礼钱就将近1万元。

举行婚礼那天的上午，新郎要去新娘家迎娶，称为"迎亲"。迎亲的车尽量用好车，称为"娶车"，最少两辆，要装饰一些鲜花之类的东西以示喜庆。娶亲队伍走之前要带一些礼物，以前带的东西有很多讲究，男方带一块红肉，一块白肉，8瓶酒，20个糕，20个馒头，称为"离娘馍馍离娘糕"，还要准备200元，称为"常命钱"，主要是贴补给女方办酒席用，所有东西都为双数，取"好事成双"之意。现在生活条件好了，讲究也少了，主要带整羊、烟、酒、糖等，一般两箱酒、四条烟，糕点8大盒。到了女方家以后，新娘的弟弟妹妹们要拦住新郎要红包，给了以后才让进去，喝酒是免不了的，所以在娶之前要带一个酒量不错的替新郎挡酒。这个时候，男方的娶亲代表要从女方家偷酒盅、筷子、茶杯，沾沾喜气。娶亲在当地还有这样一个讲究，所谓"姑不娶，姨不送，姐姐送了妹妹的命，姥姥送在米面瓮，妗妗送在黑布尔①洞"。就是在娶亲的时候，姑姑不能随新郎去娶，送新娘的时候，姨姨、妹妹、妗妗不能送，如果姥姥在世的话送比较吉利。

　　把新娘娶回家以后，男方的朋友同学不会让新人轻易回新房，要将其拦在门外，抢新人的鞋、胸花、头饰，让新人做一些高难度的动作后才会放行。然后抢到东西的人会和新郎换红包，也有换烟或巧克力的。新郎必须把新娘背到新房，不能让新娘着地。新房由新郎的母亲和姐妹布置，一般是四铺四盖，红色居多，家里放一些新娘的陪嫁，以前是皮箱，现在多为家用电器，电视、洗衣机、冰箱之类全是新家电，炕上忌铺油布，过去的席子得反铺，忌光，有"一扫清光"之嫌。进了新房之后，婆婆还要给"压柜钱"，多数是 4000 元。新郎新娘在新房歇一会儿之后就快到中午了，喜宴开始。

　　现在村里办喜宴图个热闹，都要请乐队来助兴，乐队自带婚礼的司仪，司仪既是歌手又是主持，要出一些耍笑新人及新郎父母的节目，之后便是唱歌助兴，多为喜庆欢快的歌曲。宴席的饭菜是非常丰富的，以前人们多上硬四盘，即红烧肉、炖羊肉、炖猪排骨、肉丸子，同时讲究四冷四热，在当时能上八个菜的算是光景较不错的人家。现在生活条件好了，八个菜已经拿不出手，变为六热六冷，荤素对半。荤菜多是整鸡、整鱼、红烧肉、烤羊排/腿、虾、鳝鱼、清蒸牛肉、猪头肉等，凉菜有豆芽、拌黄瓜等。好烟好酒也是必备的，烟的档次最低是红云和苁蓉，最好是中华；酒最低是红沙棘、汾酒，最好是鄂尔多斯敬酒，

①　一说是"风"。

每瓶40元。宴席中新郎新娘要向亲朋敬酒，先从嫡亲开始，准备两个酒盅，还要有人端酒，敬酒的时候新娘随着新郎改口。婚宴完了之后，新郎新娘还会和同学朋友坐一会儿，大家出一些节目要笑新人。现在村里也不兴闹洞房了，所以席间人们都尽情玩闹，这个时候没大小，新娘也不能生气。

以前在男方家办完婚礼的第二天，新娘新郎要"回门"，回到新娘的娘家办女方的婚礼，其大致情况和男方差不多。现在村里多数都不回门了，聘闺女赶在娶媳妇之前办，叫做"倒安窖"，从20世纪90年代开始兴起，主要是为了省事。总的来看，相对城里的喜宴，村里要省钱得多，如果自备材料，有3000～5000元就够了。即使这样，结婚的花费也颇多。从男方来讲，娶一个媳妇，算上房、家具、彩礼，没有五六万下不来，女方家庭也要出钱买一些电器等作为陪嫁，也有给钱的，一般是1万多元。男方给女方父母的彩礼钱其实还是属于新娘的，父母们大多不会要女儿的钱。

五　寿礼

在五家尧，寿礼也为村民所重视。据村里人介绍，老人们都是要过了60岁以后才能够做寿的，60岁以前都称"过生日"，60岁以后每10年称为一大寿。虽然由于经济原因，庆寿时一般不大操大办，但人们也不会忽视老人们的寿诞。尤其是80岁生日，因为在本地，人能活到80岁是不多见的，因此儿女们要宴请亲朋好友，乡里乡亲们来为老人庆祝。

做寿时，老人的年龄是有讲究的，比如，80岁不说80岁，而说79岁；老人活到100岁时，为老人贺寿时也只能说"祝老人家 99 岁大寿"。传统认为,"百年"是人寿的极限,百年之后,意味着人已死去,在人们听来,是非常不吉利的。另外,拜寿礼仪时,做寿的老人家里都会请专业人士主持寿礼,拜寿先从子女辈开始,然后是孙子辈,晚辈给老人磕头,客人作揖即可,老人则会把事先准备好的红包分发给孩子们。红包也是有讲究的,包 5 元会说成 100元,包上 100 元则会说成是 1000 元,以图吉利。至于寿礼的食品,现今一般都是为老人准备蛋糕,过去常吃的长寿面现在反倒不吃了。在寿宴开始前,还会燃放烟花爆竹,并请乐队来演奏以助兴。而且在做寿当天,老人们会穿上专门的漂亮新衣。给老人祝寿,搭礼当然是必不可少的,来赴宴的亲朋好友们自然都准备了自己的心意,礼钱一般200 ~ 300 元不等,都要根据自家经济条件和与做寿家关系的远近程度而定。

六 葬礼

葬礼是人生旅途中的最后一次礼仪。五家尧地区一般都是土葬,葬礼要在一位阴阳先生的指点下进行,有很多讲究。人们很重视葬礼,为死者举行的仪式甚至超过了其他日常礼俗。

首先是穿着。死者穿的衣服叫老衣,一般是蓝色,上面绣"寿"字。老衣的特点是宽松,针脚大,而且不扣纽扣,不结疙瘩,传说人死后阎王让数针脚,针脚小了不容易数。死者的亲属要穿孝服,俗称"披麻戴孝"。孝服的区别主要是帽子、辫子和腰带,一般成人都有帽子和腰带,只有孝子才有辫子。未成年的已开锁但未成家的戴无顶帽圈,未开锁的胳膊上戴一块布。就颜色而论,腰带与帽子应一致,外甥、外甥女、外甥媳妇、外甥女婿是蓝色，孙子、孙女、孙女婿、孙媳妇是红色，而孙子是全身红，重孙全身紫。

据村里老人讲，在为死者穿老衣时，不能对着死者，这有两种说法。一种说法是怕生者泪水掉到死者的衣服和脸上，迷信认为死者到了阴间这些泪水就会变为钉子。另外一种说法是防止残留在死者体内的余息散到活人的脸上，那样是非常不吉利的。

其次是入殓、报丧和守灵。一般在过世之前，死者的衣服、棺椁都会准备妥当，所以很快就会入殓。但未入殓前要停尸于门板或棺材板上。入殓时一是忌讳死者见光，要在死者脸

图 5 – 1　孙子孝服
（摄于 2008 年 5 月 2 日）

上蒙黄表纸，因此也一般在晚上进行。二是忌讳过两扇门，按迷信的说法是怕死者到阴间后走岔路，因此如果是死者在里屋，要从窗户抬出去。三是忌讳猫狗到死者跟前，防止诈尸①。此外，还要在死者旁边放一只鸡，称为引魂鸡，迷信认为这只鸡可以为死者去阴间领路。入殓的同时要报丧，丧家派家中长子带着长孙身穿孝服到重要亲朋家，进门之后

---

①　另一种说法是说猫狗到死者跟前，会使死者下葬后转生为"墓虎"。迷信认为，"墓虎"是一种精怪，源于埋葬时犯了忌讳，该种情况下，尸体在墓葬里不但不会腐烂，心脏里的血液还会倒流回全身，死者因此重新获得了活动能力，更会凭借此种能力危害周围亲友及乡邻。

不说话，先磕三个头，对方便知道家中有老人过世，亲友们便陆续来致奠、哭悼。

入殓后死者并不立即下葬，还要在棺材里停放 3～7 天，或更多时日，具体下葬日期由阴阳占卜决定。在这期间，丧家要设灵堂。灵堂布置较为简单，在屋里摆一张桌子，桌上放几样祭品，桌前放一瓦盆用来烧纸。为死者守灵的主要是儿女，手里持用白纸缠裹的木棍，俗称"戳丧棒"。守灵期间，其他直系亲属会来烧纸祭奠。

再次是出殡。在出殡的前一天晚上，丧家的亲属们要进行"叫夜"。"叫夜"时，长子端着灵牌走在最前面，其他亲属跟随。"叫夜"的目的地或是庙上或是十字路口，到达后逆时针转三圈，并且要拿着"贡献"① 边走边"泼撒"②。同时还要请鼓匠奏哀乐，并用棉花弄成团或用"玉茭轴子"③ 浇上柴油做成路灯，边走边放，为死者明路。去的时候亲属们能哭，但往回走时却只有女性家属能哭，而且"叫夜"回来要跳火盆以图吉利。

最后是安葬。本村死者大都安葬于集体坟地，但具体位置要请阴阳先生用罗盘确定。

送葬时由长孙扛引魂幡④引路，如无孙子，侄孙也可以。按本地的习惯做法，死者的财产进行分配时要专门给扛阴魂幡者留一份。送葬路上亲属们要陪棺哭泣，且边走边烧纸。棺木一旦走开就不能停下，也不能接触地面，如果抬棺材的累了，棺材中间要垫木凳。到了墓地，先要给

---

① 祭祀死者的食物。
② 把"贡献"向四方抛撒。
③ 玉米棒脱粒后本地称为"玉茭轴子"，一般当柴烧。
④ 柳树枝上挂上白布条。

图 5 - 2　集体坟地（摄于 2007 年 8 月 3 日）

死者用胡麻油擦擦脸，俗称"开光"。开光后，亲近的亲属要看最后一眼，但和穿老衣时一样，忌讳眼泪掉在死者身上。之后还有一些必要的程序，第一要把死者的衣服拽烂；第二要往死者口中放入硬币，俗称"口含钱"；第三要往死者袖口里塞些小馒头，迷信说法死者在去阴间的路上常会碰到狗，要用馒头来打狗；第四要用坛子装满五谷，封住盖子置于棺材头；第五是棺材头上还要放一碗倒头捞饭，该米饭煮得半生就捞出盛于新碗里，正中间插一双筷子，筷子头用新棉花包住。完成这些必要的程序后即可放置棺材，棺材一定要放正，即头北脚南。最后还要专门请木匠钉钉子，并且要钉一下喊一下，此时孝子要躲钉。

一般在中国农村，死者下葬后女性亲属不允许进坟地，但在五家尧则没有这种讲究。安葬死者后的第二天或第三天①，孝子们要拿上剩菜剩饭去坟地里吃，表示死者请客。

————————

① 称"服二"或"服三"。

此时禁止哭泣，但要烧纸。

安葬死者后，死者的儿女还要"守百天"，即儿女们在100天内不能穿红色等鲜艳衣服，内外衣都要穿素色，等满了100天，就可以穿鲜艳衣服了。此外，死者下葬之后要"摆街"，一般最少1小时，最多3小时，就费用而言，不摆街光请一次鼓匠班子就得1700元，如果摆街再加700元。死者下葬后还讲究"犯七"。本地有句俗语，"犯七犯八，阎王活杀"，即安葬死者后，到了7天（或者7的倍数），要在下葬路上插白纸做的三角旗，一般死者死后要过七个七，共七七四十九天。丧家过年贴对联也有讲究，第一年贴黄色对联，第二年贴绿色对联，第三年贴红色对联。

第二节　岁时礼俗

一　节日

五家尧作为农业村落，村民的岁时礼俗在一定程度上反映出了农业社会的生活规律，也融合了娱乐、农事、休息等诸多功能。需要说明的是，这些传统节日都是以农历为准。

（一）过大年（春节）

即农历十二月三十，村民一般称为过大年。这是村民一年之中最隆重的节日，这一天忌出门、串门，并且忌吵架，忌吃药。村民认为，这一天影响着未来的一年，大年吃药，一年就可能都吃药。这天夜里要灯长明，锅里放点馒头、油圈子、糕，保持一直有火，第二天一早先得吃点锅里的食品才可出门。按照民间说法，炉子里有火，常年就有烧的燃料，锅里有食物，预示着一年四季锅里都有食物。贴春联、贴福字、请财神、挂年画、吃年夜饭、守岁熬夜、放爆竹是主要的社会风俗。

随着这几年村民生活水平的提高，年夜饭也在不断变化。改革开放初人们过年只有有限的几样。包饺子、炖猪肉、炖羊肉，炸麻花、炸油圈子这些都是过年的必备。现在则没有几家愿意大批做，都是买一点象征性地吃一些。年三十的饺子虽然还是不可或缺，但鸡、鸭、鱼等肉类的品种颇多，往年冬天见不到的绿色蔬菜现在也摆上了餐桌。

午夜12点时全家都要响炮①。往年人们过年一家也就买二三十个二踢脚，给小孩买串鞭炮，还得叮嘱要省着放，不然到了后来的几个较重要节日就没得放了。现在则是大人懒得去放炮，大都让孩子放。炮的种类也多了起来，各类花炮也在大年的夜晚百花齐放，异彩纷呈。2006年冬天甚至有村民购回200元一个的花炮，映红了村庄四周。

这一天还需祭奠祖先，要给故去的人烧纸、摆供品。活人享受生活美好的同时不忘记死者，这可能是传统中国人生命延续理念的一种重要形式。

三十一过，便是大年初一。人们要早早起来给长辈拜年，老人们要给孩子压岁钱。改革开放初，过年压岁钱是1~5元，现在得20~30元。如果儿孙多些，家里又不太

---

① 指放爆竹。

富裕，这就是一笔不小的支出。调查中一家农户十多年前遇到娶媳妇、聘闺女的事宴，都不搭礼，因为家里太贫，搭不起。即使这样，前几年压岁钱还得给孙子们。不过调查之时，老人说现在每年压岁钱就得 300 多元，也给不起了。

（二）其他传统节日

其他节日与过大年相比要略逊一筹，尤其村民生活水平提高之后，节日的饮食和平时差别已经不是很大。差别主要体现在一些忌讳和仪式上。

正月初五：又称过破五，未娶过媳妇的这天不叫未过门的媳妇吃饭，怕娶回穷媳妇。初五这天还要把家里、院里的恶沙（垃圾）响上炮送远。一般是用扁担担上炮，边走边念"穷媳妇子穷，早离我的门，路过×××打一间，在×××家扎老营"（如果倒恶沙之人与某家有矛盾，就念其名字，迷信认为这将把穷神带到被念到的人家。等走到自己认为合适的地方，倒了恶沙，然后响炮。这一天要吃糕，称"填穷"，意思是拿糕粘住穷窟子（嘴）。

正月初七：小年，晚上灯长明，成家妇女不动针线。

正月十五：元宵节，放火（花炮），增添喜庆气氛，转灯游会。

二月二：龙抬头，要围舍，用炉灰把房周围全围起来。若家里有人外出未归者，要留一个口子。还有一种形式是每种粮食种子抓一把，埋到地下，然后让孩子站下，大人拿炉灰把小孩围好后，让小孩从灰圈子里往出跳。这一天，全家人还要理发。

三月三：过清明，要吃糕，主要仪式是祭奠死者。

四月八：给羊过生日。这一天要吃糕，尤其要给放羊的羊倌吃。在一个大糕里包两个小糕，让放羊的人坐在羊圈门前吃下这个糕，传说这样冬天羊就可以下双羔。

五月五：端午。给小孩胸前戴一个"五出出"，即一个鲜艳的布袋里装上雄黄和艾草，以避邪。孩子们在一起比赛，看谁家"五出出"的褙子最多。

七月十五：鬼节，祭奠死者。领牲，去庙上杀羊；摆供，将面条放到碗里，倒点胡油，放到中心。

八月十五：传统称"献月儿爷爷"，将美食（以前就是月饼和西瓜）放到盘子里，迎着月亮，等月亮升起来拿回家里，全家人吃。亲戚们要相互送月饼。

九月九：吃一顿糕，关羊圈门。

十月一：鬼节，祭奠死者。

腊月初八：喝腊八粥，杀喇嘛。传说当年有人专门杀喇嘛，本地人在粪堆上放一冰锥，把腊八粥倒在冰锥上。杀喇嘛的人来了看到这个红冰锥，就以为这家把喇嘛杀了，这样喇嘛就得救了。

腊月二十三：祭灶神。这天之前要把过年的食品都准备好。过了这天到大年三十之前，没有什么忌讳的日子，可以打扫家，搬动东西。这一天又叫"赶乱水"，意思是祭过灶神后，各神仙也忙着过年，顾不上管人间，一些平时不能搬动的东西也可以搬动了。

（三）法定节日

一些法定的节假日村民一般不会去隆重庆祝，对于村民生活有影响的只有五一、五四、十一。因为这时外边上学的孩子趁假期就可以回家帮助父母干农活，春耕生产便加快一些。

二　禁忌

除了过节有禁忌之外，日常生活中村民也有一些忌讳。

衣：穿衣服不穿白颜色，因为孝服是白色；枕头拆下忌放，需及时洗出。

食：据当地一些老人讲，五家尧多在农历正月初一、初二、初三忌生，即年节食物多于旧历年前煮熟，过节三天只需回锅。过去在妇女生育期间的各种饮食禁忌较多，例如，妇女怀孕期间忌食兔肉，认为吃了兔肉生的孩子会生兔唇；禁食鲜姜，因为鲜姜外形多指，唯恐孩子手脚长出六指；禁食凉粉，怕生下的小孩流鼻涕；等等。此外，出于对死人的回避，不吃小馒头。因为家里有亡人后，在亡人衣袖里揣一些小馒头。据说死人在去阴间的路上常会碰到狗，要用馒头来打狗。有句俗话，"甚候（小）甚袭人（可爱），馒头小了怪狠人"。吃饭时忌敲碗，忌把碗倒扣。忌把筷子直插在碗里，因为埋死人时在棺材头上放的那碗倒头捞饭才把筷子直插。

住：房屋忌正南正北建造，平常虽然叫正房，但总是偏一点，因为只有庙和墓葬才正南正北；大门是"张王李赵正口子，乱家百姓巽字口"，因此很多家不留正口子。

行：鬼节日子不出门，每一个月的最后两天不出门。此外，还有杨公忌日，即正月十三，二月十一，三月初九，四月初七，五月端午，六月初三，七月初一，二十九，八月二十七，九月二十五，十月二十三，十一月二十一和腊月十九，这些日子都忌讳出门。

第三节　民间艺术

一　漫瀚调

"准旗有三宝：高岭土、煤炭、漫瀚调。"[1] 漫瀚调是准格尔旗土生土长的民间艺术，1996 年被我国文化部社会文化司命名为"中国民间艺术之乡"。生长在艺术之乡的五家尧人，在日常生活中自然也少不了"漫瀚调"。据调查，现在五家尧村专业唱漫瀚调的艺人有两个，刘仲义和贾玲。刘仲义现在已搬到薛家湾，贾玲仍住在五家尧，二人以唱山曲见长。刘仲义是鼓匠，曾拜师学艺；贾玲则是出于个人爱好，自学成才。通过对贾玲丈夫刘秀文的访谈得知，夫妇二人与人合伙成立了轻音乐队，乐队有全套的音响设备，贾玲是乐队里的重要演员。乐队常在生日、婚礼庆、办丧事及赶交流时被邀请演出，贾玲还常被邀请去外地演出，主要是包头、萨拉齐、达拉特旗、东胜等周边城镇。一场的演出酬金为 200 元，每年演出场次为 100～120 场。除了这两位专业唱手，普通村民也常自唱自赏，田间地头常能见到即兴高歌的村民。茶余饭后亦可听见强劲明亮的歌声。

演唱"漫瀚调"时主要的乐器有二胡、镲、唢呐、梅（粗管笛子）等，演唱地点一般选在较宽敞的公共场所，如学校、场面[2]等。选好地点后用帆布撑起一个简易的戏棚，戏棚分前台和后台，后台用以准备服装、道具，前台用来

---

[1] 杜荣芳：《漫瀚调艺术研究》，内蒙古人民出版社，2006，第 3 页。
[2] 村里对打谷场的俗称。

表演。唱"漫瀚调"时基本不需要化妆，原汁原味的农民形象即可。从演唱方式看大致可分为三种：独唱、齐唱、对唱。主要演唱方式为对唱，亦称为对歌、对台。可两男对，亦可两女对，但多为一男一女，一问一答的插诨，争奇斗妍，群策群智，即兴发挥，引人入胜。

从歌手们演唱的漫瀚调歌词来看，在村里面比较流行的应数反映男女爱情的。有男女对唱表达爱意的《二道圪梁》：

骑马不要骑带驹驹的马，马驹想娘人想家。

我和哥哥又骑上马，前脯脯在你后背上爬。

哥哥唱曲妹妹和，山曲越唱越红火。

你爱唱来我爱和，新歌旧歌歌连歌。

妹唱歌哥哥你听，山曲越唱越惹亲。

喝不完的泉水唱不完的歌，唱山曲顶如娶老婆。

……

有男子独唱借景言情的《双山梁》：

双山梁梁高来（呀）纳林川川低，

瞭见你家烟洞（呀）瞭呀那瞭不见个你。

双山梁梁高来（呀）纳林川川低，

走在那个天边边也忘呀那忘不了个你。

双山梁梁高来（呀）虎石塔塔低，

站在那个眼跟前还呀那还想你。

……

有描写姑娘与船夫之间爱情的《大闺女爱住个板船汉》：

准格尔旗靠河畔，

大闺女爱住个板船汉。

河水平来浪不平，

人爱人来不由人。

……

除了描写爱情的，还有描写生活环境及生活艰辛的《天下黄河九十九道弯》，也是村里面最流行的一首：

你知道那天下黄河几十几道弯？

几十几道弯里几十几只船？

几十几只船上几十几根杆？

几十几个艄公把那船儿扳？

你知道那天下黄河几十几道关？

几十几道关口几十几座山？

几十几座山下几十几道滩？

几十几个碛口把那船儿翻？

你知道那天下艄公几十几个胆？

几十几个胆子几十几道坎？

几十几个坎子几十几里宽？

几十几回阎王把那魂灵儿拴？

……

无论是描写爱情还是阐释生活，"漫瀚调"都是对村民精神生活的一种表达形式。

二 艺术团

根据村委会提供的材料，鑫宇艺术团是由现任村支书记张军发起成立的内蒙古唯一一家民营艺术团。该艺术团隶属于鑫宇装饰有限责任公司，现有专职演员50多名。较为著名的有国家二级演员、山西省一级演员郭忠田老师，现为艺术团编导；国家二级演员白晋山，现为艺术团团长；还有十几名相对知名的演员作为台柱。总体上艺术团演员不足，遇有大型文艺演出还要从其他地方雇用，被雇的主要来自当地和呼和浩特市艺术学校。艺术团至今累计在乡、旗、市演出达 500 多场，主要演出市场是全旗各地的交流会，有时也参加专场的文艺晚会，还曾被邀请去山西等地演出。艺术团主要立足于农村，不断发掘农村的先进事例，以农民身边的人和事为素材排练出许多深受群众喜爱的节目。如《准格尔旗情》、《腾飞的准格尔》、《王婆夸瓜》、《信用社帮咱儿圆了大学梦》、《夸夸咱五家尧》等优秀剧目。同时还有以宣传党的历史为题材的剧目，张军董事长策划并自编自导的《党风赞》就是很好的代表作。为了适应老、中、青各阶层、各年龄段的观众欣赏口味，扩大演出市场，艺术团还投资 30 余万元购进了现代化歌舞乐器、服装、道具，同时又从艺校精选了几名年轻歌舞演员，从而使艺术团成为一个包括歌唱、舞蹈、小品、快板、晋剧等多种形式在内的综合型演艺团。艺术团唱遍了准格尔旗大小乡镇，丰富了五家尧百姓及农民群众的文化生活。

第四节　乡村教育

一　学龄前儿童养育与教育

（一）婴幼儿期

五家尧村婴儿在养育期间，多喂母乳，母亲没奶水的喂牛奶和羊奶，现在也有喂奶粉的。喂奶一般没有固定时间，往往是小孩一哭，母亲就开始喂奶。农忙期间，哺乳期的妇女不用下地，在家照顾孩子。为了让小孩不哭不闹，人们会把铃铛、花儿、宠物悬于房顶以吸引其注意力。稍大一点的时候，小孩多由爷爷、奶奶，姥姥、姥爷照顾。本地有句俗语"三翻六坐七趴趴，十个月上圪匝匝（形容小孩蹒跚学步的状态）"，形象地概括了婴儿一年内不同月份成长的过程。当婴儿五六个月时，就会坐了，这个时候妇女们为了干活方便会用红布绳把小孩拴住，让他在安全的范围内活动。十个月的时候，在大人的搀扶下，小孩开始学走路，身体平衡逐渐适应。村里的妇女为了省事，一般在小孩四五岁时才断奶。之后就由家中长辈，如爷爷、奶奶等带着，不过分约束，让小孩在村里跑玩。对小孩这一时期的教育，大人们很淡薄，只是简单地教数数，教叫爸爸、妈妈等。

（二）学前班教育

村里没有专门的幼儿园，孩子们六七岁的时候，大人就把他们送到村里小学的学前班，接受学龄前的教育。五家尧小学的学前班从 2000 年开始办，已经办了八年，目前有教师一名，课程设置为语文和数学。学生 20~30 名，最小 6 岁，最大 7 岁。学前班收费为每个学生每季度 280 元左右，有学期，与学校正式假期制度统一。

（三）儿童游戏

1. 打沙包

广受男孩、女孩欢迎的游戏。沙包是家长给做的，制作方法是把没用的布料缝成正方体状，留一小口，然后将里面装上小米或玉米，最后把口封住即可。打沙包主要有两种玩法，比较简单的一种是在地上画一个长方形，玩的人数不等，将其分成两组，猜拳决定打家或玩家。猜拳输的一组便是打家，其成员分开站在长方形的两个短边外，用沙包打另一组的人。玩家来回躲，如果被打中或跑出长方形外就算输，但如果能接住对方的沙包，就可以得到一分，一分可以"拯救"被打中的组员一次，如果全部组员都被打中，则换打家来玩。另一种玩法是画一个环形，根据人数多少确定环数，也是分成两组，猜拳定玩家和打家，打家站外圈，玩家站在指定地方。游戏开始后，玩家绕环往里圈跑，跑到中心，再跑回出发点，被打到或踩到线都算输，抓住沙包可以计分，"拯救"同组成员。也可以将沙包抛出去，但必须抛出圈，趁对方捡沙包，继续往下跑，如果抛不出圈外，玩家所有成员都算输，换打家来玩。这个游戏对提高孩子们的反应能力有很大帮助。

2. 跳皮筋

女孩喜欢玩的游戏。皮筋的制作很简单，父母把废弃的自行车里带剪成长条，两头系个疙瘩即成。跳皮筋的时候也要分成两组，一组架皮筋，一组做玩家，仍以猜拳的方式定玩家。跳皮筋的花样比较多，还要边跳边唱。当然，唱的歌曲节奏感要强，还得朗朗上口，如《北京的金山上》等革命歌曲和《周扒皮》等童谣。跳皮筋的难度在于皮筋的高度是一级一级往上涨，而且是一级一个曲子，一种跳法，如果跳错就算输，换对方来玩。

3. 蹦大步

男女一起玩的游戏，分成两组，猜拳决定玩家，玩之前要讲好蹦几步，然后画一条直线作为起蹦点。玩家从第一步开始一直往后蹦，蹦一步停下来，单脚着地，

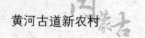
等待对手站在线外用手够，如果够到玩家身体某一部位或另一只脚碰到地就算玩家输了；如果没有够到，玩家就可以往回蹦，蹦回去算赢，蹦不回去算输。玩家这一组中一人蹦回可以救同组成员一人。玩家如果成功，开始蹦第二步，另一方要比玩家少蹦一步去够他，以此类推。

4. 踢毽子

多是女孩玩，一般由母亲做，将塑料袋剪成细条，一端扎紧，穿过 3~4 个环状铁片，底端用火烫好，使之与铁片固定。也有用鸡毛做的，而且多挑公鸡尾巴上比较鲜艳的羽毛，用布把底端缝好再用铁片固定即成。玩踢毽子的时候，四五个小孩分成两队，通过比踢毽子的个数判输赢。还有不少花样，比如双脚轮流踢毽，左一下，右一下，或把毽子扔到空中，用脚接住并踢起来，迅速用手接住。如果没有踢到或毽子掉在地上算输。

5. 弹蛋儿（玻璃球）

这是男孩最喜欢的游戏。玻璃球从小卖部买来，母亲还会给孩子缝一个装玻璃球的布袋。玩的时候男孩们分成两组，以玻璃球为模型用脚在硬地上压个坑，离坑一段距离画一条线，规则是双方在线外往洞里弹玻璃球，弹到洞里者就具备"杀人"的权利，他可以拿玻璃球弹另一组人的玻璃球，如果碰到就算赢，对方的玻璃球就归自己所有。这个游戏竞争比较激烈也很刺激，深受男孩们欢迎。

6. 打纸板

这也是男孩们玩的游戏。纸板的做法比较简单，找两张烟盒纸对折成长方形状，将四个短边折成直角三角形状依次折向中心即成。玩的时候一人将纸板放在地上，一人用手中纸板去打，被打纸板翻个即算赢，被打纸板归打方所有。如果未能将纸板翻个，则换对方来打。

7. 过家家

女孩们玩的游戏。在院中找一块干净的地方，拿一些家里不用的厨房用品或酒瓶等做容器，采集一些树叶、木棍、沙土等作为做饭的材料，模仿着大人做饭、生活，女孩们则要分别扮演爸爸、妈妈等家庭角色。

8. 荡秋千

秋千一般是父亲给孩子做。选两棵距离合适的树，用一根结实的绳子拴到两边树上，离地高度随小孩大小而定，然后做一个长方形的且比较平滑、厚实的木板放到绳子中央固定即可。

9. 滑冰与抽陀螺

以前村里在立冬的时候要浇一次水。结冰的农田就成为孩子们的游乐场。孩子们常玩的是冰车和陀螺。制作冰车较为简单，在木板下钉上几个大洋钉或固定两根粗铁丝即成。陀螺则是把较粗的木棒削成上粗下尖状，在尖头钉一颗钢珠。有了这些玩具，冬天的村落里，尤其是地里，男孩们成群结伙地滑冰、嬉戏，有时女孩也要参与进来，比赛谁滑冰滑得快，谁的陀螺转的时间长，有时一玩就是一整天。

10. 吹蜜蜜

春天的时候，孩子们把树枝抽空，留下筒状的皮，可以吹出声音来，就像吹口哨一样。

二 学校教育

（一）小学教育

据五家尧小学的前校长张运泉讲，中华人民共和国成立初，村里没有小学，五家尧的儿童都在附近的董三尧读小学。当时各个学校在贯彻"教育为无产阶级政治服务，教育与生产劳动相结合"的方针，教学质量没有保证。1971 年，张运泉在五家尧筹建了第一所小学，即现在的五家尧小学，但当时只有一年级，学生升入二年级后还得去董三尧小学。1975 年，五家尧小学才开始有了二至五年级。1976 年各乡公办教师分遣各大队（村）民办学校任教，公办学校下放大队（村）办，这使得五家尧小学教师力量有所加强。1977 年秋天，五家尧小学在一至五年级的基础上又开设了初一、初二，学生升初三到董三尧学校。当时董三尧学校是"戴帽子"公立学校，初中两年，学校实行七年制，后来七年制改为八年制，1993 年八年制又改为九年制。1981 年秋天，五家尧小学五年级并入董三尧学校，五家尧小学留一至四年级。1993 年秋天又建立起五年级，2005 年秋天，撤点并校，裁了三至五年级，仅留一至二年级。调查之时，五家尧小学校长为张贵成，学校设1~2 年级及学前班，小学每班 15 人，一个班一个年级，共有 4 名教师，学前班由一名退休教师任教。五家尧学校的课程只有语文和数学，三至五年级学生仍要去蓿亥图或柴登读。从建校至今五家尧小学教师最多时为 8 名，最少时为 1 名，学生最多时为 240 人。

（二）中学教育

五家尧的初中教育办过一段时间，但由于师资条件跟不上，所以很快停办了。村里的学生读完小学就要去准格尔旗第四中学（简称"准四中"）读书。准四中于1973年在十二连城乡政府所在地柴登建成，当时每年录取初中学生2个班上百人。1974年招收高中生，年招生2~3班，约200人。1982年裁撤高中，单设初中。1990年，设初中班6个，学生365人，有教职工30人。截至2007年，准四中有教学班24个，在校学生1216名，其中住校生1201名，教职工98名。学校占地106000平方米，建筑面积10080平方米，标准体育场占地面积32000平方米，农牧林勤工俭学实验基地面积60亩。学校规划分为教学区、实验区、办公区、生活区、生产实践区。校园内拥有综合教学楼、实验楼各一栋，容纳2000多人的多功能餐厅一处。目前，学校已开通了卫星远程教育及宽带互联网站，拥有计算机120台，多媒体3套，标准语音室、理化生实验室各一座，图书馆藏书32925册，年订报刊200余种。多年来准四中中考成绩优异，从这里出去的学生不乏旗里的高考状元。五家尧小学的学生大都来这里就读，不少人成绩优异，从农村走向了城市。

在准四中读完初中后，学生通过参加中考，去鄂尔多斯市市一中或准格尔旗旗一中等高中学校学习，到目前为止，全村在外念书的学生中间出了一名博士：高秀梅，毕业于北京医科大。两名研究生：刘勇江，毕业于东北电力学院；黄河，现就读于内蒙古大学。三社大学生具体花名如表5-1所示。

表 5 – 1　三社大学生统计

村　社	姓　名	就读院校
西四座毛庵	王瑞祥	北京理工大学
	刘志国	解放军理工大学
	翟润喜	内蒙古工业大学
	刘　玲	集宁师专
	翟翠霞	内蒙古工业大学
	刘永平	鄂尔多斯市教育学院
	王　元	重庆会计学院
东四座毛庵	杨喜梅	内蒙古师范大学
	万国良	通辽民族大学
	万晓冬	呼伦贝尔学院
五家尧子	黄永祥	内蒙古医学院
	刘永义	内蒙古医学院
	张晓军	包头钢铁学院
	边　慧	通辽民族大学
	刘瑞花	呼市教育学院

资料来源：根据课题组"调查日志"整理。

（三）其他

除按照一般的升学模式进入普通高中考大学之外，村里的青少年还会有其他选择，如念职业中学或学徒等。农村的孩子早当家，除了求学之外，村里的不少年轻人通过学徒很早就走向了社会。拿村里的医生来讲，本地 30 ~ 35 岁以上的医生都是学徒，一般 3 ~ 4 年学出来，开始入行。本村以前的老大夫刘启云水平较高，带出的徒弟有杨子华尧的王众国、兴胜店的王凤祥和董三尧的高海林。除了学医外，学修理的比较普遍，村民刘庭就是学修理出身，2004

年开始在五家尧开了一间修理兼销售摩托车的门面。据他讲，20 岁时就到土右旗的摩托车修理铺中当学徒，学了两年后在达旗干了一段时间，半工半学用两年多时间攒了 1 万多元。回本地后先去董三尧村开了家摩托车修理铺，不久迁回五家尧村，现在业务精熟而且收入颇丰。当然，学徒的行业和种类不仅限于此，近几年农村经济有较大发展，对各行各业的需求也随之增多，学木匠、画匠、美容美发等也就多了起来。

三　教师编制及待遇

五家尧小学从 1971 年建校开始，包括校长张运泉在内，都是非正式教师。截至 1977 年，全校只有黄金来一人是公办教师。1981 年，全旗社会青年参加考试，分数及格有资格转为有国家编制的民办教师，当时全五家尧大队 20 多人参加考试，名额只有 6 个，张运泉考了第六，幸运地转为正式民办教师。1990 年全旗下拨民办转公办的指标 32 个，五家尧 2 名：黄玉明和王争平。之后几年，五家尧小学的老师陆续转为公办。目前，五家尧小学四名教师均为公办教师。

教师待遇随时代而异。20 世纪 50 年代初，教师同其他干部一样，实行供给制，月工资以 45～115 公斤小米代替。1952 年后，实行工分工资制，村里老师主要是挣工分，一年每人 400 工分，分 360 斤粗粮，而教师要多 40 斤，共 400 斤。除此之外，每月给 5 元工资，两年之后涨到每月 7 元。1980 年包产到户后，民办教师每月工资涨到 25 元[①]，后来陆续涨到 35 元、40 元、45 元、60 元。1990 年，人均增资

---

① 因为工资太低，不如种地，有几个民办教师就干脆不教书，专门务农。

2 级，约 13 元，民办教师国家月补助 45 元。1995 年民办教师每月工资 100 元，而正式公办教师是 400 元。至 2007 年，村里公办教师工资是 1500 元，此外还有福利，逢年过节会分一些水果及肉食。

四　教育管理

（一）管理机构

1953 年，各乡镇设学区，学区主任由中心小学校长兼任。1961 年，各乡镇成立学区委员会，负责人 1～2 人。1984 年，改为乡教育办公室（简称"乡教办"），组成人员 3～5 名，其职责为领导和管理本乡、镇各公、民办学校的教育教学工作。五家尧小学从建校初就一直归乡教办领导。2006 年乡教办撤销，改回以前的学区管理制，五家尧小学归蓿亥图中心学校管理。

（二）教育投入与经费划拨

从全旗的角度来讲，"文化大革命"前 17 年，教育经费波动颇大。1957 年，为 30.24 万元，每年学生人均约 39 元。"大跃进"时，学生人均额只占 16 元。1960 年支出 53 万元，而学生人均占有额仅 37 元。1965 年支出 52 万元，小学生人均占有额 26 元，中学生约 190 元。"文化大革命" 10 年，虽然经费倍增，但学生人均占有额从 1971 年的 89.9 元降到了 1976 年的 25.7 元。"文化大革命"后，教育有计划地稳步发展，经费也逐年增长。截至 2006 年底，教育基础设施投入 4 亿多元。其中 2001～2005 年投入 2.427 亿元，2006 年投入 1.626 亿元。五家尧小学在 2005 年以前主要是靠学生的学费维持，2005 年秋季以后书杂费全免，教育局拨款到中心学校，中心学校再下拨给五家尧小学。取暖费（冬季划拨）和办公费共计一学年 4000 元，即每学期每生100 元办公和取暖费，此外，1～2 年级学生每学期每人要交30 元的微机费。

（三）教师与学生管理

教师的任用与安排由旗教育局决定，教育教学任务的分担与完成情况由学校决定并督察，教师的政治任务表现由学校评定。学生管理主要由学校和教师负责，主要反映为学籍管理，内容有学生的政治表现、学业成绩、考勤等记载存档，升留级制度奖惩等。五家尧小学的教师主要是由中心小学任命与管理，有相应的教师岗位职责，教师道德职责，班主任职责，教导主任职责（有条例无主任），校长岗位职责等管理条例。据退休老教师介绍，由于学校教师不多，管理约束主要是靠教师自觉自律，比如上课出勤，夏天 7 点 30 分上课，冬天 9 点，一般提前 10 分钟就到。批改作业则随留随改，从不拖沓。当然，学校也会根据教师日常表现，由学校评出优秀教师，作为候选人在乡里评，乡里评上以后再去旗里评，这些评选工作由旗教育局或旗政府组织。1975 年张运泉曾被评为旗优秀教师，获得的奖励是一块毛毯。

（四）师资培训

全旗师资培训主要采取三种途径。（1）教师整顿。1965 年前，每年暑期集中在沙圪堵镇进行整训，以提高政治素质和业务水平，但受"左"的指导思想干扰，使部分教师受批挨整。（2）函授学习。1957 年，函授由盟教育处主办。1960 年，旗设函授学校。据旗志载，当时全区按地区分 10 个辅导站进行辅导。"文化大革命"期间，此项工作停顿。1976 年后，函授工作恢复，本旗有 150 余人参加内蒙古师范学院函授学习，有 350 余人参加伊盟师范学校的函授学习，另有广播电视大学学员 25 人。至 1985 年，先后毕业的有中文本科生 29 人，专科生 20 人；数学本科生 27 人；中师毕业生 23 人。（3）离职学习。1955～1963 年，在职教师被保送到陕坝师范、内蒙古师院、伊盟师范学校等院校离职学习。据旗志载，1981～1985 年，全旗先后派出 230 余人赴呼市师专、内蒙古师大、包头师专、盟师范、盟电大、盟教育学院及西安、武汉、北京等院校学习，另有 409 人经准旗师范培训毕业。这些培训制度一直延续至今。据退休老教师讲，五家尧的小学教师一般两年到准格尔旗师范培训一次，由旗劳动人事局组织。培训期间发一些资料进行授课，培训的内容包括新课标、语文、数学、教学大纲、数论、计算机、英语，一般教师讲什么课就培训什么内容。培训完之后进行考核，考试由盟教体局组织，考试通不过补考一次，再不过收 60 元补考费即算过。

五　教育政策

1986 年《中华人民共和国义务教育法》颁布施行后，准格尔旗政府制定了相应的法律法规，同时大力改善办学条件，实现了无危房、班班有教室、人人有桌凳的办学要求。五家尧小学是这一政策的受益者，办学条件进一步放宽，教育基础设施得到了很大改善。2001 年开始，我国开始实施"两免一补"政策，主要是对农村义务教育阶段贫困家庭学生"免杂费、免书本费、逐步补助寄宿生生活费"。针对这一政策，准格尔旗根据本旗的财政情况于 2004 年开始投巨资大兴"民心工程"，即初中小学和职业高中实行"四免一补"、普通高中实行"三免一补"，同时实施贫困大学生救助措施。早在国家对部分地区义务教育阶段学生实行"两免一补"政策之前，准格尔旗于 2004 年上半年就率先对义务教育阶段的农村户口和城镇低保户学生实行了"两免"政策，即免杂费、免课本费。2004 年下半年开始对义务教育阶段的所有学生实行"两免一补"政策。这一政策落实情况比较好，2005 年秋季以后五家尧小学学生的书杂费得以全免。

2006 年下半年开始，准格尔旗又对义务教育阶段的所有学生实行"四免一补"政策，即免杂费、免课本费、免住宿费、免作业本费，补助寄宿生生活费；职业高中实行"两免一补"政策，即免学费、免课本费，补助寄宿生生活费。全旗累计投入 2249 万元，共有 10 万多人次从中受益（见表 5－2）。

表 5－2　准格尔旗教育补贴标准及金额

减免对象	人数/住校生	减免补助标准(元/人/年)					合计(万元)	
		学(杂)费	课本费	住宿费	作业本费	生活补助		
普通高中	5500 / 3667	2000	500		40	450	1562	2043
职业高中	1500 / 1125	2000	600	300	40	450	481	
农村初中	5147	160	350	80	40	450	556	3180
城镇初中	9508	190		120	40	450	1093	
农村小学	8093	120	260	40	40	300	615	
城镇小学	10778	150		100	40	300	916	
合计(元)		5223						

资料来源：根据准格尔旗教育局提供材料整理。

2007 年初，旗委、旗人民政府决定从下半年开始，对普通高中实行"三免一补"政策，即免学费、免课本费、免作业本费，补助寄宿生生活费；职业高中实行"四免一补"政策，即免学费、免课本费、免作业本费、免住宿费，补助寄宿生生活费。

第五节　医疗卫生

在 163 家调查农户中，家主及配偶共 316 人的健康状况统计如表 5 - 3 所示。

表 5 - 3　村民健康状况统计（共 316 人）

单位：人，%

健康状况	良　好	一　般	患　病
男　性	125	7	31
女　性	106	5	42
合　计	231	12	73
百分比	73.1	3.8	23.1

资料来源：根据课题组"住户基本情况调查表"整理。

在患病的 73 人中，各类疾病统计如表 5 - 4 所示。

表 5 - 4　村民疾病类型统计（共 73 人）

性别	年龄	健康状况	性别	年龄	健康状况
女	60	胆疾	男	52	耳聋
女	51	胆结石	男	61	肺病
女	52	胆结石	女	47	肺结核
女	58	胆结石	男	51	肺结核
女	66	胆囊炎	男	57	肺气肿
女	75	低血压、腿痛、气短、心脏病	女	59	肺气肿
			女	52	肝胆疾病

性别	年龄	健康状况	性别	年龄	健康状况
男	67	肝硬化	女	54	贫血、眼疾
男	51	高血压	女	41	气管炎
女	66	高血压	女	46	气管炎
男	73	高血压	男	55	气管炎
男	77	高血压	女	42	神经疾病
女	42	高血压、胆囊炎、高血脂	女	49	神经疾病
男	62	高血压、高血脂	男	53	糖尿病
女	73	高血压、类风湿性关节炎	男	55	糖尿病
女	59	高血压、青光眼	男	62	糖尿病
女	54	宫颈癌	男	63	糖尿病
男	56	骨质增生	女	51	头痛
女	56	骨质增生、关节炎	女	49	头晕
女	50	关节炎	女	46	腿痛
女	50	关节炎	男	47	腿痛
女	55	关节炎	男	51	腿痛
男	58	关节炎	男	59	腿痛
男	58	关节炎	男	74	腿痛，肺结核、坐骨神经痛、脑梗
男	68	关节炎			
女	52	关节炎、风湿、腿痛	女	38	胃病
女	64	关节炎、骨质增生、胆囊炎、咽炎	女	41	胃病
			男	45	小儿麻痹
男	60	关节炎、头晕	男	76	心肌梗死
女	56	冠心病	女	59	心脏病
女	56	肩周炎	女	40	胸膜炎、骨质增生
女	64	肩周炎、关节炎、类风湿	女	53	腰间盘突出
男	55	结肠炎	男	69	腰间盘突出
女	55	类风湿	女	46	腰痛
女	58	类风湿、关节炎	男	75	腰腿痛
男	66	脑梗、胆结石	女	36	腰椎结核
男	76	脑血栓、关节炎、气管炎	女	57	子宫肌瘤
男	68	脑血栓、腰肌劳损	女	62	子宫肌瘤、胆囊炎、脑梗

资料来源：根据课题组"住户基本情况调查表"整理。

一　疾病类型

（一）常见病

据村医生介绍，本地的常见病有消化道疾病、呼吸道疾病、心脑血管病、高血压、妇科病、腰腿痛病、胃病、外伤。

本地最常见的是消化道疾病和呼吸道疾病。据村医生介绍，近几年呼吸道、泌尿方面的发病率比较普遍，糖尿病也增加了。30多年前，一般的咳嗽、感冒、拉肚子，用土办法——拔火罐、挑针、炒麸子等就能治，用药也就是土霉素、四环素、索米痛片等。现在土办法很少用了，这些药也都不用了，主要是用了也没什么效果。村医生的结论是现在病菌比以前顽强，抗药性强。拿季节性流感来说，近几年就比较普遍。当地赤脚医生高海林认为：一是环境不如以前了；二是现在人口增加了；三是流动人口也增多了。在附近城镇开过诊所的大夫们觉得前十年流感在城市和农村都差不多，但从2000年开始，城市流感要比农村流感严重得多。就村民而言，消化道疾病在夏季比较多见，原因有四：一是夏天干活之后，人们喜欢喝生水；二是夏天食物容易变质；三是夏天瓜果蔬菜比较丰富，人们有时也疏于彻底清洗，很容易导致"病从口入"；四是夏天劳动强度较大，人的抵抗力也容易变低。

呼吸道感染主要发生在冬、春季。因为该地区温差较大，据旗志载，旗域极端最低温度为零下32.8摄氏度，极端最高温度为39摄氏度。而且该地区风的季节变化大，以春季最大，平均风速为3.2米/秒。

　　近几年随着人们生活水平提高，心血管类疾病在增多。本地做饭、炒菜一般都用猪油，胡麻油只在调凉菜或炸东西时才用，很多老年人有高血压与此有关。

　　妇科病一般是盆腔炎、宫颈糜烂、宫颈炎、月经不调和阴道炎。农村妇检不方便，加上妇女不太注重个人卫生，经常不洗澡，有病一般都拖。再者，农活劳动强度大，妇女本身的免疫力较低，更易患病。

　　腰腿痛病是由于农业生产有时一次性劳动时间长，如近几年春季需要赶着种瓜，前几年种小麦需要赶着收小麦，这样的劳动强度很容易导致腰腿痛病。尤其农忙时节，很多时候急着耕种或收割，锄地、割麦等有时会忙得顾不上休息。本地人常说，年轻人都不注意保护自己的身体，等上了岁数这些毛病（腰腿痛）就多了。

　　胃病当地人称之为穷病。农忙时节，村民吃饭都很简单，饮食极不均匀。如果离地远，就带几张烙饼，中午也不回去，而且常常是饿得实在坚持不住才吃，因此很容易患上胃病。

　　此外，农村体力劳动强度大，很容易扭伤、摔伤、割伤，因此村民很容易受外伤。

　　按一位村医生的总结，村民的医疗现状是劳动强度大、饮食条件差、医疗卫生知识不足、看病意识不强和不懂得调节。

（二）大病及传染病

　　本地大病不太多，一般都是老人的病。东四座毛庵武改明的尿毒症就算是本地最大的病，父亲为他提供了肾源，武改明进行了肾移植手术。除流感外，儿童患传染病的可能性比较大，2005 年和 2006 年，寄宿学校的水痘、疥疮、病毒性

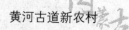
疱疹比较严重。主要是住宿集中，卫生没有搞上去。现在的婴幼儿传染病预防工作力度很大。打疫苗是乡里卫生院组织，乡村医生配合。一般婴儿出生两个月开始打脊灰疫苗、卡介疫苗和乙肝加强，3 个月时打百日咳、白喉和破伤风疫苗，这些基础疫苗每年都免费打。遇到大型的传染病如"非典"、禽流感，一般旗里就直接组织防治。

二　民间疗法

按摩：一般的关节扭伤或腰腿痛都用此法治疗，揉的时候手里拿一块小石头，防止把皮肤搓破，近几年开始也辅以仙人掌之类的草药或者涂按摩乳。

挑针：如果因着凉而发烧，作为辅助的办法，先把患者的胳膊捋几下，让血液都集中到手指头。然后用麻绳将其手指都捆住，用针快速地把手指头挑破使血流出，一般这种血都呈黑紫色。村医生认为，其实质是通过这种刺激来提高机体的抵抗力。

炒麸子：肠胃炎或霍乱等消化道疾病一般都表现为肚子痛，碰到这种情况，村民一般都要把麸皮加上醋，在锅里炒热，然后用布袋扎紧，给病人进行热敷，以加速肠胃的蠕动。

"蒸"：如果感冒很严重，很多时候都要"蒸"一下。具体操作是在脸盆里倒满热水，里边加上葱段、姜等，然后把炉子里烧红的炭放到热水里，病人趴到脸盆前去蒸，蒸完后还要用余下的水洗脚。

三　乡村医生

进入 20 世纪 80 年代，随着改革开放和农村联产承包责任制的推行，农村经济有了非常大的发展。尤其随着交通条件的改善，农民看病也越来越方便，但村里主要还是"赤脚医生"。本地的村医生学徒出来的较多，30～35岁以上的医生大都是靠学徒习艺。2000年开始，有卫生学校毕业的回来当医生。村医生认为，如果文化程度较高，经师学习之后学得就比较扎实，其水平不比正规卫生学校毕业的低。

五家尧村现有一个鑫宇药店，人们买药、看病也来此地。药店的主人L是本地"赤脚医生"之一。此外还有田文英、王云、刘启云、王瑞芳、赵金柱，这些大夫一般是上门看病。但据村民反映，L自打去年当了村支书后，应酬就多了起来。按照村民的话说是天天喝烧酒，所以人们现在找Z的比较多。按照乡里的统一规划，西六村村医生大致分配是，村社大的1～2个。如三十顷地有田锁子；董三尧有刘三寒和高海林；兴胜店有王栓；康布尔有杨栓；杨子华尧有赵金柱；五家尧有王瑞芳。一般的病，村民就找这些村医生，如果他们看不了，前几年交通不方便时，人们就去土右旗五大城尧的医院，因为当地的金保大夫比较出名。这几年主要是去达旗树林召或本旗薛家湾，去达旗是因为旗医院里有本村出去的黄勇，去准旗薛家湾是因为旗里补贴较多。去乡里医院的反而不多。以前乡里有一个周大夫，技术比较高明，因其耳聋，人们称其为"聋大夫"，当时人们的选择是"村医生—聋大夫—金保—旗里大医院"。现在交通方便后，选择路径就变为"村医生——旗里大医院"。村民们觉得村里看病便宜点，但城里检查仔细准确，再加上现在好多都补贴、报销，尤其2006年的封顶线是2万元，所以好多人愿意，也能去得起旗里的大医院了。

村医生还有一个重要的作用是普及医疗知识。虽然村民因文化素质低，很少主动学习医疗卫生方面的知识，但患过几次病后，一些简单的医疗卫生知识也就可以通过跟村医生询问而习得。如果文化素质高些，自己就可以看懂一些药的说明和用法，小病通过吃药就解决了。当然，输液、打针之类有点技术含量的工作，还是得请村医生来。

农业社时期，大夫看病也是给挣工分，一个大队一个药房，两个赤脚医生，一个出诊，一个卖药。当时五家尧大队是王云和刘启云。当时村民吃药交钱，但看病不用花钱，由大队给大夫挣工分。当时全蓿亥图乡的药价是统一的，也极其低廉，所以基本没有交不起药费的。现在医生看病是直接收钱，通常收现款。如果家里实在没钱，可以拿粮食或其他农产品代替，但这种是极少数的。现在乡村医生看病，一般不收手续费，收入主要来自于卖药，村民用一句"现在的药没价"来形容。

四 公共卫生

虽然这里地下水资源丰富，水质良好，达到了国家一级饮用水指标[①]。但 20 世纪 70 年代后期，村里才开始有水井。这之前，村民吃水都靠旱井。旱井是挖出来的，水井是打出来的，当时每个社都有一个旱井，村民称其为"大疙洞"[②]，靠天雨吃水，卫生条件极差。村里 1960 年之前出生的村民，大多牙齿黄且乱。20 世纪 70 年代后期，村民开始打井，吃

---

① 李宽厚：《内蒙古准格尔旗农业资源及合理开发利用研究》，内蒙古人民出版社，1998。

② 方言，意为"大坑"。

水变为了地下水，这之后出生的村民大都牙齿洁白。根据中华人民共和国国家标准《生活饮用水卫生标准》（GB5749 - 2006）[1] 取水点的卫生要求之一是井周围 30 米半径内不得有厕所、粪坑、垃圾堆等污染物。五家尧很多水井没有达到这一标准，而且村民根本没有意识到。另外，村里人一般都将生活污水倒在院子里，这也会影响水质，不利健康。调查之时，村委会正在铺设自来水管道，实现集中供水，这将极大改善村民的饮用水条件，提高村民的健康水平。

目前，五家尧村许多厕所没有规划性和标准性，也都没有远离水井至少 30 米以上，而且一到夏天便蝇蛆滋生。调查之时，村内正在新修公共厕所和冲洗厕所。

五　医疗开支

在 155 家可统计日常生活支出的农户中，医疗支出占总支出的比重最低为 0.6%，最高为 89.3%，平均为 14.8%，具体比重统计如表 5 - 5 所示。

表 5 - 5　2006 年三社 155 户医疗支出占日常总支出比重统计

单位：户，%

所占比重	0	10 以内	10 ~ 19	20 ~ 29	30 ~ 39	40 ~ 49	50 ~ 59	60 ~ 69	70 ~ 79	80 ~ 89
农户数	5	84	31	9	11	6	2	4	2	1
百分比	3.2	54.2	20.0	5.8	7.1	3.9	1.3	2.6	1.3	0.6

资料来源：根据课题组"住户基本情况调查表"整理。

---

[1]　中华人民共和国卫生部、中国国家标准化管理委员会：《生活饮用水卫生标准》，2006 年 12 月 29 日发布，2007 年 7 月 1 日实施，中国标准出版社出版发行。

现在本村居民参加合作医疗交 10 元，在周围的卫生站看病给报药费，如果不看病，秋天给返 15 元，即"大病有保险，小病买药吃"。村民医疗开支大致趋势是，年龄越高，医疗支出占日常总支出的比重就越大。因此，好多老年人的选择就是等，等到实在不能看时再看。不过因为旗里合作医疗做得好①，2007 年 3 月开始，老人们可以去乡政府所在地柴登免费体检。在所有调查的村民中，大都称赞合作医疗好，但也有少部分村民担心政策虽好，农民能不能真正受益。

随着村民文化素质的提高，一些小毛病通过看说明书就可以自己吃药治疗。一些现代化的医疗器械如电疗器等也进入了村民家里，这在一定程度上也提高了村民整体的疾病防治水平。但对于一些怪异的病，村民在无可奈何之下会采用土办法，尤其是用一些虽没有实际功效，但迷信色彩很浓的办法。村民对于一些在自己知识范围之内难以

---

① 到 2006 年，中央、自治区、市和旗四级财政为参加合作医疗的农牧民每人每年补助标准分别达到了 20 元、10 元、10 元和 27 元（其中旗财政补助比上级要求多 17 元），参加合作医疗的农民每人每年缴费 10 元，农户每人每年筹资总额为 77 元。其中 8 元纳入缴费农民家庭账户，4 元作为合作医疗风险基金，58 元作为大病统筹基金。住院报销比例平均为 34%。住院报销封顶线由 2004 年的 4000 元提高到 20000 元。低保户、五保户、少数民族家庭的个人筹资由旗财政代缴，低保户、五保户、住院分娩的产妇住院报销不设起付线。低保户、五保户、独生子女户、双女结扎户夫妇及其子女住院报销比例在相应档次上提高 15 个百分点。2006 年，有 17.1 万名农民参合，参合率为 89%。2004～2006 年三年共为 113707 人次的参合农民报销医药费 1463 万元，其中门诊报销 103669 人次，报销医药费 292 万元；住院报销 10038 人次，报销医药费 1171 万元。（数据来源：《关于 2006 年全旗新型农村合作医疗工作总结的报告》，准新农合办发 [2007] 1 号）

理解的精神病，过敏性疾病，甚至癌症等，认为"让鬼扑窍了"或"损折了"①，就会求助宗教或一些民间信仰。

第六节　精神信仰

在老一辈人中，他们所信奉的无论是宗教，还是一些民间信仰都具有神秘性和功利性，并不是为了修行和自身的完善，而是将自己解决不了的困难诉诸神灵。

一　民间信仰

民间信仰和村民的日常生活有着很多联系，虽属封建迷信，但却一辈辈流传下来，具体日期也以农历为准。

庙会：五家尧的村民常转庙会，也称转灯游会，时间大多在农历二月初二，有时也在正月十五。五家尧东边的杨子华尧有龙王庙（也称河神庙），由老道管理。庙会一般转三天，灯都摆成阵形，村民称其九道门。灯游会上还要放炮，节日气氛很浓，通常也是人山人海。灯游会上一般没有商贩，主要是村民上香或上钱后许愿，求平安免灾难。庙会一般从晚上7点到9点。据村民介绍，一般专门去转灯游会的并不多，大多是路过就放点钱、许个愿，主要是图个热闹。村民认为不生小孩的妇女，转灯游会可向河神许愿，河神能满足其求子的愿望。

祭祖：当地村民祭祖一般都在过年或清明的时候，十月初一，七月十五都要烧纸。用当地人的说法是"炕上有

---

① 村民认为人应该积德，如果不做积德的事，就会损折，遭报应。这种报应不一定非得在做损折事的人身上，也可能祸及亲戚，尤其是子女。

个厕屎的，坟地有个点纸的"。烧纸时要在地上画一个半圆，点燃纸钱后要小声念着喊着"×××（长辈敬称），寻钱来"。本地不在家里供祖先牌位，因此也就不放祭品。

阴阳：主要是为下葬、娶嫁等看黄道吉日，本地的阴阳有祖传和跟师傅学两种，一般都是男性。

占卜：村民介绍，村里有少数人知道占卜预测之术，"文化大革命"时这些都被批判为牛鬼蛇神，也就没有人再敢信，但近几年讲究的人又多了。

动物：根据当地老人讲，一般见了狐狸都不要理。虽说狐狸皮和狐狸心比较值钱，人们有时也会去捕杀，但村民认为见到狐狸哭就禁忌打动[①]。此外，猫和狗死了以后只能往高处扔，不能埋，也忌讳杀猫和杀狗。忌讳听见猫头鹰叫，村民传言听见猫头鹰叫会破财，或有灾难。此外，对于喜鹊叫有"早咋[②]嘴言[③]，午咋喜，半后响咋有是非"的说法。

顶神与许口愿：据村民介绍，顶神主要是为了治病，"病得不行才顶神"，本地也将这种通过迷信手段来治病或解决问题统称为"讲迷信"。神官来到此家，该家宰羊款待，于是就顶起了神，称神踩马童，以后该病人就可以成为神官。为了治病顶神通常有三种情况：找医生看病后未能见效的；既让医生看病同时又顶神；不请教医生就直接顶神。前两种情况较多，后者已经很少。一般村民是不愿意接触神官的，有所谓"一辈子顶神，十辈子不安宁"。与顶神不同的是，许口愿的对象可以是一些自然物。当地人

---

① 方言，意为理睬。
② 方言，形容喜鹊叫。
③ 方言，指争吵或被人非议。

认为，任何东西时间长了就会有灵气，如果人们再给磕头、烧香，就会成为一个神。比如，石头、柴草堆等。新中国成立以前本村有位老人房后有一柴草堆，老人自己气性大，一旦有了事，或者与别人发生冲突，就要半夜去自家的柴草堆前磕头、祷告、许愿，以让神灵帮自己解气。当地人也把这称为"许口愿"。口愿的内容是自己要解决的问题，条件是自己的祭祀，一般都是说用羊、牛等供品。此时，这个神灵就成了一个可以与之讨价还价的实体，依据办事的难度，祷告者所许口愿的丰厚程度也不同。人们认为许下的口愿要及时兑现，虽然神灵不会因为当时没还口愿就惩罚许口愿的人，但会转嫁到其子女头上。准格尔旗西南的千年油松王在人们眼里就是树神，所以着急祷告时，人们一般都会向着西南方向，跟油松王祈祷。村民也不是完全相信这种做法，有句俗语叫"敬神神在，不敬也不怪"。现在普遍是有病先找大夫，大夫也看不了了才求助于此类人。顶神的自己平时跟正常人一样，自己有病也都主动找医生。有一定科学知识的人更不会轻易迷信此类说法。养猪专业户高培生在改进自家的猪圈后，猪总出现猝死，当时兽医也找不到病因。家里父亲不讲迷信但母亲讲迷信，母亲建议高培生去找人问一下。高培生抱着怀疑的态度去找讲迷信的人，结果对方说他的猪圈盖在了窖上。他一想，猪圈是生产队的牛圈，有一个明山药窖，这也能沾点边。讲迷信的还告诫他，以后啥也不能喂。高培生不信邪，第三年又喂了 3 口猪，结果越喂越好。后来分析原因，是缺锡和维生素导致的水肿。本地缺铁、缺锡，饲料里没有配上，结果猪生长越快，需要的锡元素就越多，最后中枢神经出现紊乱导致猝死。后来喂上广州军区的翠竹牌饲料添加剂，就再也没出现猪猝死的情况。

叫魂：如果某人由于害怕而总是做噩梦，尤其是小孩，村民就认为是魂被吓得离开身体了，因此要叫魂。叫魂一般选在早上，由患者的母亲、姥姥或奶奶来进行，一般是母亲，因为本地有句俗话叫"娘吼一声吼千里"。一般共两人，一个负责叫，一个负责答应。叫的人手里端着箩子，里边铺一件贴身上衣，上别一块红①布，红布上放镜子和糖，走到院子外的路边，一边喊着"×××，回来！×××，回来！"一边往家里走。而答应的人跟着叫的人，边走边答应"回来啦！回来啦！"走到门口时，要高吼三声"×××，回来！"答的人也要高声答应三声"回来了！"上炕时要说"×××，上炕来！"答的人说"上来了！"然后叫的人让患者照镜子②，说"×××，照给下镜吃糖来，真魂挨将来！"然后把上衣给病人披在身上，答的人说"挨将来了！"之后整个仪式结束。上衣要在患者身上穿三天。

点灯灯：又称"祭星"。如果在忌日搬动了东西，得了病，称作"动土"，就需要通过"点灯灯"来破解。所谓的"灯"，是用萝卜或马铃薯挖制，萝卜制成的称"金灯"，马铃薯制成的称"银灯"。具体程序是把萝卜或马铃薯切下一小块，然后把剩下的挖空，呈碗状。在挖空的萝卜或马铃薯里倒上胡麻油，把用棉花捻成的捻子放进去，一盏油灯便成型。一般点三盏灯，点三晚上。如果知道"动土"的具体位置，就把"灯"点在那里；如果不知道，就把灯点

---

① 借"魂"的谐音。
② 按迷信说法，灵魂喜欢照镜子，过去都有夜里不梳头、不照镜、不扫地的禁忌。

在院正中。有时要把灯放在水桶①内，这叫"一统天下"。如果桶上罩笤子，就叫"满天星"。

　　叠元宝：让病人用正方形黄色纸叠成元宝状，然后烧掉，有的要蘸上水烧掉。这种一般都得神官指点。

二　宗教信仰

　　村民认为，哪一家人多灾多难，心疲了②才信教，自己感觉哪个管事，就信哪个。调查之时，村民所信奉的主要有基督教和三赎教，163 家农户家主及配偶共 316 人的宗教信仰统计如表 5–6 所示。

表 5–6　2006 年三社 163 户、316 人宗教信仰统计

单位：人，%

宗教信仰	不信教	基督教	天主教	三赎教
男　性	153	3	2	5
女　性	143	3	2	5
合　计	296	6	4	10
百分比	93.6	1.9	1.3	3.2

　　资料来源：根据课题组"住户基本情况调查表"整理。

信教村民占总人数的比重为 6.3%，而且均是以家庭为单位，即夫妻双方均信仰同一种宗教。

（一）基督教

　　基督教也称耶稣教，一位教徒估计全村信基督教的大概有二十人，都是由各自的"师傅"带领。所谓"师傅"，

---

①　水桶必须保证干净，放好后忌人从桶上跨过去。
②　心里承受不了。

也就是当时传教给他们的人。村民池莲女信基督教是因为病得不行，怎么也治不好。女儿胡美君也在她的带动下信了耶稣，但胡美君这几年家境挺好，一切顺利，也就没时间信教了。"师傅"并不一定是本村的人，也有邻村的村民。共同的宗教信仰也使相邻村庄的村民们有了更多的联系和交流。在基督教重大节日如圣诞节、复活节时，信徒们要去薛家湾镇里的大教堂，但并非每年都去。据一位教徒讲，她最近一次去教堂也是在三年前。一般教会规定是两年去镇里的大教堂祷告一次，可由于经济条件有限，只好视当年的情况而定。一个月左右教会会派教士来讲解《圣经》一次，村民们以家庭聚会方式进行。信教都是有带头人的，一般聚会就在带头人家里，有本村的，也有邻村的，大家每周都要聚到一起做礼拜，唱圣歌，读《圣经》。有时也请专门讲道的"师傅"给大家公开"讲课"。据信徒讲，也许是因为有共同语言的缘故，教徒们相处都非常好，大家在一起就像一家人，以兄弟姐妹相称，他们都认为自己是上帝的孩子。教徒们活动的经费也都是由大家自愿捐献，基本没有困难。政府对基督教也是持肯定态度的，修建新教堂时，政府都曾出资。

（二）天主教

一位上了年纪的天主教徒觉得近几年信天主教的人越来越少了。他认为原因很多，主要是三赎教的兴起。而且年轻一代好多都出去打工了，他们没有多少时间信教。当然，这些因素也同样影响着其他宗教，所以天主教徒好多都是老人。他们每周聚会一次，背《圣经》，唱圣歌，祷告祈祷。每逢圣诞节，教徒们都以茶话会的形式欢聚，用当地村民的话说，就是兄弟姐妹们拿出自己的"好吃的"大家共享。天主教的主要宗旨是"让人的灵魂得救"，意思是让人们处处行善。在村里，好多生活贫困的村民都由共同信教的"兄弟姐妹"帮助。据一位天主教徒讲，对于信教政府没有主动帮助宣传，但也不反对，因为毕竟国家规定信仰自由。

（三）三赎教

在五家尧，信三赎教的相对来讲是比较多的，虽说是刚刚传入村里不久，但参加的人不少。据一位三赎教徒讲，耶稣管人死后灵魂能不能上天堂，三赎教主要是管人活得是否舒服，作用是给人念经看病。在三赎教徒看来，人活着时的身体更重要，信教就是为了治病。和基督教一样，三赎教的教徒们每个星期也聚会，主要活动就是唱歌和祷告，为活着的人祈福，希望自己和家人们身体健康。据一位三赎教徒称，其妻原来经常有病，吃了三年多的药也未有大的改善，但今年信教后身体却变得挺好。

附录一　村民刘荣华的
个人设想

建立新农村个人设想初稿

——献给十二连城乡人民政府参考

自党中央召开"两会"以来，听了主要议题是"建立新农村　开拓科学发展观"的广播后，会议的精神打动了我，深深地映入我的心扉。以科学发展观为指导，以城带乡，将城市的人才、资金投入农村去。所以，我的脑和心，紧跟形势，开始构想，主要设想"新农村的建设和规划"。

现将构想方案及口头表达初稿奉献给准旗人民政府、十二连城乡人民政府供参考。

第一，要想建立新农村，村庄需规划集中，以便召唤方便，工作快捷。但首先把科学放在首位，引进科学技术，用科学指导、引用、传播、培训、实践，把对口的科学落实到生产实践中去，实行"走出去、引进来"，招商引资，以城带乡，循环互动。

第二，建议实行农社化。实行董事长、社主领导编制机构。第一把手担任法人代表，董事长必须有权解雇任命权力，这样我想对于促进农社团结一致，听从指挥，有一个直统过硬的领导权力。

第三，建立农社后，由董事长、社主向村民提出土地承包、参股两种方式，让村民暂时在两种方式中任选一种。农社跟村民建立健全合同书签字，使村民对农社放心，一年一次性结账兑现。如果有参股者年终按股份分红等措施，我想，这种工作可以探索，慢慢深入。起先村民对此不能接受，这是正常的，但需要我们政府认真而耐心地做工作，以便村民慢慢接受。如果建立农社，我想实行大企业、大公司的一整套管理制度和细致的方案。

第四，农业生产。实行大型农田机械作业科学化、技术化，创立引进中国农业科学现代化，从春到秋的流水一条龙设备。这样，农业劳动力减少、减低。我想，95%劳动者下岗，安排5%劳动者上岗农作业。

第五，村民95%下岗后，农社安排上岗的办法是，招商引资，以城带乡，把城里办厂科学技术引到乡下来，因地制宜，把我们产下的农产品生产加工，先办小厂和家庭小厂，后办大厂。实行养殖城乡循环体制，把城里的先进科学技术引到农村来，互帮互助，拿出真正的效益来。我举个小例：养成一只鸡，过去村民把整鸡拿到市场上卖，经济效益不可观，如果我们分肢加工，鸡头包装，鸡腿包装，鸡爪包装，鸡胸包装，一只鸡分成四种成熟包装，这样的话，经济效益一定特好。玉米我们可以细加工，把它就地加工成淀粉、食品，向社会销售，我们本地产下的农副产品通过加工，都是畅销社会市场的好食品。

奶牛业，我们已走向失败，从源头上说，没有注意科学发展观，自己产下牛奶，我们不可以办牛奶加工厂吗？

我们把生牛奶通过加工变成成品，走向市场，诸如此类的加工办厂等待着我们，诸如此类的事业需要我们完成。我们把自己产下的东西由粗变细、由生变熟。通过高科技的处理走向社会市场，前景一定可观，经济效益大见成效。

第六，我们采取以农为基础，以工为主导。单靠农业发展不行，必须搞工业，沿着以农代工的发展道路走下去，这样经济才有活力、有生机，所以说，工农联合齐步走，村民上岗幸福春。以工代农来发展，中国新农村建设定成功。

第七，走华西、看华西。

江西水产办得不错。浙江的小工业办得不错。我提倡，有事业心的人由旗政府、乡政府领头"走出去，引进来"看一看，看看别人怎么搞，我们怎么办。以旧换新，改建新农村，构想一部成功的凯歌。

我认为，社会窗口吸取30%，自己构想70%，回来拟出建设创立方案，发展我们的事业，建立新农村。

第八，五家尧村庄规划设想。

全村五个社，人口1100人，住房300户，全村住房和空间占地400亩。如果我们规划新农村，300户村民每户投资4万元，全村建设需120万元。

把原来五个社住房占的土地通过开发利用，每亩平均按500元计算，年均收入20万元，那么，建新房花了120万元，开发出的土地一年收入20万元，需六年的时间还债。这样奋战六年，拆房、开发土地的收入，与建设新居资金成一个相等号，谁都不欠谁。

全村的村民经过六年的劳动代价搬进新居，安居乐业，一心投入新农村建设。以农为基础，以小工业为主导，工农联盟，齐步奔小康。如果政府按照我一到九条设想走下去，不久，五家尧村的建设就成为内蒙古自治区第一村。

第九，谈一下利税问题。新农村建设有了生机活力，保证了小康水平，回报国家对我们的投资，而今幸福了，就要给国家回报，向国家缴纳应缴的税金，增添国民经济的财政收入，为国家贡献增添一个小小百分点。用一句话说：有投资，就有回报。

十二连城乡五家尧村村民

刘荣华敬上

2006 年 3 月 3 日

附录二 十二连城乡五家尧村社会主义新农村建设规划

十二连城乡五家尧村社会主义新农村建设规划

一 指导思想

以邓小平理论和"三个代表"重要思想为指导，按照"多予、少取、放活"的方针，以村容村貌整治为突破口，以发展现代农业、改善群众生产生活条件为基础，以培训教育和文明创建为手段，加强产业基础、发展农村事业、增加农民收入，促进社会主义新农村建设。

二 基本原则

五家尧村建设社会主义新农村遵循农牧民自愿、统筹规划、因地制宜、分类指导的原则，把社会主义新农村建设与本村的整合、产业化发展、养殖小区建设等具体任务结合起来，力求规划科学、合理。

三 目标任务

按照"生态恢复、生产发展、生活宽裕、乡风文明、村容整洁、管理民主、城乡和谐"的要求，到 2010 年建成"和谐、文明、新村"式的社会主义新农村，即机械化生产、产业化经营，基础设施完备，生活富裕文明，村庄环境整洁，人与自然和谐，服务网络健全，民主法制进步，社会安定有序。

四　规划内容

（一）产业规划

（1）种植业。以西瓜，子瓜产业为主导，人均达到 4 亩以上；推广优质牧草种植户均 10 亩以上。采取互助合作的方式，组建大型农机服务队 3 个，即东、西老九尧社，五家尧社，东、西四座毛庵社各 1 个。

（2）养殖业。以肉羊、生猪产业为主导，积极推广"四位一体"（暖棚、猪圈、厕所、沼气）和"十有十化"的标准养殖小区，推广肉羊、奶牛、新型肉猪等特色化养殖，户均养肉羊达 50 只以上，猪 10 只以上，品种的改良使用率达 100%。

（3）第三产业。以现有的集贸市场为基础，新建路边商业区，实行统一规划、统一建设、统一供水、统一供暖、统一管理，使农村一条路变为商业一条街。

（4）项目开发。积极实施农业综合开发项目，开发高标准水浇地 1.7 万亩，提高农业综合生产能力；按标准配套农田水利等基础设施，并在河头地建设扬水站 1 处。

（5）劳务经济。实施"培训农民，致富农民"工程，培训、转移剩余劳动力 300 人，二、三产业就业比率提高 60% 以上，工资纯收入占 60% 以上。

（二）村容村貌规划

按照"点、线、面"结合的思想，对全村 266 户村户进行统一规划，集中整治。现有的土方、破房、危房要清理，砖木结构的房屋要集中整治，打通南北主干道，相对集中村民。

（1）道路建设。修建南北主干道 2 条，分别为康布尔村至东四座毛庵社 5 公里道路、阳吉公路至西四座毛庵社 1.5 公里道路；修建东西支道 3 条，南北支道 1 条，分别为东四座毛庵社至西四座毛庵社 1.2 公里道路、东老九尧社至西老九尧社 1 公里道路、五家尧社东至社西 1.5 公里道路、西老九尧社南至西老九尧北 500 米道路。村内干道路面硬化率达 100%，支道路面硬化率达 80%，主干道安装路灯。

（2）绿化美化。对现有居民区庭院实行改造，开展绿化、美化、净化，实行门前"三包"，重点整改院落不干净，柴草乱推放，牧畜乱饲养，棚圈不卫生等"脏乱差"现象，达到居室干净、院落整洁、圈厕卫生、周边绿化的目标。

（3）生活设施。新建人畜引水工程 3 处，自来水入户率达 100%，同时建设排水工程；每社建设公共厕所 2 个，垃圾收集点 1 个，并对垃圾进行无害化处理或填埋，80% 以上的厕所完成无害化改造；协调网通、电信公司，实施"宽带进村"工程；新增设 100KVA 变台 3 台；筹建便民超市、专业市场各 1 个。

（三）社会发展规划

（1）教育。改造原五家尧学校，使其成为一个师资力量雄厚、教学设备齐全的包括幼儿园、学前教育的村级一流完全小学；在实施"两免一补"政策基础上，推行十二年义务教育；采取办培训班、办农民夜校、上农广校和农函大等多种形式，推进继续教育；和准四中联合开办农民职业技术培训班，使全村没有进入普通高等院校的农村青年全部接受职业教育；鼓励农民至少学习一项专业技术，取得专业资格证书。

（2）卫生。整合村级卫生资源，建设一个标准卫生室，定期为村民体检，确保小病不出村就能得到及时治疗；多方面宣传动员、解决资金，确保新型农村合作医疗参合率达到100%。

（3）文化。在路边建一个800平方米的多功能村委会，有办公室、图书室、会议室、文体活动室，并配有远程教育站点、电视机、音响设备等，并在现有鑫宇剧场和鑫宇艺术团的基础上进一步加大文化阵地建设投入，完善现有剧场的功能。

（4）社会保障。积极实施以救助弱势群体为主的"民心工程"，对农村低收入家庭实行"应保尽保"；对贫困户实行"该扶则扶"，真正达到困有所济、弱有所助；在该村中心五家尧社建敬老院一处，使农村的孤寡老人老有所养。

（5）民主法制。积极巩固保持共产党员先进性教育活动成果，不断加强村党组织建设，达到"五个好"标准；认真执行《中华人民共和国村民委员会组织法》，贯彻落实村务、政务公开的各项制度，保障维护村民的合法权益，维护社会稳定；进一步完善村规民约，建立健全各项民主管理制度；组建治安巡逻、矛盾调处机构和公共设施服务队伍，农民对治安、公共服务的满意度达95%以上。

五　保障措施

（1）建立工作机制。成立乡、村新农村建设工作领导小组，做好新农村建设的组织、协调和督查工作，领导小组下设办公室，负责新农村建设的日常工作。

（2）加大宣传力度。通过标语、传单等多种形式广泛开展宣传动员，在全村召开新农村建设动员大会，做到宣传范围到位，最大限度调动农民群众的积极性。农牧业、文化、教育、科技等部门结合"三下乡"活动，采取文艺演出、出动宣传车等形式开展丰富多彩的宣传活动；新农村建设领导小组办公室要统一印发新农村建设宣传材料和宣传标语，营造浓厚的社会主义新农村建设氛围。

（3）加大经费投入。一是要加大财政资金的投入；二是加大捆绑资金和项目资金的投入，统筹移民、扶贫、以工代赈、农牧业、林业、水利、农业综合开发等涉农专项资金，集中投向该村。

（4）加强督察指导。市建设社会主义新农村工作队集体进驻五家尧村，旗建设社会主义新农村领导小组派出新农村建设指导员驻村指导，协助村两委抓好建设工作，同时监督乡、村级领导小组的工作，发现问题，及时汇报。

（5）开展结对帮建。旗四大班子各抽一名县级干部联系五家尧村；建立部门和企业帮建制度，在薛家湾的46个政府部门要集中帮建五家尧村，驻村企业和周边施工企业也要进行帮建。

六　实施进度

第一阶段（2006年4月1日~12月31日）：动员部署，

重点突破。成立组织机构，召开动员大会，加大宣传力度，高标准完成社会主义新农村建设规划；以村容村貌整治为突破口，全面实施"三清、四改、五建、六通"工程，2006年7月1日前初步实现"村容整洁"；抓紧实施基础好、易开展的涉农项目，做好社会主义新农村建设的其他基础性工作，为第二阶段的全面实施奠定基础。

第二阶段（2007年1月1日~2008年12月31日）：全面实施，初步见效。在第一阶段的基础上，从生产、生活、文化、民主法制等各方面开展社会主义新农村建设工作，各部门领导、帮建单位要全力投入，责任到人，强化考核，在改善农民生产生活条件、提高农民素质和加强基层政权建设要重点加强，到2008年底五家尧村社会主义新农村建设形成雏形、初见成效，让农民实实在在感受到社会主义新农村的好处。

第三阶段（2009年1月1日~2010年12月31日）：攻坚提高，完全变样。这一阶段，要在巩固前两阶段建设成果的基础上开展攻坚，进一步加大建设力度，按照"查漏补阙、补齐填平、整体拔高"的原则，使五家尧村发生彻底改变，真正实现"生态恢复、生产发展、生活宽裕、乡风文明、村容整洁、管理民主、城乡和谐"，社会主义新农村完全建成建设社会主义新农村是我国现代化建设进程中的重大历史任务，是统筹城乡社会发展，解决好"三农"期间甚至更长的时期。本规划旨在探索现阶段我旗社会主义新农村建设的有效途径和方法，指导五家尧村社会主义新农村建设的具体工作，在实施过程中，动态管理，及时完善，早日将五家尧村建成"和谐、文明、新村"式的社会主义新农村。

附录三　村民周金柱小传

　　周金柱虽然刚满 30 岁，但却结过两次婚，在农村这并不多见。属家里老小的他，有两个姐姐两个哥哥，都对他宠爱有加。小学毕业时周金柱已 16 岁，年龄大了，也不想再读书，只好在家种地。开春时节去河头掏苴苴，一不小心把脚趾头砸伤，更郁闷的是紧接着又把脚脖子崴了。周金柱非常沮丧，沮丧的表现是毫无逻辑，大夫给配了三天的药，结果两天就被他吃光了。闲坐家里的他忽然想起了去城里闯闯，也怪家里没经验，箱子柜子都没有锁，让他拿（实际是偷）了 10 元钱。城里是个啥概念，本地就近的当时无非树林召、沙圪堵、包头，就当年的交通条件，当然是包头好去。于是周金柱直奔河北岸的党三尧，半路还碰到一个顺车。走了一段，他想起了姐姐在附近，干脆去串个门。姐姐以为弟弟只是来串串门，赶紧招待吃饭。吃完饭他说要回家，姐姐一看还真是来得快去得也快，反正打小就由你折腾，随你。结果这小子出来碰到个去包头的四轮车，于是搭着顺车就去了包头。来了大城市，这下得偿所愿，该玩玩，该吃吃，可这时想起了自己身无分文。回又不想回去，待着又得要钱，还没有别的特长，只好干苦力活，去工地上当小工。这活对一个 16 岁的孩子来说太累了，第三天周金柱膝盖都肿了。工头见着也可怜，就让他去绑钢筋，干点轻活。回想起这段时光周金柱觉得苦不堪言，当时自己没有带任何东西，睡觉还是跟工友蹭。记忆最深的是半个月没有漱口和看到别人吃焙子，自己馋得流口水。20多天后一天夜里，他和工友们一起聚餐喝醉了，第一次离家这么久，他哭了很长很长时间。哭归哭，很快他就适应了，干到年底回了家，还给父母买了东西，回想起这些周金柱很有成就感。

第二年春天，周金柱又想走，但家里有了上次的教训，他连半点路费都拿不到。连亲戚建议去武利平的剧团，还被母亲狠狠骂了一顿，不过有天来了一个买胡油的。虽然家里锁了钱，但没锁胡油，周金柱卖了一壶，拿到40元钱，路费就不愁了。不过走之前他还在厕所里给家里人留了条。这次走他更有成就感了，成功脱逃不说，还带了三个逃友，村里的同伴。这次还是干小工，不过那三个同伴六七天后就泄气了，周金柱只好不断地给他们鼓劲打气。事实证明，患难之时见真情确实是真理，三个同伴听完他的开导，一起都回家了。但周金柱有了去年的经历，才不把这当个事，甚至还能苦中寻乐。小伙子从小就爱唱歌，工地干活时也一直唱，而且唱得蛮动听，大家就都爱听。后来工头听着也很爱听，于是吃饭时便叫上他去给唱歌助兴，周金柱也因此能挣得吃点好菜。周金柱自己都说最大的遗憾是没有去艺校读几年，否则自己在内蒙古的演艺界早出名了。

一晃两年，19岁那年冬天又回家了。家里人一看，管也管不住，还不如给找个营生。正好一亲戚在东胜剧团，就介绍过去让跟着学唱。到了剧团周金柱可谓如鱼得水，唱歌剧，演小品，跳舞，自己样样都行。剧团的演出一般是夏天赶交流，冬天办事宴，周金柱就这样跟着学了四五年。除了演技出色，小伙子人缘也好，于是23岁便领着一帮关系不错的兄弟开始办剧团。这时的周金柱也长成了一个帅小伙，与剧团里一个女演员开始谈恋爱，不过两人性格不合，经常吵架，两年后剧团也因此解散。此时，25岁的周金柱又找了一个女友结了婚，两人在薛家湾开了一家饭馆，本打算大干一番，结果还是经常争吵，半年后饭馆也因此停业。虽然剧团没办成，但自己唱戏的功底还是很深厚，于是周金柱又回到原来的剧团唱戏。如果这么唱下去，也就没有今天的养羊专业户了。一天金骆驼酒厂来招人，条件是要女不要男，工作是在推销酒时给伴唱，所以得跟着推销团队四处跑。周金柱显然不能同意老婆干这份工作，但老婆却觉得待遇优厚稳定去了挺好，结果两人因此而离婚。离婚对于一个26岁的青年打击不小，周金柱虽然痛苦却并没有因此消沉，继续努力工作——唱戏。唱着唱着，就又碰上了知音，现在的老婆当时的绒衫厂职工。两人越谈越投缘，很快就商议结婚，此时贾春梅提出了条件：回家种地，不再唱歌，理由是怕周金柱"旧病复发"。丢掉本行回家种地？自己从小想出去闯荡，现在还得回去？换别人肯定不同意，但周金柱同意了，为了这段不容易的感情。闯了10年还多的周金柱，为了老婆回村种地了。周金柱不是个能闲得住的人，种地闹不下几个钱，这在村里都成了共识，周金柱更是一直琢磨发财之道。看别人倒羊，周金柱感觉这个活应该自己也行。于是连借带贷，弄了4万多块钱开始养羊。人最潇洒的是啥时候都能找到幸福，周金柱以前一直梦想去大草地牧羊，感受草原的辽阔，今年终于趁着拉羊实现了。

闯荡这么多年，周金柱感觉社会关系非常重要，认识的人越多，得到的信息也越多。谈及现在，周金柱说："闯荡这么多年，娶了个好老婆，养了个好儿子！最大的理想是能住个好地方，开个好小车子，吃好的，喝好的！自己也无更大的野心，当官还不如多思谋点钱！"

后　记

　　本书作为"当代中国边疆·民族地区典型百村调查"的子项目，是对内蒙古自治区鄂尔多斯市准格尔旗十二连城乡五家尧村的全面调查。

　　五家尧村是我的家乡，儿时的记忆又丰富多彩，每年的寒暑假还不断地加强印象。因此真正开始调查之前，我的感觉是"就那么点地方，就那么些人，就那个样子"，甚至觉得自己不做调查，写这份调查报告都绰绰有余。但真正开始之后才发现，自己头脑中的印象与村庄现实出入很大。到了后来，一些以前很清晰的记忆我都开始怀疑，总得借助调查才敢确定。尤其自新农村建设以来，村里的变化何止"翻天覆地"。以前的土路由现在的柏油路替代，以前的独门独院由现在的气派洋楼替代，以前的自行车由现在的摩托车替代，以前的畜力耕田由现在的大型机械替代，以前自家产的小米白面由现在的商品大米馒头替代……方方面面，从衣食住行到社会交往，从个体农户到村委民协，从行为方式到价值观念，整个村庄正在经历着一次彻头彻尾的"转型"。那么，五家尧村究竟是个什么样的村庄？调查之前我是有答案的，但调查中我逐渐否定了自己的答案，而直到本书定稿之时，我才终于找到一个勉强称得上满意的答案。

一 五家尧村落社区的核心单元

五家尧村是一个仅有 50 多年历史的新兴村庄，或者按学术观点说，是一个缺乏社区记忆的村庄。村民祖籍不是南面或达旗，就是土右旗。本地的耕种条件相对较好，因此多有外地姑娘嫁入，不过本村小伙子娶本村姑娘的也不少。虽然大家来自东南西北，但搬来此地，邻里之间见面总需有个称呼，以体现"乡亲"之意。同辈间还好，彼此直呼姓名，或者按年龄称"兄弟姐妹"。但小孩见了大人就该排辈分，在五家尧这是个非常麻烦的事情。家里大人①一般会叮嘱孩子："见了比你爸大的就叫大爷，小的叫叔叔。"看似很简单，可我儿时经常是碰见某人称呼一声，对方虽然面带微笑，却又好像充耳未闻，下次见面再称呼还是如此。而且有些人来家里做客，父母都有个奇怪的嘱咐："什么也不能叫，也不用叫，就问一声'来哇'！"我当时非常奇怪，问了半天，终于大概弄清楚了这种"不能叫，也不用叫"。比如，有一次我看着某人与父亲年龄相仿，就跟母亲核实"是不是该叫叔叔"，母亲却说："不能叫叔叔，他叫你爸叫叔叔，你该叫哥哥。"这还算有称呼的。又一次，某人称呼父亲为"哥哥"，我本以为自己该叫"叔叔"，却被母亲告知，如果按辈分排，母亲还得称呼他"叔叔"。所以称呼大爷也行，但感觉占了人家的便宜。如果称呼"姥爷"，这也亏得太大了点！所以只能什么也不叫。这还不算最麻烦的。我堂姐夫的小舅子，按理我该称哥哥。但这位"哥哥"又跟我姨夫是同辈，照这辈算，我又得叫叔叔。这

---

① 指父母。

么描述，感觉像只有我们家是这样。但仔细分析村里的各家，兄弟姐妹大都在本地，他们的配偶也多是本地人，这样一来，村民之间沾亲带故的可能性就大增，说到底这是个通婚圈的问题。

新中国成立以前，本地的拓荒者主要来自南面，达旗和土右旗，且大都是全家搬来。逐渐地，由三地拓荒者组成的村落有了村庄内部的通婚。中华人民共和国成立以后，随着人口增长，这些拓荒者的后代间的辈分就越来越悬殊。如我堂姐的儿子与我同龄，但我是不折不扣的舅舅。这种辈分的悬殊再加上相互之间非血缘关系的继续通婚，使得村民之间或多或少的亲缘关系①更加复杂，也使得村民之间的辈分更加杂乱。如果男方家在村里辈分很高，而女方家却辈分很低，其子女见到邻里的称呼很多时候就高了不合适，低了更不合适，最好的选择是什么也不叫。

这种辈分上的混乱也使得家庭成为村落社会的唯一核心单元。需要说明的是，虽然家庭在中国其他地区也是村落社会的单元，但并非核心单元，因为这些村庄有着强大的宗族和家族势力，甚至还拥有民间组织。辈分的混乱使得村民都不把辈分看得那么等级森严，即没有宗族乡村那种严密的秩序和等级。我们与前任村支书访谈之时，正好碰上本村一青年路过。50多岁的村支书自谦："咱这说话也不连利②，也就不敢给人家兜揽那些营生。"③该青年接过话茬："你要说话连利把人还吃了呢。"这种当面的反唇相讥在非血缘关系村民之间很是普遍，且年龄差距或亲缘关系

---

① 并不一定是血缘关系。

② 方言，意为"利索"。

③ 指宴会上主持事务。

对此影响不大。人与人之间的辈分能算清楚，当然见面得称呼，但称呼也只是一种仪式上的，而非一种对宗族或血缘上的极度认同，涉及具体利益时，斤斤计较的双方几乎很少考虑辈分。因此，村里虽说治安不错，但婆媳之间、岳婿之间、兄弟之间，甚至父子之间的家庭纠纷很多，而且按村民之间的说法"亲戚之间闹意见①的要多于邻居"。在村民看来，每一个人都属于一个家，这也是村民说话指称时常说的"×××家如何如何"，即使指称某人，也要归属于其家，即"×××家的××如何如何"。

二 调查工作的展开及本书编撰

调查开始之前，我们设计了三份调查问卷：一份是结构性的"住户基本情况调查表"，一份是半结构性的"调查问卷"，还有一份是总体性的"访谈提纲"。"住户基本情况调查表"是对在村农户的详细调查，具体细目包括农户日常生活的方方面面。对于非在村农户，通过其他途径能获得相关信息的，我们也单独填写一份，总之是尽量保证每家一张表。对于"调查问卷"，我们有选择性地发放，主要是针对那些有文化，有思想，对村庄集体发展较为关心，对村里人情世故较为了解的村民。而"访谈提纲"是对整体调查工作的宏观把握，所列问题大多是关于村集体和村整体的，具体形式是集体访谈村支书、村委会主任、妇女干部等村委人员，"三老"人员和代表性村民。无论填写哪种类型的问卷，我们都将问卷填写与深度访谈相结合。课题组人员进入农户也都由当地村民引领介绍，消除了许多

---

① 方言，意为"矛盾"。

不必要的麻烦和误会。其间个别调查人员有身体或其他原因不能继续调查的，只好临时抽调，虽然我们经验并不丰富，但我们都在尽最大努力，以耐心、细心和决心保证了整个调查工作的开展。调查之前，我们本打算将全行政村5个合作社都做入户调查。后来发现，一来限于经费，调查工作量和时间不能投入更多；二来最重要的是东、西老九尧与五家尧子同质性较强，因此最终选择五家尧子、东四座毛庵和西四座毛庵作为入户普查对象。即使这样，原来预计一周能结束的全面调查工作，最后耗时16天。

调查结束之后，访谈人员开始整理调查日志。两周后，我们对调查日志进行了汇总打印。看着柜子里收集来的文献、文件和照片，统计一下电脑里近4G的电子文档，我们心里充满了感慨、喜悦和冲动。感慨于这次调查所倾入心血之多，后期编撰任务之重；喜悦于收获之丰，无论是从人生经历，还是从学习科研，这次调查都是课题组每个人今生的一笔财富。冲动于将所见、所闻、所感、所思、所获诉诸文字，让撰写任务能早日结束，给领导和总课题组交一份满意的答卷。

着手编写之前，我认为全面调查是最重要的，最难的，也是最耗费精力的。开始组织撰写才发现，自己对困难的认识和对喜悦的收获一样，都是一个不断深入的过程。也许可以这样说——随着工作的不断开展和深入，所面对的困难和克服困难而带来的喜悦相生相随。因为这样或那样的原因，原来的访谈人员难以投入写作，只好重新组织编撰队伍。如此一来，编写人员对已收集的材料就得花更多的时间进行阅读理解。所幸是我的家乡，不知道、不明白、不清楚的遗留问题，能对有关人等进行电话访谈，免去了许多不便，也使得进一步的补充调查能更加深入和灵活。

2007年春节前夕，初稿终于得以汇总。看着虽然粗糙但基本成形的半成品，我们心里虽然喜悦，但也知道需要继续修改、完善和补充的内容还很多。所以，统稿直到2008年底才勉强告一段落。电话访谈一直没有间断，而且我每次回家，都要做一次补充调查。其间一些事情的追问，甚至让亲朋都感到烦琐和不满，我也只能是尽量去解释。

2007年调查之时，正是五家尧村新农村建设如火如荼之际，本书仅是对当时村庄的记录。前面说过，五家尧村正经历着一次彻头彻尾的转型，甚至本书定稿之时，这种转型也只能说是个开始，未来的五家尧村会走向哪里？村民的经济生产将会进步到何种程度？村落社区的治理结构会如何变迁？以及这些改变会给村民的社会生活和文教卫生带来哪些影响……这些我们只能拭目以待。

本项目得到了中国社会科学院和内蒙古师范大学历史文化学院许多领导、老师的支持，课题的顺利进行得益于许多人的帮助与支持。感谢准格尔旗组织部侯部长；感谢准格尔旗宣传部贾部长和王部长；感谢十二连城乡王建国乡长；感谢五家尧村全体村委；感谢前期参与调查的访谈人员，他们是准格尔旗第四中学教师杨喜梅和刘永平，内蒙古师范大学历史文化学院硕士孟彩霞。作为主编，我特别感谢导师孙凯民教授，有了他的鼓励和支持，作为学生的我才能抛开所有顾虑，全身心投入写作。

本书是集体努力的结果，各章节执笔分工如下：黄河（第一章第二节，第二章第二节，第四章第三节，第五章第六节）；郭喜（第三章第三节、第四节）；王羽强（第三章第五节，第五章第五节）；贺君（第一章第一节地形地貌、水文气候、自然灾害部分，第四章第一节、第二节，第五章第一节、第四节学龄前儿童养育与教育、学校教育部分）；王海峰（第二章第一节，第三章第一节）；刘艳清（第三章第二节，第五章第三节）；杨砚（第五章第二节）；李锐（第五章第四节教师编制及待遇、教育管理、教育政策部分）；张伟（第一章第一节地理位置、资源物产部分）。统稿工作由黄河、王羽强和郭喜共同完成。由于本人水平有限，编委成员又专业不同，文风各异，书中肯定有不少的缺陷和遗漏，恳请学界同仁和广大读者批评指正。

黄河

2009 年 1 月 1 日草成

2009 年 6 月 21 日修改于呼和浩特

图书在版编目（CIP）数据

黄河古道新农村：内蒙古准格尔旗十二连城乡五家尧
村调查报告/黄河，王羽强，郭喜著.—北京：社会科
学文献出版社，2012.4
（当代中国边疆·民族地区典型百村调查/厉声主编.
内蒙古卷.第1辑）
ISBN 978-7-5097-3002-7

Ⅰ.①黄…　Ⅱ.①黄…②王…③郭…　Ⅲ.①农村调
查－调查报告－准格尔旗　Ⅳ.①D668

中国版本图书馆 CIP 数据核字（2012）第 265063 号

当代中国边疆·民族地区典型百村调查：内蒙古卷（第一辑）

黄河古道新农村
——内蒙古准格尔旗十二连城乡五家尧村调查报告

著　　者/黄　河　王羽强　郭　喜

出 版 人/谢寿光
出 版 者/社会科学文献出版社
地　　址/北京市西城区北三环中路甲29号院3号楼华龙大厦
邮政编码/100029

责任部门/编译中心（010）59367004　　责任编辑/王玉敏　邓纯仁
电子信箱/bianyibu@ssap.cn　　　　　　责任校对/王　亮
项目统筹/祝得彬　　　　　　　　　　　责任印制/岳　阳
总 经 销/社会科学文献出版社发行部（010）59367081　59367089
读者服务/读者服务中心（010）59367028

印　　装/北京季蜂印刷有限公司
开　　本/889mm×1194mm　1/32　　本册印张/8.75
版　　次/2012年4月第1版　　　　　本册插图/0.25
印　　次/2012年4月第1次印刷　　　本册字数/194千字
书　　号/ISBN 978-7-5097-3002-7
定　　价/169.00元（共4册）